타고르의 문학과 사상
그리고 혁명성

# 타고르의 문학과 사상 그리고 혁명성

1판 1쇄 발행  2020년 5월 29일
1판 2쇄 발행  2020년 8월 29일

지은이  박정선
펴낸이  강수걸
편집장  권경옥
편집  박정은 강나래 윤은미 김해림
디자인  권문경 조은비
펴낸곳  산지니
등록  2005년 2월 7일 제333-3370000251002005000001호
주소  부산시 해운대구 수영강변대로 140 BCC 613호
전화  051-504-7070 | 팩스  051-507-7543
홈페이지  www.sanzinibook.com
전자우편  sanzini@sanzinibook.com
블로그  http://sanzinibook.tistory.com

ISBN  978-89-6545-658-2 03800

＊본 도서는 2020년 부산광역시, 부산문화재단 지역문화예술특성화지원
  부산문화예술지원사업으로 지원을 받았습니다.

# 타고르의 문학과 사상 그리고 혁명성

박정선 비평집

TAGORE

산지니

비록 영국의 지배 아래 있었지만 타고르 시대는 인도의 역사상 가장 영화로운 황금기로 기억되고 있다. 타고르에 의하여 인도는 세계무대에 이름을 올려놓았고, 안으로는 인간의 진정한 자유가 다져졌으며 미래의 터전이 마련되었기 때문이다. 또한 오늘날 인도의 모든 문화예술에 그의 자취와 영혼이 스며들지 않은 것이 없기 때문이다. 따라서 타고르는 신이 인도에게 준 선물이었다고 일컬어지는 것은 당연하다 할 것이다.

이로 말미암아 정신이 시대를 초월한다는 것은 진리로 통한다. 아울러 훌륭한 정신은 인류의 등불이라는 것도 진리일 수밖에 없다. 그리고 시인의 정신은 하늘의 뜻과 통한다는 것, 그래서 시인은 신이 내리는 영감과 밀착된 자로 예언의 경지에 들 수 있다는 것은 타고르를 통해 확실해진다.

본래 타고르(Tagore)라는 명칭은 신을 뜻하는 타쿠르(Thakur)에서 왔다고 전해지며 타고르 가문은 그야말로 전설적이다. 8세기 중엽 인도 중심인 벵골을 구성하는 다섯 브라만 계급 가운데 하나로 벵골의 최고 귀족계급으로 존재했다. 그러나 타고르 가문은 최고 브라만 계급의 권력과 권위를 계승하고 수호하려는 보수적인 생각을 탈피하여, 구시대의 적폐를 청산하거나 수정하는 사회개혁과 종교개혁에 앞장선 선각자적 혈통이 흐르고 있다.

윗대 조상은 차치하고, 근대로 들어와 시성 타고르를 중심으로 그의 조부와 부친 등 3대가 18세기에서 19세기에 걸쳐 인도 역사에 획을 긋는 인물로 빛나고 있는 것만으로도 그것을 증명한다. 대공(大公)으로 추앙받은 그의 조부 드와르카나드는 18세기 말기에 태어나 당시 벵골의 캘커타대학, 대학병원, 도서관, 은행 등을 설립했고, 인도 최대 상선회사, 철강사업 등 벵골의 최대 재벌로서 부를 누렸으며 지역사회를 위해 노블레스 오블리주를 실현한 인물이었다. 또 대성현 마하르시(大聖)로 추앙받은 그의 부친 데벤드라나드는 브라만 산스크리트어 학자 겸 브라만교의 개혁자였다. 부친역시 사회를 위해 재물을 아낌없이 내주었던 인물이다. 그리고 타고르는 신과 인간 사이에 존재하는 선지자를 가리키는 카비(kabi)로서 인도의 국부적 존재로 추앙받았다.

동서고금을 통틀어 아직까지 타고르만큼 영예와 흠모와 존경을 한 몸에 받아본 사람이 없다고 말하여지는 타고르는 시인이기 전에 철인, 소설가, 희곡작가, 평론가, 음악가, 화가, 연극연출가, 교육자, 민족운동가, 국제주의자였다. 그는 오로지 이 모든 것에 일거수일투족을 바쳤으며, 이 모두를 어느 것 하나 부족함 없이 위대하고 화려하게 실현했다. 그는 헤아릴 수 없이 많은 시와 소설을 썼다. 음악은 2천5백여 곡을 작사, 작곡했다. 인도 사람들은 지금도 그가 작곡한 노래를 부르며 살고 있다. 인도 국가(「자나 가나 마나」)와 방글라데시의 국가(「우리의 황금 벵골」)도 타고르 작사 작곡으로 오늘에 이르고 있다.

미술작품은 미국, 영국, 프랑스, 러시아 등 수많은 나라를 순회하면서 전시되었고, 인도의 5대 국보 가운데 하나로 지정되어 해외반출이 금지되어 있다. 희곡은 1884년 23세 때 첫 희곡 「고행자」를 시작으로 그의 일생 마지막 작품 「찬다리까」(무용극)까지 50편 이상을 발표했다. 또한 세계적인 교육자로 명성을 얻은 그는 자신의 재산을 바쳐 초중고 과정의 학교와 국제대학(비스바바라티대학)을 세웠다. 그것도 세계의 수재들이 모여든 국제대학이었다.

인도를 세계무대에 우뚝 세워준 작품 『기탄잘리』가 창작된 것은 40대 후반이다. 그때는 19세기 말기에서 20세기 초기이며, 19세기는 유럽의 제국주의가 아시아를 식민지로 침탈한 전성기였다. 또한 20세기 초는 일본 제국주의가 한국을 식민지로 만든 시대였다. 그리고 타고르는 1913년 12월 노벨문학상을 수상했다. 그것은 일대 혁명적인 사건이었다. 유럽 세계로 하여 어둠 속에 묻혀 있던 동아시아에 대한 인식의 대전환을 가져왔기 때문이다. 『기탄잘리』라는 얇은 시집 한 권이 아시아를 어둠 속에서 광명의 세계로 인도해준 것이었다.

그러나 『기탄잘리』는 타고르의 슬픔이 빚어낸 열매였다. 그의 일생 가운데 40대는 고난과 슬픔의 도가니였기 때문이다. 40세에 아내가 사망했다. 슬픔의 고통은 아내의 죽음으로 끝나지 않았다. 줄지어 딸이 죽고, 아들이 죽고, 아버지가 죽었다. 5년 동안 쉬지 않고 가족 다섯 명을 잃은 것이다. 그리고 인도 국민들은 타고르가 학교를 운영하느라 민중들 앞에 나서지 못하게 되자 민중을 버렸다며 비난을 퍼붓기 시작했다. 선각자적 혈통으로 보나 지역사회의 위치로 보나 민중들은 그가 민중들을 이끌어가기를 원했기 때문이다.

전통주의 보수파 힌두인들은 그를 비판하기를 멈추지 않았고 그는 고립되고 말았다. 『기탄잘리』는 그런 처지에서 탄생되었다. 그렇지 않아도 그는 선천적으로 고독한 모더니스트였고, 고독한 낭만주의자, 자유주의자였다. "나는 구석을 갈망한다. 그것이 내 마음에 평안을 주기 때문"이라고 할 정도로 그는 고독했고 병적일 정도로 자기반성적 자아성찰에 몰입하는 성품이었다. 그는 7세부터 80세에 영면할 때까지 전 생애를 오로지 문학에 바쳤고, "내가 만약 하루에 시 한 편씩 창작할 수 있다면 내 인생은 즐거움 속에서 지나갈 것"이라고 할 정도로 그는 어떤 상황에서도 문학을 했다. 만약 불가피하게 문학과 며칠 떨어져 있게 되면 슬퍼하며 방황했다.

이미 신이 낙점한 대로 그는 인도에서 태어났으나 인도를 뛰어넘어 세계인이었다. 보수파 힌두인들은 타고르에게 민중운동을 요구했지만 신은 타고르에게 다른 사명을 맡겼다. 즉 세계무대였다. 노벨상을 수상한 이후 그는 세계로부터 초청강연을 받고 20년 동안 세계를 순회하며 강연을 했고 세계의 최고 지성들을 만났다. 타고르를 초청하지 않으면 나라 체면이 서지 않는 것처럼 세계는 앞다투어 그를 초청하는 데 열을 올렸다.

하버드대, 예일대, 옥스퍼드대, 캘리포니아대, 컬럼비아대, 코넬대, 도쿄대, 베이징대를 비롯하여 세계 유명대학은 빠짐없이 그를 초청하여 강연을 들었다. 영국, 미국, 독일, 프랑스, 캐나다, 일본, 러시아, 중국, 스웨덴, 이탈리아, 페루, 싱가포르, 스위스, 이란, 아일랜드, 그리스, 이집트, 체코, 폴란드, 벨기에 등 서유럽부터 동유럽, 아시아 등 그가 다닌 국가와 세계 도시는 이루 헤아릴 수 없이 많다.

그는 세계를 여행하면서 문학과 철학과 교육에 대하여 강연을 했다. 그리고 영국, 프랑스, 독일, 이탈리아, 일본에서는 어김없이 제국주의 욕망과 독재를 비판했다. 인도를 200년 동안 지배한 영국은 당시 유럽에서 가장 부국이었고 군사 대국이었다. 그런데 서슬 푸른 영국에 대항하여 그것도 본토에서 제국주의를 서슴없이 비판했다. 또한 미국을 비롯한 서구의 물질주의를 인류의 미래를 파괴하는 전초적인 문젯거리라며 비판했다. 단도직입적으로 '물질의 힘을 숭앙하게 되면 세상이 망할 것'이라고 단언했다. 자연을 하찮게 여기면 인간은 자연에 의해 망할 것이라고, 동서가 하나가 되지 않으면 다 함께 죽을 것이라고 예언했다.

물론 그럴 때마다 그의 명성이나 인기는 와르르 무너져 내렸지만 그는 개의치 않았다. 그는 등불처럼 고요하면서도, 모든 것을 단숨에 쓸어버리는 양면성, 즉 고요하게 타오른 등불이면서 태풍 같은 혁명가적 기질을 소유하고 있었다. '타고르'라고 하면 가장 먼저 시성이 앞서게 되는데, 시성이라는 말은 무척 위대하고 성스럽다. 따라서 타고르를 시성이라고 부를 때 대부분 고요하고 엄숙함을 상상하기 마련이다. 물론 타고르는 인품과 자태가 성자 그 자체였다. 그러나 타고르는 누구보다도 강직한 사회개혁자였고 혁명가였다. 그는 브라만 가문 출신임에도 힌두교에서 취했던 것은 우파니샤드의 철학적 지혜와 산스크리트의 문학뿐, 전통적이고 완고한 힌두교의 권위주의와 사회계급인 카스트제도를 경멸하고 배척했다. 그는 자신의 명성보다 인간의 존엄과 자유가 더 중요했기 때문이다.

특히 노벨상으로 하여 주어지는 명예에 연연해하지 않았다. 그는 어제의 업적을 훌훌 털어버리고 미지를 향해 새롭게 항해를 떠나는 끝없는 항해자, 실험적인 작가였기 때문이다. 그는 노년이 되어 장점이 있다면 무엇이냐고 묻자 "변덕이지요"라고 했다. 그러면 단점은 무엇이냐고 묻자 "마찬가지입니다"라고 했는데, 그의 대답은 타고르의 창작 태도를 단적으로 보여준다. 그는 항상 자신을 교양하는 생각 속에서 자신을 연단하는 사람이었고, 날이면 날마다 새로움(변덕)을 추구했으므로 그의 생활태도는 언제나 모험적이고 실험적이었던 것이다.

가문의 혈통적으로 그는 자아를 뛰어넘어 너무 이타적이고, 너무 범인류적인 탓에, 너무 깊고 너무 넓은 탓에, 그래서 세계로부터 존경과 흠모를 한 몸에 받는 탓에, 질투와 시기의 대상이 되기도 했다. 더욱이 그는 대중적이지 못했다. 그러니까 대중의 입맛에 맞는 행위를 골라서 하지 않았다. 그는 머리에 띠를 두르고 인도에서 외치기보다 교육에 시간을 바쳤고, 세계를 다니며 강연하면서 동서가 함께 살길을 찾아야 한다고 역설했다. 그런 일로 종종 오해를 받아 자기 민족으로부터 비애국자로 매도당하기도 했다. 그러나 신념을 굽히지 않았다. 그는 어떤 권력의 힘도 두려워하지 않고 해야 할 언행을 반드시 하고야 말았다. 다시 말하면 그는 인도를 뛰어넘어 세계에 인도를 알린, 보다 큰 애국자였다.

한편 영국은 타고르가 노벨상을 받았을 때, 식민지 인도인들을 영국식으로 교육시킨 덕택이라고 했으나, 타고르는 초등시절부터 영국식 교육을 하는 학교를 거부하고 집에서 개인지도 교사 아래 공부했다. 그런 이유로 그의 시는 판에 박힌 전통주의를 벗어나 실험적인 방향으로 전진할 수 있었다. 타고르의 시는 먼저 산스크리트 문학, 중세 바이쉬나브 (종교 연애시), 서구문학 등 세 가지 영향을 받았다. 그러므로 무엇을 노래하든지 그의 시적 감정은 신비스러울 정도로 아름답고 심오하여 함부로 해석할 수 없는 미묘함이 존재하고 있다.

따라서 아무리 안목이 뛰어난 비평가일지라도 완벽한 서정이면서 세계의 종교적 이상이 녹아 있는 타고르의 시 세계를 제대로 읽어내기는 어렵다. 이를 두고 여러 연구자들이 타고르의 시문학을 이해하는 데는 특별한 영감이 필요하다는 것을 깨닫게 된다고 말한다. 그의 시는 신비한 영혼의 세계가 깔려 있고 그것은 마치 실타래처럼 끝없이 풀려 나오는 성질을 갖고 있기 때문이다.

그는 자연에서 영원한 생명과 진리를 발견했다. 일반적으로 너무 잘 아는 자연에서 그는 아무나 모르는 것을 발견하고 그것을 생명, 기쁨, 환희, 전율 같은 단어로 표현했다. "일상의 의무를 단순하고 자연스럽게 수행하는 일보다 더 아름답고 위대한 것은 없다"고 할 정도로 소박한 생각을 하는 타고르는 자연 가운데서도 무한한 공간을 좋아했다. 하늘과 강을 사랑했다. 그는 자연을 인간이 추구해야 할 최고의 덕목으로 여겼다. 자연은 그에게 스승이자 신앙이자 연인이었다.

자연 앞에서 그는 겸손을 배우면서 명상하는 가운데 자신을 반성했다. 교육도 자연에서 찾았고 자연에서 세계의 화합을 찾으려고 애썼다. 그래서 인류를 사랑하고 인류를 걱정했다. 세계는 이제 선택을 불문하고 독단으로 살아갈 수 없게 되었다. 지구는 마치 한 가족처럼 어느 한쪽이 마음에 들지 않는다고 하여 떼어내 버릴 수 있는 것이 아니기 때문이다. 타고르는 그때 모든 걸 예상했다. 그래서 인류 화합을 죽는 날까지 외쳤다.

예이츠, 에즈라 파운드, 로맹 롤랑 등 당시 서구를 대표하는 문인들이 첫눈에 반해버린 타고르를 말한다는 것은 쉬운 일이 아니었다. 처음에 이 글을 시작할 때는 노벨상을 수상한 다음 유럽에서 찬반이 극단적으로 갈렸던 『기탄잘리』에 대해 간단히 연구해 볼 생각이었다. 그런데 『기탄잘리』를 통해 타고르의 정신세계를 읽으면서 깊숙이 빠져들고 말았다. 신비스러운 마력에 이끌려 연구하다 보면, 갈수록 깊은 숲으로 들어가게 되어 되돌아 나오는 길을 찾는 것도 용이하지 않았다.

무엇보다도 그가 노벨상 수상자로 선정되었을 때 서구 비평가들이 그랬던 것처럼 지금까지 신에 대한 고백시, 신앙시로 읽었던 과거 독법을 부끄러워하지 않을 수 없었다. 그가 아직도 세계의 가슴속에 꺼지지 않는 불멸의 등불로 살아 있는 것은, 세계의 운명을 자신의 운명, 자기 조국의 운명으로 받아들였기 때문이었고, 노벨상의 명성보다 인간의 존엄과 자유를 더 중요시했기 때문이었다. 결국 그가 남기고 간 것은 노벨상을 뛰어넘은 인간의 자유와 인류에 대한 사랑과 근심이었다.

## ◇ 차례

제2부:
타고르의 문학적
성장과정

# 제1부:
## 타고르의 문학과 사상
## 그리고 혁명성

# 1

들어가는 말

　세계는 지금까지 동서고금을 통틀어 타고르만큼 영예와 흠모와 존경을 한 몸에 받은 사람은 없다고 말한다. 그가 시를 낭송할 때마다 청자들은 전율했다. 설사 시의 언어를 이해하지 못한다 하더라도 그의 훌륭한 목소리를 타고 흐르는 아름다운 선율과 마력 같은 여운에 청자들은 넋을 잃었다. 고상한 은빛 머리와 아래로 흐르는 수염과 예지로 빛나는 눈빛과 품위 있게 잘 어울리는 길고 하얀 의상이 자아낸 신비한 풍모에 사람들은 즉시 매료되고 말았다. 근엄함과 엄숙함이 저변에 흐르면서도 형용할 수 없도록 맑고 선한 영혼은 신과 인간 사이에 존재하는 고대 인도의 예언자나 성서 속 이스라엘 예언자를 상상하게도 했기 때문이다.

　그러나 타고르는 신비 속의 성자가 아니라 소박한 시인

이었다. 가장 먼저 예이츠, 에즈라 파운드, 로맹 롤랑 등 당대 서구를 대표하는 문인들이 반해버린 시인 타고르는 위대한 시인이었고 소설가였고 극작가였으며, 음악가, 화가였다. 뿐만 아니라 위대한 교육자였으며 식민지 인도를 위해 분투한 민족주의자였고, 국제주의자였다.(이는 국제적인 존재를 뛰어넘는 의미를 함축한다.) 모든 것은 선천적인 시에서 출발했다. 선천적이라는 말은 천재적이라는 말로도 통하는바, 그는 불과 5, 6세부터 천재적인 시적 감성이 표출되기 시작했다. 유년시절 겨우 벵골어 자모를 깨우쳤을 때 "비는 줄줄, 나뭇잎 새는 너울너울"이라는 동시를 읽고 의성어와 의태어에 전율하도록 매료되어버린 감성의 소유자였다.

따라서 그는 시를 쓰기 위해, 소설, 희곡, 에세이, 평론을 쓰기 위해, 그리고 노래(작사, 작곡)를 만들고 그림을 그리기 위해 태어났다고 단정적으로 말할 수 있다. 본인 스스로 "나는 내 생애를 시인으로 출발했다./ 나의 종교는 본질적으로 시인의 종교이다./ 나는 스스로 음악가라고 자처한다."라고 말한 그는 7세부터 시를 발표하기 시작하여 15세에 『들꽃』 이라는 시집을 내면서 문단에 이름을 올렸다.

사실 타고르는 시인으로 알려져 있으나 소설과 희곡을 더 많이 남겼다. 아니 노래와 그림을 더 많이 남겼다. 희곡은 작품마다 무대에 올려 공연을 했고, 작곡한 노래는 2천 곡이 넘으며, 타고르가 작사 작곡한 노래 「자나 가나 마나」

는 1947년 인도가 영국으로부터 독립한 후 1950년 1월, 공식적으로 인도 국가로 채택되었다. 또한 「우리의 황금 벵골」이라는 노래는 인도에서 분리된 방글라데시의 국가로 지정되었다. 그가 남긴 그림은 3천여 점에 이른다. 그의 그림에 대하여 유럽 비평가들은 "우리들 서양의 아틀리에풍의 습관에 일체 영향을 받지 않은 진정한 순수 회화"라고 격찬해 마지않았다. 그중에는 인도 국보로 지정된 작품이 많이 있으며, 타고르 그림은 일체 해외 반출이 금지되어 있다. 타고르의 개인전은 미국, 영국, 프랑스, 독일, 캐나다, 이탈리아, 러시아 등 가는 곳마다 성황리에 개최되었다. 후일 한국에서도 열렸다.(〈타고르 회화―2011 아시아관 테마전〉, 민병훈, 국립중앙박물관, 2011년 1월) 또한 평론의 미학 논리는 해석이 난해할 정도로 심오한 경지를 구축하고 있으며 에세이의 품격은 세련되고 화려하다.

예이츠, 에즈라 파운드 등이 타고르의 시에 반해버린 이유는 먼저 타고르의 시가 규격화된 당시의 형식으로부터 벗어난 데 있었다. 당시 지식층에 속한 인도 작가들은 전적으로 영국 문학으로부터 영감을 얻으려고 매달렸으나 타고르는 "나는 평생 소위 교육이라는 것, 다시 말해 훌륭한 가문의 자제들에게 적합하다고 간주되는 학교나 대학교 같은 종류의 교육을 한 번도 받아본 적이 없는 것이 다행이었다"고 할 정도로 변별성이 확실한 개성적 운율을 구사한 까닭이었다. 그러니까 타고르 작품의 개성은 모방적 형태에서 벗어나 있었다. 그것은 일반적으로 교사가 가르치는 것을 기교적 표준으로 강요하는 학교 교육을 지양한 것이었고 타고르는 그것을 행운이라고 믿었던 것이다.

그는 끝까지 대학의 학위로 표준화된 교육적 훈련을 모조리 회피했다. 그는 스스로 학문을 하고 시와 소설과 희곡을 쓰면서 갠지스 강이 있는 곳에서 유유히 흐르는 강물처럼 영혼의 자유를 갈구하면서 스스로 만든 고립의 세계와 명상을 통해 자신을 만들어갔던 것이다. 잘 알려진 대로 그는 명상가로서 인류와 세계를 헤아렸다. 그는 예시적이고 예언자적인 영감으로 종교와 인류를 하나로 보는 혜안을 갖고 있었다. 제국주의 시대 19세기는 강자와 약자가 분리되는 시대였고, 강자인 서양 사상을 분리주의로 본 타고르는 개인과 우주가 하나로 조화를 이루어야 한다고 생각했다. 그래서 타고르는 서양의 분리주의를 자연과 인간(삶)을 가르는 것으로 보고, 개인과 전체를 가르는 배타성을 배격했다. 우주와 개인이 하나를 이루기 위해서는 신의 본성인 사랑에 모든 근거를 두어야만 한다고 생각했던 것인데, 말을 조금 더 좁혀보면 강대국과 약소국이라는 힘의 논리를 떠나야 한다는 것, 강자와 약자가 분리되어서는 안 된다는 주장이었다.

우리는 21세기 언제부터인가 세계가 하나라는 의미에서 '지구촌'이라는 통일성을 강조하기 시작했으나, 타고르는 19세기부터 "이 세상은 하나의 둥지 속에서 서로 만난다"는 말로 세계가 하나라는 생각을 피력했다. 당시 제국주의자들이 약소국을 자기네 것으로 간주하고 세계를 운운하는 것 말고는 세계가 하나라는 생각은 동서양에서 어느 누구도 언급한 적이 없었다. 궁극적으로 그의 철학은 사랑이며 사랑은 신의 본성으로서 자연에 존재한다고 보았던 탓이다. 그리고 그것은 문학으로 변용되었을 뿐만 아니라 일생 동안 삶의 형태로 실행되었다.

따라서 그는 마치 지구를 처음 발견한 사람처럼 지구가 이루고 있는 자연과 인류에 무한정으로 애정을 쏟아부었으며, 이런 모든 것을 품고 있는 것이 그의 시 『기탄잘리』이다. 예이츠는 『기탄잘리』를 읽고 "그의 사상에는 내가 일생 동안 꿈꾸어오던 세계를 전개하고 있다. 이 최고의 교양 작품은 목초나 골풀처럼 보통 흙에서 자라난 것과도 같다"고 했는데 흙에서 자라난 목초나 골풀과 같다는 것은 자유를 지칭한 것이었다. 그것도 하늘 아래 오로지 하늘만 바라보는 거침없는 자유를 말한 것이며 곧 타고르를 가리킨 것이었다.

그렇듯이 그는 자유주의자였고, 자유주의자답게 타고르는 하나만의 철학체계를 고집하거나 조직적인 종교 신념이나 집단에 매몰되는 것을 원치 않았다. 그는 누군가에게, 무언가에, 어딘가에 속하거나 또한 자신이 대중의 중심이 되는 것 따위를 거부했다. 따라서 예이츠가 감동한 대로 오랜 전통적 향토성을 바탕으로 한 그의 시『기탄잘리』는 그만큼 거침없이 순수하고 순박하며 거침없이 자유로울 수밖에 없다. 고요하고 유려하며 따뜻한 영혼이 살아 숨 쉬는 섬세한 문체는 시를 대하는 자를 신비한 세계로 이끄는 마력을 지니고 있다. 그런데 신에게 바치는 노래라는 의미를 가진『기탄잘리』가 노벨문학상의 반열에 올랐던 것은 당시 노벨문학상 심사위원들을 시험하는 일종의 시험대이기도 했다. 누가 봐도 종교적 색채가 짙은 신앙시로 읽히는『기탄잘리』는 당시 통념상 노벨문학상에 걸맞은 유형이 전혀 아니었기 때문이다. 그렇다면 심사위원들은 어떻게 그 시험대를 통과했을까.

처음에 당황했던 심사위원들은 결국『기탄잘리』의 마력에 사로잡히고 말았다. 그러나 타고르가 타고난 천재 시인이었기 때문이라는 결론은 그 내부에 들어있는 많은 것을 잠식시킬 수 있다.『기탄잘리』에는 타고르의 고독과 고뇌가 있고, 거기에는 개인 화자로 상징된 민족과 국가가 있으며 세계 인류를 향한 선과 사랑에 대한 염원이 깊숙이 묻혀 있기 때문이다.

# 2 타고르와 노벨문학상

　시성 타고르, 그는 아시아 최초로 노벨문학상을 수상했다. 그것은 세계를 감탄과 경악으로 몰아넣은 사건이었고, 그의 명성은 하늘을 찌르고도 남았다. 그러나 타고르는 안락하게 노벨상 수상자의 명성을 누리기를 원치 않았다. 그는 유명세를 타는 시인이 직면하는 함정과도 같은 것, 더욱이 인도는 우상숭배가 심한 만큼 명성으로 하여 우상화되는 것을 경계했다. 그럴수록 그에 대한 존경심은 더욱 깊어지고, 동시대에 그가 만나지 않은 세계 유명인은 없었다.

　예이츠, 에즈라 파운드, 헤세, 버나드 쇼, 버틀란트 러셀, 헬렌 켈러, 아인슈타인 등 세계적으로 이름을 떨친 각 분야의 유명인들 즉 문인들, 사상가들, 예술가들, 정치인들, 종교인들이 그를 만나기를 원했다. 하버드대학, 예일대학, 옥스퍼드대학 등 세계 유명대학들은 물론 유명 언론들과 사회단체들이 앞다투어 강의 요청을 하기에 바빴다. 당시 군국주의로 맹위를 떨치는 파시즘 독재자 무솔리니도 그를 청해 강연을 들었다. 독일의 철학자 헤르만 카이젤링은 "라빈드라나드 타고르는 내가 부끄러움을 느꼈던 몇 안 되는 인물 가운데 가장 위대한 인물이다. 그는 세계적인 명성이나 인도에서 보여지고 있는 것 이상으로 훨씬 더 위대하다. 몇 세기에 걸쳐 지상 어느 곳에서도 그 사람만 한 인물은 나타나지 않았다. 그는 내가 아는 한, 가장 보편적이며 포괄적인, 가장 완전한 인간"이라는 찬사를 했고, 로버트 프로스트는 타고르를 만난 것을 회상하면서 워싱턴 주재 인도 대사에게 보낸 편지에서 "그는 자기 나라에는 물론 우리들에게도 속해 있다. 그는 나의 친구요 내가 그의 위대함을 축하하는 데 참여할 수 있다는 것을 자랑으로 여긴다"고 했다. 그리고 같은 민족 인도인들이 마하트마(위대한 영혼)로 받드는 간디는 그를 구루데브(스승이란 뜻으로 타고르에 대한 존칭)라고 불렀다.

그 후 백 년이 지난 지금도 사람들은 타고르의 이름 앞에 반드시 시성(詩聖)이라는 칭호를 붙이게 마련이다. 이미 앞에서 언급했거니와 우선 타고르는 엄숙하고 깊은 예지와 지성이 흐르는 풍모부터 시성의 경지를 느끼게 한다. 시성의 성(聖)은 "성스러움, 성인, 어떤 분야에서 가장 뛰어난 사람"을 말한다. 그러므로 시성이라는 말은 역사상 더할 나위 없이 뛰어난 시인을 가리킨다는 것을 알 수 있다. 그런데 이 위대한 시성이라는 칭호는 백 년이 넘도록 아직까지 그 누구에게도 붙여지지 않았다. 가끔 세계적으로 이름을 떨친 어떤 시인을 향해 시성이라는 말을 잠시 붙이기는 했으나 그들에게는 도무지 어울리지 않았다. 이런 이유로 1832년 괴테가 사망한 이후, 유럽에서는 높은 인간성과 흔들리지 않는 위대함과 고전적인 조용함에 대하여 타고르에 비견할 수 있는 시인이 아직 나타나지 않았다고 말하고 있다. 따라서 시성(詩聖)이라는 말은 오로지 타고르에게만 붙일 수 있는 칭호가 되어버렸다고 할 수 있다.

그러나 성자처럼 고요한 그는 고요하지 않았다. 신을 대상으로 아이처럼 선하고 여성처럼 부드러운 유미주의의 시를 쓴 그는 영국, 미국, 일본 등 당시 제국주의를 표방하는 강대국을 다니면서 거침없이 제국주의를 비판하는 강연을 했다. 그는 인간의 권리와 자유를 지배하는 기구나 제도를 완강히 거부했다. 인도는 18세기 중엽부터 1947년 독립될 때까지 200년 동안 영국의 지배 아래 놓여 있었고, 그는 그 이름도 찬란한 노벨문학상을 받고도 허전할 뿐이었다. 그것은 다름 아닌 강자에게 약탈당한 것에 대한 공허함을 퍼내는 분노였다. 세계 어디든 가리지 않고 부르는 곳마다 다니면서 언제나 텅 빈 공허를 안고 방황했던 것, 노벨상으로는 결코 채워지지 않았던 그것은 다름 아닌 제국주의 아래 약소국들이 상실한 자유와 희망에 대한 '상실감'이었다.

그럴더라도 영국의 지배 아래 있는 인도의 무명(유럽에서 봤을 때) 시인 타고르에게 노벨상이 돌아간 것은, 백 번을 돌이켜 봐도 세계사적인 사건이었다. 서구 유럽이 아시아를 지배하는 당시에 그 어떤 아시아의 언어도 유럽 사회에 통할 리 없었기 때문이다. 이 기적 같은 사건은 놀람을 뛰어넘어 세상을 어리둥절하게 만들었다. 한편은 감격하고 한편은 경악했다. 감격한 쪽은 아시아였고, 경악한 쪽은 서구 유럽이었다. 감격한 아시아는 일단 제쳐 놓고, 유럽이 왜 경악했는지, 그 이유는 지금까지 노벨문학상의 역사를 살펴보면 쉽게 이해할 수 있다.

1901년부터 시작된 노벨상은 화학, 물리학, 평화, 생리학, 의학, 문학, 경제학(1969부터) 등 6개 분야가 있다. 이들 가운데 노벨문학상은 노벨상의 꽃으로 불리며 세계인의 관심이 집중된다. 성과가 확실하게 나타나는 과학 분야와 달리 문학 분야는 성과를 확실하게 구별하기가 어려워 심사하는 데 그만큼 까다로운 탓이다. 노벨상은 해마다 전 세계의 작가 중 한 사람에게 주는 것을 원칙으로 하되 공동 수상도 허용했다. 노벨문학상의 후보는 스웨덴 아카데미에서 세계 곳곳의 관련 단체로부터 매년 1월까지 후보를 추천받아 후

보자 수를 줄여나가는 과정을 거쳐 5인을 최종심에 올린다. 10월 초에 수상자를 선정하여 발표하고, 시상식은 노벨이 사망한 날인 12월 10일에 열린다.

　노벨상은 후보자의 업적 외에도 장르와 지역(국가), 정치적 상황 등을 고려해 주는 것으로 알려져 있는데 지금까지 문학상 수상자는 유럽 중심이며 대부분 소설가, 시인, 극작가들이 받았다. 문학상이라면 당연히 문사들이 받는 게 당연한데, 여기에서 '대부분'이라는 말을 붙인 것은 문사가 아닌 철학자, 역사가, 정치가도 노벨문학상을 수상할 수 있기 때문이다. 2회 테오도로 몸젠(1902, 독일 역사가), 8회 루돌프 오이겐(1908, 독일 철학자), 27회 앙리 베르그송(1927, 프랑스 철학자), 50회 버트런드 러셀(1950, 영국 철학자), 53회 윈스턴 처칠(1953, 영국 정치가)이 그들이다. 일반적으로 문학을 의미하는 말로 인식되어 있는 'Literature'가 문학에만 국한된 말이 아니라는 것에 그 이유가 있다. 즉 'Literacy'는 철학, 역사, 정치 사회학 등 인문학적 저술 행위를 모두 포함한 것이므로 이로 인해 베르그송, 처칠 등이 노벨문학상을 받을 수 있었다.

　이렇게 하여 역대 노벨문학상 수상자는 1901년 프랑스 시인 '쉴리 프뤼돔'을 시작으로 오늘에 이르고 있다. 수상자는 단독이 원칙이지만 두 사람이 받은 공동 수상도 있었다. 또 어떤 이유로 수상자가 없는 해도 있었는데 1914년, 1918년, 1935년, 1940~1943년, 2018년은 수상자가 없었고, 1904년, 1917년, 1966년, 1974년은 두 사람씩 공동수상을 했다. 그리고 무엇보다도 세계는 수상자의 국적에 신경을 쓰게 마련인바, 현재까지(2019) 국가별 수상자는 프랑스 작가 15명, 미국 작가 13명, 영국 작가 11명, 독일 작가 8명, 스웨덴 작가 8명, 스페인 작가 6명, 이탈리아 작가 6명, 폴란드 작가 4명, 아일랜드 작가 4명으로 프랑스, 미국, 영국 등 선진국을 중심으로 유럽이 우위를 차지하고 있다. 한편 수상자들의 유럽 편향성을 문제 삼거나, 작가의 사상 문제로 수상이 반려된 경우도 있었다.

제1회 최종 유력 후보로 낙점된 러시아 대문호 '톨스토이'는 무정부주의를 지지했다는 이유로 최종에 오르고도 제외되고 말았다. 그런가 하면 1958년 『닥터 지바고』의 작가 보리스 파스테르나크는 옛 소련 정부의 압력으로 스스로 수상을 거부해야 했다. 1964년도 수상자 장 폴 사르트르도 처음에는 "모든 공적인 명예를 거부한다"면서 "오늘날 문화 전선에서 할 수 있는 유일한 투쟁은 동서양의 문화가 평화적으로 공존하도록 해야 하는 것"이라는 글을 스웨덴 아카데미 앞으로 보낸 다음 노벨상을 거부했다. 물론 같은 프랑스 시인 생존 페르스가 자기보다 4년이나 앞선(1960년 수상) 것에 대한 불만이라는 설도 있으나 사르트르의 발언은 아시아 쪽에서 보면 매우 반가운 말이 아닐 수 없다. 그런데 타고르가 노벨상이 제정된 지 불과 13년 차에 유럽의 견고한

벽을 뚫었다는 것은, 사르트르의 주장(어떤 의미이든)대로 유럽 제국주의의 우월과 식민지의 열등을 파괴하고 동서양이 문화를 통해 평화적으로 공존하는 전초 역할을 해준 것이라고 할 수 있다. 당시 노벨상은 유럽인들이 차지하는 것이 당연한 일이었기 때문이다.

1913년 아시아인 최초로 노벨문학상을 수상한 타고르의 시집 『기탄잘리』는 모두 103편의 산문시를 담고 있으며 '기탄잘리'라는 말은 인도어로 신에게 바치는 노래이다. 스웨덴 아카데미는 심사평에서 "그의 운문은 심오할 정도로 섬세하고 신선하며 아름답다. 자신의 시적 사유를 완벽한 기술로 표현해냈다"고 선정 이유를 밝혔는데, 스웨덴 아카데미보다 먼저 『기탄잘리』를 접한 예이츠는 "만인이 읽지 않고는 못 배길 마력에 차 있다"고 극찬을 아끼지 않았다. 예이츠는 『기탄잘리』가 노벨상 공모에 응모하기 전에 시집의 서문을 썼을 뿐만 아니라 후일 자신이 만든 『옥스퍼드 선집』에 타고르의 시를 가장 많이 넣어 편집하기도 했다.

그때 이미 『기탄잘리』에 매료된 예이츠는 타고르의 시를 접했을 때 『기탄잘리』를 읽게 되면 "누구든지 개인의 세계를 발견하게 될 것이며 이 작품은 인간으로부터 우러나오는 신비한 음악이며 이미지"라고 했다. 또한 타고르의 시는 당시 근대시인에게서 볼 수 없는 조화와 성숙에 이른 것으로 타고르의 말 하나하나와 움직임조차도 모두 시와 미와 지혜라고 했다. 그런가 하면 앙드레 지드는 『기탄잘리』를 프랑스어로 번역하면서 "어떠한 문학에서도 이처럼 엄숙하고 이처럼 아름다운 가락을 찾아볼 수 없다"고 했다.

> 이 조그만 책의 비할 데 없는 시적 순수성은 내 눈에
> 너무도 찬란히 빛나고 있기 때문에 나는 이 시의
> 이미지를 프랑스에 가져오는 것을 하나의 영광으로
> 생각한다. 전쟁과 또 우리의 정치적, 종교적 분쟁이
> 끊이지 않는 이 세계에 이 항성은 온 인류에게 사랑과
> 평화의 따뜻한 광명을 계속 비추고 있다.
>
> ―앙드레 지드

당대 세계적인 시인으로 이름을 날리는 이들이 감탄하는 『기탄잘리』는 유미주의의 시답게 어린아이처럼 순수하고 푸름처럼 청신한 사랑을 노래한다. 이런 이유로 타고르는 "유식한 비평가들로부터 비난과 정정과 조소를 받았다"고 했는데 그 유식한 비평가들 말대로 『기탄잘리』는 자칫 쉽게 읽힐 수도 있다. 그렇다면 만인이 읽지 않고는 못 배길 마력에 차 있다고 극찬을 아끼지 않은 예이츠나, 어떤 문학에서도 이처럼 엄숙하고 이처럼 아름다운 가락을 찾아볼 수 없다고 감탄을 금치 못했던 앙드레 지드는 과연 문학적 안

목이 모자란 탓이었을까.

안목 없이 보자면, 그보다도 문학 위에 동양은 서구에게 다만 잉여자본의 투자지, 식민지의 대상일 뿐이라는 이미지를 덧씌워 놓고 보자면『기탄잘리』는 신에게 바치는 명상 시에 불과하다. 따라서 그 유식한 비평가들이 타고르를 조소한 것처럼 자신의 문학적 안목을 정정하고, 아시아라는 편견을 뛰어넘어야 예이츠나 앙드레 지드의 순수한 문학적 해석을 이해할 수 있다고 하겠다.

흥미로운 것은 옥스퍼드대학이 타고르를 일찍이 인정하지 못한 것을 개탄한 일이다. 타고르가 옥스퍼드대학으로부터 명예박사 학위를 받은 건 죽기 1년 전 79세였다. 1940년 8월 학위식이 개최되었다. 그들은 병석에 있는 타고르를 직접 인도까지 찾아가 학위식을 거행했는데 학위증에는 "뮤즈들 모두에게서 가장 사랑받는 사람에게"라고 썼다. 타고르가 노벨상을 받은 지 무려 27년 만이었으므로 늦어도 너무 늦은 일이었다. 타고르가 노벨상 수상자로 선정되기 몇 달 전, 영국에서 한정판으로 출간한『기탄잘리』에 대한 평가가 흑과 백으로 나뉠 때, 옥스퍼드대학 측은 타고르에 대해 인정하기를 거절했었다. 그런데 수여식에서 대학 측은 타고르의 문학성을 최초로 인정하는 기회를 스웨덴 아카데미에게 빼앗겼다며 유감을 피력한 것이다.

옥스퍼드대학이 스웨덴 아카데미보다 먼저 타고르를 인

정하지 못했음을 후회하듯이 어느 날 갑자기 『기탄잘리』
라는 얇은 시집 한 권이 세계로 하여금 아시아를 새롭게 인
식시키는 지각변동을 일으킨 것은 세계사적인 혁명이 아
닐 수 없었다. 따라서 이 얇은 시집 한 권이 단번에 세계적
인 문호들을 감동시키면서 서구 유럽에 지각변동을 일으킨
사건에 관심을 가져보는 것, 그리고 타고르가 평생 매달린
사랑이란 무엇인지를 생각하는 것은 시대를 막론하고 매우
유의미하며 흥미로운 일이 아닐 수 없다. 타고르에 대한 이
해는 문학의 힘이 무엇인지를 더욱 극명하게 보여줄 것이
기 때문이다.

　그러나 타고르는 노벨상으로 얻어진 명예와 명성을 대
단한 것으로 생각하지 않았다. 타고르는 노벨상 명예보다
노벨상 때문에 한 독자에게 자신의 시가 큰 위로가 되었다
는 것을 더 크게 여겼다. 이야기는 독일에서 있었던 일로, 타
고르가 독일에 초청 강연을 갔을 때, 어느 날 아침 사람들이
타고르를 만나기 위해 찾아왔다. 그리고 많은 사람들이 다
돌아간 다음, 한 젊은 여성이 타고르 앞에 나와 자신은 전쟁
(제1차 세계대전) 중에 남편을 잃은 미망인이라고 하면서 도
저히 살아갈 희망이 없는데 타고르의 시 '기탄잘리'를 읽고
살아갈 용기를 얻었노라고 했다. 여성이 감사하다는 말을
남기고 돌아가고 나자 타고르는 자기를 늘 수행하고 다니
는 비서에게 말했다.

나는 벌써 상당한 명예를 부여하는 노벨상이라든가 그로 인한 명성이라든가 하는 것을 잊어버렸다네. 그런 것은 인생의 피상적인 일에 지나지 않는 것이라 결코 내 마음이 움직이지 않았지. 그런데 이 젊은 여성이 전쟁 중에 남편을 잃고 완전히 넋이 나가버린 채 고통스럽게 나날을 견디는데 '기탄잘리'를 읽으면서 마음의 위안을 얻었다는 말에 나는 감동하고 말았네. 참으로 눈물이 흐르지 뭔가. 가족을 잃고 고통스러워하는 사람에게 내 시가 위안을 주었다는 것은, 신이 나에게 주신 최대의 선물이라는 생각이 들었네. 잠시나마 누굴 위로할 수 있다면 나는 산 보람이 있을 테니 말이네.*

---

* 유영, 『타골의 문학』, 연세대학교 출판부, 1983. 278면

# 3

# 타고르를 발굴한 화가
# 윌리엄 로센스타인

 

노벨상을 수상하기 전까지 타고르는 인도 외에는 알려지지 않은 무명작가였다. 타고르는 오로지 창작 생활을 하면서 일찍이 교육에 대하여 깨달은 바가 있어 자신이 세운 학교에 전심전력을 바쳤다. 그런데 시『기탄잘리』가 완성되었을 무렵 그는 자신의 운명을 바꾸어 주게 될 '윌리엄 로센스타인'이라는 영국 화가를 만나게 된다. 타고르의 연구자 '수지트 쿠마르 무케르지'는 타고르를 알리는 데 가장 큰 공을 세운 인물로 ①바산타 쿠마르 로이 ②예이츠 ③에즈라 파운드, 세 명을 꼽았으나 타고르를 맨 처음 서구에 알린 것은 영국인 화가 '윌리엄 로센스타인'이었다.

1910년 중반 로센스타인이 인도 여행을 하게 되고, 그때 타고르를 알게 된다. 로센스타인은 타고르를 처음 봤을 때 그의 초상화를 그려도 되겠느냐고 청할 정도로 타고르에 매료되었다. 로센스타인은 인도식 하얀 옷을 입고 침묵한 채남의 말을 경청하는 모습에서 흘러나오는 예지와 유덕함에이끌린 것이었다.

나는 조라상코에 있는 타고르 가(家)를 방문할 때마다
아래 위가 하얀 인도 옷을 입은 유난히 아름다운
모습을 하고 있는 모습에 마음이 사로잡혔다. 그는
우리가 이야기하는 동안 조용히 귀를 기울이며 앉아
있었다. 나는 강하게 마음이 끌려 그의 초상화를
그려도 되겠느냐고 물었다. 그에게 대단한 육체적인
아름다움과 더불어 내적인 매력을 발견했기 때문이다.
나는 연필로 그의 초상화를 스케치했다. 그러나
그가 당대의 이름난 작가라는 사실을 누구도 나에게
알려주지 않았다.*

그 후 로센스타인은 타고르의 단편소설과 시를 접하고깊은 감명을 받게 되는데 "신비적 색채가 뚜렷한 그의 시들은 비록 서툰 번역이지만 깊은 인상을 주었다"고 놀람을 피

---

* 크리슈나 크리팔라니, 김양식 옮김, 『R. 타고르의 생애와 사상』, 세창, 1996.
135면

력했다. 그리고 2년 후 1912년 타고르는 『기탄잘리』를 영어로 번역한 노트를 가지고 런던을 방문하여 로센스타인을 만나 노트를 내밀었다. 타고르는 당시로서는 영국 문화계에 로센스타인 외에는 아는 사람이 전혀 없을 정도로 영국이나 서구에 무명 상태였다. 그날 밤 『기탄잘리』를 모두 읽고 감동한 로센스타인은 먼저 문예 비평가 앤드루스 브래들리(당시 옥스퍼드대학에서 시학 강의)에게 타고르의 시를 보냈다. 그리고 예이츠에게는 편지로 타고르의 시에 대한 감동만 써서 보냈다.

> 내가 앤드루스 브래들리에게 그 시들을 베껴서
> 보냈더니 '드디어 우리의 동지 가운데 또 한 명의
> 위대한 시인을 갖게 되었다'라며 내 의견에 동의했다.
> 나는 예이츠에게도 편지를 썼으나 답장이 없었다.
> 그러나 두 번째 편지를 보냈을 때 몇 편의 시를
> 보내 달라고 했다. 그 시들을 읽고 그는 나보다 더
> 흥분했다. 그는 런던으로 건너와 타고르의 시를 자세히
> 검토하고는 필사본에 몇 군데 수정을 가했으나 원본은
> 그대로 손대지 않았다.[*]

---

[*] 위의 책 135면, 이하 동일한 책은 면수만 표기하기로 함

인용문에서 알 수 있듯이 예이츠는 직접 확인하겠다는 생각으로 로센스타인이 두 번째 보낸 편지를 보냈을 때 시 몇 편을 보내달라고 했다. 그리고 몇 편의 시를 읽게 된 예이츠는 곧장 런던으로 달려와 타고르의 시를 자세히 검토하며 높이 평가한다. 일이 이쯤 되자 로센스타인은 당장 자기 집에 저명한 문인들을 초청하여 타고르를 소개했다. 이날 예이츠는 타고르의 시를 낭송했는데 이 모임에서 가장 영향력 있는 작가는 단연 에즈라 파운드였다. 에즈라 파운드는 미국 시인으로 런던에 거주하면서 많은 작가들과 교유하고 있었다. 또 한 사람 타고르의 평생 친구이자 협력자가 되어준 C. F. 앤드루스를 만난 것도 이 모임에서였다. 앤드루스는 인도에서 활동한 영국 출신의 기독교 선교사 겸 사회개혁가(간디가 아프리카에서 인종차별에 대하여 싸울 때 간디를 돕기도 했다)였는데 그날 밤의 감동을 다음과 같이 말했다.

나는 H. W. 레빈슨(저명한 언론인)과 나란히 햄프스테트 유원지를 끼고 걸어서 돌아갔으나 거의 말을 하지 않았다. 나는 빨리 혼자가 되어 그 밤의 경탄과 영광에 대하여 조용히 생각해보고 싶었다. 레빈슨과 헤어진 후 나는 유원지를 질러갔다. 구름 한 점 없이 개인 밤하늘에는 인도적인 분위기를 자아내는 무엇인가가 보랏빛으로 자욱했다. 거기서는 온통 혼자가 되어 그

놀라움에 대하여 생각할 수 있었다.(136면)

—C. F. 앤드루스

에즈라 파운드, 예이츠, 앤드루스 외에도 그날 밤 타고르
가 만난 문사들이 더 있었다. 소설가 겸 비평가인 버나드 쇼
와 W. H. 허드슨, 철학자 겸 수학자인 버트런드 러셀, 시인
로버트 브리지스, 존 메이스필드, 스터지 무어, H. G. 웰스,
스토포드 브루크 등이었다. 그들과 만난 후 인도로 돌아간
타고르는 로센스타인에게 편지로 "당신은 내가 몰랐던 친
구들에게 나를 만나게 해주었으며, 당신은 나의 집이 없는
곳에 나의 자리를 만들어 주었습니다"라는 감사 편지를 보
내면서 "인도 내에서만 영국인을 아는 사람들은 진정한 영
국인을 모른다"(138면)는 말로 그들의 호의에 대한 감동을
표했다. 그리고 로센스타인은 "타고르의 품위 있는 위엄과
아름다운 풍모, 그 자태와 조용한 예지, 이러한 것이 그를
만난 모든 사람에게 강한 인상을 주었다"고 그날 모임에 대
한 후기를 남겼다.

타고르가 인도로 돌아간 다음 로센스타인은 여기서 한
발 더 나아가 런던의 인도인협회 측에 영문판『기탄잘리』
인쇄를 하여 회원들에게 나눠 주도록 권유했다. 이렇게 하
여 타고르가 노트에 번역해놓은『기탄잘리』는 1912년 11월
한정판 750권이 나오게 되고, 이때 예이츠가 서문을 쓰고

에즈라 파운드는 해설을 썼는데 그들이 타고르의 시에 얼마나 감동을 받았는지를 다음과 같은 내용으로도 충분히 짐작할 수 있다.

나는 이 번역된 원고를 여러 날 동안 가지고 다니면서
기차 안에서도, 이층버스의 위쪽 자리에서도, 혹은
식당에서도 읽었다. 내가 그 시들로부터 얼마나 큰
감동을 받는가를 다른 사람들이 알아차릴까 두려워
나는 가끔 원고를 덮어야만 했다.(136면)

—W. B. 예이츠

예이츠가 한 위대한 시인—그의 말을 빌리면 우리 중
누구보다도 위대한 시인—의 출현에 대단히 흥분해
있는 것을 본 지 한 달이 넘었다. 어디서부터 이야기를
시작했는지 모르나 우리는 갑자기 새로운 희망을
발견한 것이다. 마치 르네상스 이전의 유럽으로 돌아간
것처럼 훨씬 건강하고 투명한 감각이 기계 소음 속에
묻혀 있는 우리에게 돌아온 것 같았다. 나는 지금
이것을 가볍게 말하는 것이 아니며, 감상에 젖거나
새로운 이론을 주장하기 위해 하는 말은 더더욱
아니다. 한 달 동안이나 두고두고 생각한 일이다.
이 시인에게는 천성적인 고요가 있다. 그의 시들은

격렬한 감정에 의해 태어난 것이 아니라 그의 정상적인 상태를 반영하고 있다. (…) 타고르의 거처를 떠난 후 나는 마치 내가 짐승 털옷을 두르고 돌도끼를 가진 미개 인간처럼 생각되었다. 간단히 말해 나는 그의 작품 속에서 기본적인 상식을 볼 수 있었다. 우리가 서양식 삶의 혼돈과 도시의 혼란 속에서, 혹은 대량 생산되는 문학의 요설과 선동 속에서 쉽게 잊어버린 무엇을 보았다.(137면)

—에즈라 파운드

예이츠의 흥분에 이어 에즈라 파운드의 해설은 타고르에 대한 적확한 표현이다. 20세기 초 당시 서구는 산업발전과 아울러 제국주의가 팽창하여 극에 달했다. 그런 가운데 제국 주의자들은 인종적 민족적 자부심으로 가득 찬 욕망으로 영 혼이 타락하고 있었다. 이럴 때 타고르의 시는 고요하게 그 러나 예리하게 영혼을 흔든 것이었다. 에즈라 파운드의 말 가운데 "마치 르네상스 이전의 유럽으로 돌아간 것처럼 훨씬 건강하고 투명한 감각이 기계 소음 속에 묻혀 있는 우리에게 돌아온 것 같았다"는 것이나 "타고르의 거처를 떠난 후 나는 마치 내가 짐승 털옷을 두르고 돌도끼를 가진 미개인처럼 생 각되었다"는 고백은 새로운 세계를 발견한 충격을 말해 준 다. 또한 "이 시인에게는 천성적인 고요가 있다"고 표현한 것은 타고르의 품위에 매료되었음을 짐작할 수 있다.

한정판으로 출판된 시집 『기탄잘리』가 영국, 미국, 캐나다 등 서구의 언론을 타면서 타고르는 본격적으로 이름을 알리기 시작했다. 그렇다고 유명한 문인들 모두가 타고르의 『기탄잘리』에 대하여 찬탄하지는 않았다. 문인들 가운데는 혹평하는 비평가들이 훨씬 더 많았다. 시집 『기탄잘리』가 출간되고 영국 신문으로부터 호평을 받을 때, 영국과 인도의 많은 비평가들이 매몰차게 비판을 쏟아붓기 시작했다. 그들은 심지어 타고르가 이처럼 훌륭하게 영어를 쓸 리가 없으며 예이츠가 전면적으로 수정했거나 개작했을 것이라는 주장까지 펼쳤다.

그러나 이와 같은 의혹에 대해서는 타고르에게 길을 열어준 로센스타인이 증인이었다. 로센스타인은 맨 처음 노트에 있는 초고를 읽은 사람이었을 뿐만 아니라 예이츠의 수정본과 인쇄소로 넘어간 최종 원고를 보관하고 있었다. 로센스타인은 "이 낭설은 전혀 근거 없는 것이다. 영어와 벵골어 둘 다 『기탄잘리』 초고를 나는 소중하게 간직하고 있다. 예이츠가 복사본에 군데군데 손을 보긴 했으나 인쇄소에 넘길 때는 타고르가 쓴 원고 그대로를 넘겼다"고 증언했다. 아울러 런던에서 발행되는 영국의 대표적 신문 《타임스》도 문학 특집판에 『기탄잘리』의 서평을 게재하며 부정적인 의혹을 비판하고 나섰다.

이 시집에 실린 시들을 읽으면 장차 영국시가 나아갈 방향, 즉 사상과 감정의 조화가 잘 나타나 있다. 오늘날 우리의 세계에서는 종교와 철학이 서로 작별을 고하고 있는데, 이는 그 둘 다 쇠퇴하고 있다는 징후이다. 이 시집에 담긴 사상이 영국적인 것과 거리가 멀기 때문에 이 인도 시인에게 반하는 것을 거부하는 사람도 있을 것이다. 그러나 이 시들을 무시하기 전에 스스로 자문해 보자. 우리의 철학은 무엇인가를. 우리는 항상 분주하게 사상을 추구하지만 시로써 표현할 만한 사상은 아무것도 갖고 있지 않다.(139면)

《타임스》가 "타고르의 시를 무시하기 전에 스스로 자문해 보자. 우리는 항상 분주하게 사상을 추구하지만 시로써 표현할 만한 사상은 아무것도 갖고 있지 않다"고 반대자들을 질타했으나 반박은 쉽게 가라앉지 않았다. 타고르에게 반하는 것을 거부한 비평가들 가운데 어떤 비평가는 런던에서 발행되는《뉴에이지》에 "이렇게 보잘것없는 시라면 누구라도 쓸 수 있다. 이런 작품을 좋은 영어, 좋은 시, 좋은 감각, 좋은 논리라고 착각해서는 안 된다"고 쓰기도 했다. 또어떤 비평가는 '영국이 후진 민족에 대한 교화 사명을 훌륭하게 실행해 왔기 때문'에 인도인이 이런 작품을 쓸 수 있는 거라고 노골적으로 제국주의의 정치성을 드러내기도 했다.

타고르에 대한 거부는 비단 서구에서만 일어난 것이 아니었다. 놀랍게도 같은 인도인들도 반응이 달랐다. 어떤 영국인 선교사가 서평란에 "몇 세기 동안 이처럼 뛰어난 시인은 나오지 않았다"고 쓴 내용을 읽고 미국에 있는 벵골인들이 격분하기도 했다. 어느 벵골인은 격분을 이기지 못해 타고르를 "사기꾼"이라 했고, 어떤 인도인은 타고르를 훨씬 능가한다는 벵골의 다른 시인들 이름을 나열하면서 "이 친구의 사랑 노래는 옛날 바이슈나브(힌두교의 한 종파) 시인들 노래의 발꿈치에도 못 미치는 흉내일 뿐 다른 아무것도 아니다. 유럽과 미국의 괴짜들은 겨우 타고르 정도에 열을 올리고 있으나 그 친구가 쓴 것은 우리에게 전혀 새로운 것이 아니다"라고 비판하기도 했다. 그럼에도 불구하고 『기탄잘리』는 영국의 신문과 잡지에서 대부분 호평을 얻으면서 타고르의 명성은 마치 산불처럼 미국까지 퍼져나갔다.

# 4

# 가장 쉽고 가장 어려운
# 『기탄잘리』의 독법

  타고르의 인기가 미국에까지 확산되면서 타고르가 한참 강연으로 분주할 때, '바산타 쿠마르 로이'가 타고르를 찾아왔다. 타고르의 열광적인 독자인 로이는 타고르와 같은 벵골 캘커타 출신으로 위스콘신대학에서 유학을 하고 신문기자로 일하고 있었다. 타고르가 노벨상을 수상하는 데 일등공신으로 꼽힌 그는 타고르에게 더 많은 작품을 영역할 것을 권하면서 "선생님은 조만간 시로써 노벨문학상을 받게 될 것이며 인도와 아시아에는 선생님이 아니면 그 영광을 누릴 사람이 없다"는 확신에 찬 말을 하게 된다. 로이는 산불처럼 번지는 타고르의 인기를 노벨상으로 연결시키기 위해 타고르에 대한 전기 『라빈드라나드 타고르, 그의 시와 인간』을 집필하여 미국을 돌면서 타고르에 대한 강연을 하기 시작했다. 그리고 타고르 전기는 대성공을 거두게 되고, 타고르에게 강연 요청이 쇄도하면서 시카고대학과 하버드대학에서 강연을 하고 뉴욕에서도 강연이 이어졌다.

이렇게 하여 1년 전만 해도 무명이었던 타고르는 미국과 영국을 비롯하여 캐나다까지 유명인사가 되어 가는 곳마다 팬을 끌고 다닐 정도가 된다. 따라서 영문판 시집『기탄잘리』는 숨 가쁘게 인쇄를 거듭했다. 그럼에도 명상시라는 『기탄잘리』의 첫인상 때문에 영국에서 타고르는 주로 종교 시인으로 간주되었다. 그러자 에즈라 파운드는 그를 종교 시인으로 본 것은 한쪽으로 치우친 견해라고 지적하면서 예술가를 예술가로 예우해야 한다는 글을 신문에 발표했다.

> 이 섬의 생각 있는 사람들은 왜 훌륭한 예술가를
> 예술가로 예우할 수 없을까? 예술가를 대하는
> 데는 그의 생애를 정중하게 품 속에 싸고, 신성한
> 모럴리스트의 초상을 짊어지고 다니고, 그렇게 다니는
> 외에 조금 더 나은 생각을 하지 않을까. 이것은
> 나에게도 지금껏 불가해한 의문이며 이후에도 풀 수
> 없는 수수께끼일 것이다. (145면)
>
> ─에즈라 파운드

타고르는 이와 같이 유명세를 타면서도 한편으로는 끊임없이 부정당하는 곤욕을 치르는데, 이때쯤 영국 시인 '스

터지 무어'가 스웨덴 아카데미의 노벨 위원회 위원장 앞으로 편지를 보낸다. "안녕하십니까. 연합 왕국 왕실 문학협회의 한 회원으로서 개인적 견해에 있어서 노벨문학상 자격자로 라빈드라나드 타고르를 정중하게 추천하는 바입니다. T. 스터지 무어"(145면)라는 짧은 편지는 스웨덴 아카데미 노벨상 선정위원회를 매우 놀라게 했다. 상상조차 하지 못한 아시아 시인에다, 작품은 종교시였다. 더욱이 유럽 문학 풍토에서 종교시 『기탄잘리』가 추천되었다는 것은 황당한 일이었다. 이때 원고를 접한 사람이 두 사람인데 한 사람은 스웨덴 시인 '베르네르 폰 헤이덴스탐'(1916년 노벨문학상 수상자)으로 심사위원이었고, 또 한 사람은 당시 노벨상 선정위원회 위원 중 한 사람인 '탐 할스트렘'이었다. 이때 탐 할스트렘이 노벨상 위원회에 제출한 보고서를 보면 '미지'라는 표현과 전형적인 종교시로 치부하는 것을 발견할 수 있다.

틀림없이 지금 제안하고 있는 것은 유럽 시가 갖고 있는 어떤 문제보다 훨씬 중대한 무엇인가에 관계되는 문제이다. 그러나 문제의 성격이 너무나 다르고 또 그것이 태어난 세계 전체가 우리에게 있어서는 너무나 미지이기 때문에 우리들로서는 어떠한 판단을 내리기 전에 멈춰 서서 더욱 잘 증거를 찾아 조사할 필요가 있다. 어떤 의미로서는 이러한 순수한 종교시에

어울리지 않는 상을 결부시켜 생각한다는 것은 본의가
아니다. 그것은 다비드의 시편이나 성 프란시스의
노래에 돈을 지불하는 것과 같은 것이다.(146면)

　　탐 할스트렘의 보고서의 첫 문장 "틀림없이 지금 제안
하고 있는 것은 유럽 시가 갖고 있는 어떤 문제보다 훨씬
중대한 무엇인가에 관계되는 문제"라고 하는 내용은 무척
의미심장하다. 노벨상 후보 작품으로 올린 거라면 비록 종
교시라고 할지라도 예사롭지 않은 작품이라는 의심과 함께
함부로 보지 않는 태도를 견지한 것이다. 그러나 "문제의
성격이 너무나 다르고 또 그것이 태어난 세계가 우리에게
있어서는 너무나 미지"라는 표현은 인도라는 아시아의 식
민지와 인도인 타고르에 대해 그들이 얼마나 낯설어했는지
를 잘 말해 주고 있다. 당시 아시아 식민지는 서구에 국가
로 인식되지 못했을 뿐만 아니라 이름조차 모른 처지에서
그들의 반응은 당연한 것일 수밖에 없다. 따라서 『기탄잘
리』를 종교시로 보고 노벨문학상에 어울리지 않는다는 표
현과 함께 구약성서 다윗이 쓴 시편이나 성 프란시스의 노
래에 상금을 지불하는 것과 같은 것이라는 매몰찬 비유를
들기도 한다.
　　그리고 최종으로 프랑스 작가 에밀리 파구에를 유력
한 후보로 올려놓았다. 그런데 결과는 로이가 예언한 대로

1913년 11월 노벨문학상 선정 소식이 전해졌다. 그것도 최고의 심사평을 곁들인 것이었는데, 결정적 역할을 한 건 베르네르 폰 헤이덴스탐 심사위원이 강력한 지지를 보낸 덕택이었다. 스웨덴 아카데미는 타고르를 선정한 이유를 "그의 운문은 심오할 정도로 섬세하고 신선하며 아름답다. 자신의 시적 사유를 완벽한 기술로 표현해냈다"고 밝혔고 직접 심사를 한 베르네르 폰 헤이덴스탐은 『기탄잘리』를 읽는 동안 뜨거운 즐거움이 흘러넘쳤다고 소감을 밝혔다.

> 이 시를 읽는 동안 나에게는 뜨거운 즐거움이 흘러
> 넘쳐 마치 맑고 신선한 샘물을 마시는 것 같았다. 그의
> 온갖 감정과 사상에 스며 있는 저 뜨겁고 사랑스러운
> 경건성, 마음의 순수성, 그의 스타일의 고상하고
> 자연스런 장엄함—이런 것들이 모두 배합되어 깊고
> 희귀한 정신의 총체적인 아름다움을 창조하고 있다.
> ─베르네르 폰 헤이덴스탐(당시 노벨문학상 심사위원)

『기탄잘리』의 객관적 상관물은 종교와 신앙이지만 주제는 그것을 훨씬 뛰어넘어 우주적이고 세계적인 사랑의 경지를 보여주었기 때문이다. 예이츠, 에즈라 파운드, 앙드레 지드, 로맹 롤랑 등 당시 서구의 대표적인 문호들을 감동시킨 『기탄잘리』가 노벨상 심사위원들을 감동시킨 것은 당연한

결과이다. 사실 『기탄잘리』 103편은 삶 자체를 신으로부터 출발하여 신으로 귀결됨을 드러낸다. 제1편 "님은 나를 영원케 하셨으니, 그것이 님의 기쁨입니다"로 시작하는 시는 "내 생활 속의 온갖 거칠고 거슬리는 것들은 한 감미한 조화에로 녹아들어, 나의 동경은 바다를 나는 새처럼 날개를 폅니다"(2편)로 묘사되어 "스승이시여! 아, 님의 음악의 끝없는 올가미로 님은 나의 마음을 사로잡아 버렸군요"(3편), "나의 생명의 생명이시여"(4편), "님의 얼굴을 대하지 않고서는 나의 마음은 안정도 휴식도 모르거니와, 나의 일은 가없는 고해의 끝없는 수고로 화하지요"(5편)라고 고백한다. 그에게 있어 '신'은 사랑을 가르쳐주는 친절한 스승이며 가장 가까운 벗이며 따뜻한 이웃이다. 따라서 신에게 화자의 일거수 일투족을 낱낱이 보고하는 것, 신에게 사로잡힘을 원하는 것은 신과의 교감의 차원인 사랑에 도달한 '희열'을 나타낸 것이다.

> 이 부서지기 쉬운 그릇을 당신은 비우고 또 비워
> 언제나 새로운 생명으로 채웁니다.
> 이 작은 갈대 피리를 언덕과 골짜기로 가지고 다니며
> 당신은 그것에 끝없이 새로운 곡조를 불어넣습니다.
>
> ─『기탄잘리』 1편 중에서

비우고 또 비워 언제나 새로운 생명으로 채워주는 것, 작은 갈대 피리(나)에 끝없이 새로운 곡조를 불어넣어 주는 것은 선한 아름다움을 보여주는 것이며 그것은 신으로부터 나오는 신의 본성이다. 그리고 신 앞에 육과 영을 경건하게 해야 한다는 것, 신이 내 육과 영에 미치지 않는 곳이 없다는 것은, 영적으로 완벽한 존재가 되고 싶은 소망이다. 거짓과 죄악에 물들지 않아야 도달할 수 있는 그것은 곧 신만이 내려줄 수 있는 정갈한 사랑이기 때문이다.

이와 같이 종교에 대한 신념을 매우 깊게 드러내고 있으나, 그렇다고 신을 찬미하거나 신에게 감사를 드리는 신앙시의 일종과는 변별성을 지닌다. 여기에는 종교적인 잠언시의 한계를 뛰어넘는 낭만과 자유가 전체적인 이미지를 지배한 탓이다. 타고르 그만이 지닐 수 있는 고독한 낭만과 자유를 바탕으로 하는 독특한 도그마를 보여주는 『기탄잘리』는 단순한 언어로 신에 대한 절대 의지, 욕망에서 벗어나는 지혜에 대한 갈구, 더 정갈하게 더 깊고 높은 세계, 즉 신이 준 가장 선하고 아름다운 사랑의 길 찾기이다.

①
그의 조용한 발소리를 듣지 못했는가? 그가 오고 있다.
언제나 나를 향해 오고 있다.
모든 순간, 모든 시대, 모든 낮과 밤에 그가 오고 있다.

(…)

그가 오고 있다. 언제나 나를 향해 오고 있다.

햇빛 가득한 사월의 향기로운 낮에 숲의 오솔길을

밟고서 그가 오고 있다. (…)

비에 젖은 칠월의 울적한 밤에 천둥치는 구름의 수레를

타고서 그가 오고 있다.

언제나 나를 향해 오고 있다. 슬픔 다음에 또 슬픔이

이어질 때 내 가슴을 밟고 오는 것은 그의 발소리,

그리고 내 기쁨을 빛나게 하는 것은 그 발의 황금빛

감촉.

　　　　　　　　　　　　　　　　　—『기탄잘리』 45편 중에서


②

생명의 문지방을 넘어 이 세상에 온 첫 순간을 나는

기억하지 못합니다.

그 힘은 무엇이었을까요? 한밤의 숲에서 꽃봉오리

하나 열리듯 이 광대한 신비 속으로 나를 나오게 한

힘은. (…) 마찬가지로 죽음에 이르러서도 똑같은

미지의 힘이 나타날 것입니다. 내가 일찍이 알았던 그

모습으로, 그리고 나는 압니다. 이 삶을 사랑하므로

죽음 또한 사랑하리라는 것을, 어머니가 오른쪽

젖가슴에서 떼어 내면 아기는 울음을 터트리지만, 다음

순간 왼쪽 젖가슴에서 위안을 찾아냅니다.

—『기탄잘리』95편 중에서


그러나 ①과 ②는 객관적 대상이 종교에서 얼마든지 멀어질 수 있는 해석이 가능한 작품이다. ①의 '그'는 사랑의 대상이면 모든 것이 해당되는 상징어이기 때문이다. 또한 ②의 힘, 즉 '한밤의 숲에서 꽃봉오리 하나 열리듯 이 광대한 신비 속으로 나를 나오게 한 힘'도 신을 포함하여 모든 것이 대상이 될 수 있다.

그러나 심사위원들이 처음에 타고르를 낯설어했듯이 유럽 사람들은 좀처럼 인도인 타고르를 받아들이지 못했다. 수상자가 발표되자 서구인들의 항의가 빗발쳤다. 미국의 한 신문은 "노벨문학상이 인도인에게 주어졌다는 것이 작가들 사이에 커다란 분노와 불만을 불러일으켰으며, 노벨상의 영예가 백인이 아닌 아시아인에게 돌아간 이유를 그들은 이해하기 힘들어한다"는 기사를 썼다. 캐나다 토론토의 신문《글로브》는 "노벨상이 백인이 아닌 사람에게 주어진 것은 최초의 일이다. 라빈드라나드 타고르가 세계적인 문학상을 수상했다고 스스로 믿게 되기까지 시간이 걸릴 것이다. 그 사람 이름부터가 귀에 낯설다. 처음 그 이름을 들었을 때 이 일이 사실이라는 것이 믿기지 않았다"고 했다. 로스앤젤레스의《타임스》는 "소수의 사람들만 그 이름을 발음할 수 있는 인도의 시인에게 상이 주어진 것에 유럽, 미국의 작가들이 크게 실망하고 있다"고 했다.

물론 인도에서는 타고르가 수상을 하게 되자 폭풍 같은 환희의 물결이 인도를 휩쓸었다. 타고르가 정작 불쾌한 것은 유럽인들이 무시하는 것보다 같은 인도인들의 태도였다. 노벨상 발표 직전까지만 해도 부정적인 언사를 서슴지 않았던 사람들이 가장 먼저 앞장서서 떠들어댄 탓이었다. 타고르는 그런 기분을 자신을 영국에 소개하여 유명하게 만들어준 로센스타인에게 보낸 편지에서 다음과 같이 밝히고 있다.

이것은 나에게는 커다란 시련입니다. 이 상이 야기시키는 세간의 흥분은 경악 그 자체입니다. 마치 꼬리에 빈 깡통을 매달아 놓은 개가 지나갈 때마다 소리가 요란하게 울리고 구경꾼들이 모여드는 짓궂은 장난 같습니다. 지난 며칠 동안 밀물처럼 밀려드는 축전과 편지로 나는 숨이 막힐 지경입니다. 지금까지 내 작품을 한 줄도 읽지 않았고 나에게 호의적인 감정도 갖지 않았던 사람들이 맨 먼저 큰 소리로 환호성을 지르고 있습니다. 여기에는 왠지 두려운 것이 있습니다. 이 사람들은 나에게 갈채를 보내는 것이 아니라 나에게 붙은 명예에 경의를 표하고 있기 때문입니다.(144면)

노벨상이 결정되기 전 타고르가 영국 신문에 오르내리면서 유명세를 타기 시작할 때, 인도인 대부분이 인도의 전통을 탈피한 타고르의 시에 불만을 갖거나 맹렬히 비난을 퍼붓던 사람들이었다. 그런데 수상이 발표되자마자 벵골 캘커타의 저명인사 500여 명이 특별 열차편으로 타고르가 거주하고 있는 산티니케탄을 방문하는 등 급변해버린 그들 태도에 타고르는 오히려 굴욕을 느낀 것이었다. 타고르는 그들의 찬사를 단호히 거부했고, 이는 품위를 지키는 일이라는 평가를 받았다.

노벨상을 수상한 이후 타고르는 국내는 물론 영국, 미국, 일본, 중국, 유럽 등 외국을 다니면서 수많은 강연을 펼치는 가운데 일본을 가장 인상 깊게 보았다. 타고르는 일본에서 3개월 동안이나 체류하는가 하면 다시 세 번이나 더 일본을 방문하면서 "이 나라 사람들은 호수처럼 조용하다. 내가 지금까지 들은 그들의 시는 음악적인 노래가 아니라 회화적"(166면)이라고 일기에 쓸 정도로 일본의 조용하고 깔끔한 생활양식과 정서에 매력을 느꼈다. 또한 짧고 간결함을 특색으로 하는 일본의 전통 시조 하이쿠에 매력을 느낀 타고르는 일본인 팬들에게 사인을 해줄 때마다 하이쿠 형식의 즉흥시를 써주기도 했다. 반면 일본 사람들은 타고르를 석가모니가 탄생한 인도의 시인이자 예언자로 여겨 신처럼 받들었다. 그러나 얼마 가지 않아 거짓말처럼 일본인들의 타고르에 대한 존경심과 열기가 식어버리고 말았다.

고요한 명상시, 유미주의 시인 타고르가 순하고 부드럽고 고요하지만은 않았기 때문이다. 타고르는 강연을 할 때마다 일본의 국가주의, 즉 제국주의적 권력과 이기주의를 맹렬하게 비판하기 시작했다. 그는 일본의 근대화를 칭찬하면서도 진정한 근대화는 정신의 자유라고 강조했다. 그리고 일본이 다른 민족에게 입힌 상처로 일본 스스로가 고통을 당하게 될지도 모르며 일본이 주변에 뿌린 적의의 씨앗이 일본에 대한 경계의 장벽으로 자라날 것이라고 예언했다. 뿐만 아니라 중일전쟁에 대하여 일본 시인 노구치 요네지로(野口米次郎, 1875-1947)와 벌인 격렬한 논쟁이 세상을 강타했다. 인도를 방문하는 등 타고르와 친분이 있는 노구치 시인이 타고르에게 편지하기를 "일본이 중국에서 하고 있는 일은 모든 아시아의 해방을 위한 일"이라 했고 타고르는 이에 분노하며 응수했다.

당신은 해골의 탑 위에 구축될 아시아의 개념을
부채질하고 있습니다. 당신이 가엾게도 지적하신
것처럼 나도 아시아의 메시지를 믿어 왔습니다. (…)
당신이 이 편지에서 말하고 있는 '아시아인을 위한

아시아'의 교의는 정치적인 공감 도구에 지나지
않으며 내가 거부하고 있는 악랄한 유럽의 특징이나
정치적인 기치나 경계선 등의 장애를 넘어서 우리를
하나로 한다는 커다란 인간애와는 아무런 관계가
없습니다.(251면)

그는 미국과 유럽에서 강연할 때도 국가주의는 악마를
숭배한 것과 같은 것이라고 비난을 퍼부었다. 이렇게 제국
주의를 맹렬하게 비판하는 강연 때문에 타고르의 인기는 일
본에서뿐만 아니라 영국, 미국 등 유럽에서도 달라지기 시
작했다.

그러나 처음부터 유명세에 개의치 않았던 타고르는 노
벨상을 수상할 때 영국이 수여한 기사작위(조지 5세)도 반납
했다. 1914년 제1차 세계대전 때 영국은 인도에게 자치권을
보장한다는 조건으로 도움을 요청했다. 인도는 자치권을
보장받기 위해 인도 청년 120만 명을 전쟁에 투입했고 막대
한 전쟁 물자를 제공해주었다. 그러나 영국이 약속을 지키
지 않자, 이에 항의하기 위해 1919년 4월 인도 북부 암리차
르 잘리안왈라바그 공원에서 인도인들이 시위를 벌였고, 이
때 영국 군대가 인도인 1500명을 학살하는 암리차르 대학
살 사건이 일어났다.

타고르는 영국정부에 대한 강력한 항의 편지와 함께 기

사작위를 반납했다. 그런 식으로 타고르가 전쟁에 대한 통렬한 비판을 그치지 않자 결국 인기의 발상지인 영국에서도 타고르의 인기는 냉각되기 시작하면서 타고르에 대한 호감이 급속히 사라지고 말았다. 영국에 이어 미국 언론들도 위대한 우리 미합중국 청년들의 마음을 타락시키려는 타고르의 말에 조심해야 한다는 경고를 하고 나섰다.

심지어 조국 인도의 혁명단체들로부터도 편협한 민족주의자, 국민에 대한 배반자라는 비판이 쏟아졌다. 그러자 타고르는 "만행을 못 본 척하는 파렴치한 태도는 소름 끼치도록 추악하다. 우리의 진정한 구원은 우리 자신의 손안에 있다"고 응수하면서 암리차르 대학살을 긍정하는 인도 일파들과 영국사회에 대한 비판을 그치지 않았다. 그러면서 "진리는 모든 민족에게 있어 같은 것이며, (…) 그러나 민족은 이상주의란 이름 아래 말하는 허위를 갖고 있다"(177면)고 제국주의를 비판했다.

뿐만 아니라 1937년 2월 캘커타대학 졸업식에서 타고르가 축사를 한 것은 캘커타대학 80년사 가운데 상상조차 할 수 없는 일이었다. 영국 식민지 인도에서 대학 축사는 반드시 영국인 총독이나 지사들에게만 주어진 특권이었기 때문이다. 그때 타고르는 영어 대신 당당하게 모국어인 벵골어로 축사를 하면서 "교육은 모국어로 해야 한다"(245면)고 강조했다.

타고르는 노벨상 수상 작가라는 자신의 명예와 인기를 지키기 위하여 전혀 노력하지 않은 채 자유롭게 말하고 행동하는 것을 서슴지 않았다. 이를 지켜본 프랑스 소설가 로맹 롤랑(1915년 노벨상 수상)은 타고르의 국가주의에 대한 비판에 감동하여 친구가 되었다. 롤랑은 특히 타고르가 일본에서 강연한 「국가주의」라는 강연문을 부분적으로 번역(불어)하여 전쟁 중에 자신의 논문에 인용했을 뿐만 아니라 전쟁이 끝난 다음 1919년 타고르에게 유럽의 예술가나 지식인을 대표하여 롤랑 자신이 기초한 〈정신의 독립선언〉에 서명해 줄 것을 부탁했다.

　　만약 타고르가 노벨상 수상으로 얻어진 명성에 기댔다면 그의 이름은 단순히 역대 노벨상 수상자의 이름 가운데 하나로 남아 있을 것이었다. 그의 이름이 노벨상을 뛰어넘어 불멸의 등불로 존재하는 이유는 세계를 이해하려고 노력한 탓이라고 할 수 있는데 롤랑이 보낸 편지에 타고르의 정신을 잘 대변해주고 있다.

　　유럽의 파산을 고한 이 수치스러운 세계대전의 파국 후에 유럽만으로는 자신을 구할 수 없다는 것을 명확하게 했습니다. 유럽의 사상은 아시아의 사상을 필요로 하고 있습니다. 마치 아시아 사상이 유럽 사상과 접촉하는 데서 이익을 얻어 왔듯이, 이것은

인류의 두뇌를 둘로 나눈 반구(半球)입니다. 만일
한쪽이 마비되면 몸 전체가 퇴화합니다.(178면)

　　　　　　　　　　　　　　　　　—로맹 롤랑

# 5 가문과 정신

나는 매일 라빈드라나드를 읽습니다. 그의 한 줄을
읽는다는 것은 이 세상의 온갖 번뇌를 잊게 되는
것이지요. 우리나라엔 다른 시인들도 많이 있습니다.
그러나 그와 필적할 사람은 아무도 없답니다. 우리는
이것을 라빈드라나드 시대라 부르지요. 지금 유럽의
어떠한 시인도 우리들 사이에서 그처럼 유명한 사람은
없는 것 같습니다.
매일 새벽 세 시에 그는 묵상에 잠겨 꼼짝도 하지
않고 있는 것입니다. (…) 때로 그의 아버지가 그다음
온종일 그곳에 앉아 있기도 하지요. 한번은 강 위에서
그가 묵상에 빠진 일이 있었는데 사공들은 그들이
다시 여정(旅程)을 계속할 수 있을 때까지 8시간이나

기다렸던 것입니다.[*]

　인용한 글은 예이츠가 쓴 『기탄잘리』 서문 가운데 '예이츠가 인도 의사와 나눈 이야기'이다. 당시 인도인들이 타고르 가문을 얼마나 추앙했는지를 잘 보여주는 내용이다. 타고르 가문은 인도 귀족 브라만 가문으로 그의 할아버지부터 타고르까지 3대가 이름을 빛냈다. 그들은 부와 명예와 지식을 겸비했을 뿐만 아니라 노블레스 오블리주를 실현한 선각자들로 선하고 아름다운 덕행과 품위, 그리고 지고한 정신세계를 겸비한 가문이었다. 벵골 대부호의 후계자로 많은 재산을 물려받은 타고르의 조부 드와르카나드는 사업을 대대적으로 확장하여 당시 인도 최대 그룹의 오너가 되었다. 그리고 문화와 사회 공공이익을 위해 아낌없이 재산을 희사한 자선가였다. 브라만 가문답게 도덕관 역시 훌륭했다. 따라서 인도 국민들은 그를 존경해 마지않는 뜻에서 드와르카나드 타고르 대공(大公)이라고 불렀다.

　그러나 타고르의 부친 데벤드라나드는 부를 쌓기보다는 종교적으로 살기를 원했다. 따라서 그는 철저한 우파니샤드 학자로 살면서 마하르시(대성현)라는 칭호를 얻었다. 그런데 힌두사회의 정통 브라만 계급인 타고르 가문에는 남다른

---

[*] 유영, 『타골의 문학』, 연세대학교 출판부, 1983. 255면

곡절이 존재한다. 그것은 전통적으로 내려오는 힌두교의 절대적인 교리와 규범을 어길 수 없는 브라만 계급으로서 그것을 넘나들었다는 데 있다. 먼저 인도 힌두사회의 특징을 보면, 최고위급 브라만(사제)을 정점으로 제2급 크샤트리아(정치와 군사 담당), 제3급 바이샤(평민), 제4급 수드라(노예)로 구성되어 있고, 이들 계급은 세습되었다. 물론 전근대사회에서 계급 세습은 당연한 것으로 받아들여졌으나 인도의 카스트 세습은 그야말로 인류사에서 그 유례를 찾아볼 수 없을 정도로 엄격한 것이었다. 이들 각 계급은 환생하며 환생으로 인하여 신분이 영원히 계승되는 것이 신학적 원리이며 불변의 진리였다.

따라서 카스트 제도는 하늘을 찌르는 권력과 명예를 누리는 최고위급 브라만을 제외하고는 모두 불만을 가질 수밖에 없는 제도였다. 특히 실질적으로 국정을 운영하면서도 브라만 아래 위치해야 하는 제2계급 크샤트리아와 자손대대로 노예로 전승되어야만 하는 수드라 계급에게는 저주스러운 제도였다. 그러나 이 엄격한 제도 때문에 브라만이 인도 문화를 세계적 문화유산으로 올려놓을 수 있었다. 국정의 자문 역할까지 도맡은 브라만은 종교적으로 사제일 뿐만 아니라 학자였으므로 그런 결과를 낼 수 있었다. 그들은 브라만 경전인 베다를 연구하여 신학, 철학, 윤리학, 논리학의 발달을 가져오게 했으며, 베다의 정확성을 기하는 과정에서 음성학, 문자학, 문법, 천문학, 역학, 수학 등의 학문을 자리 잡게 했다. 따라서 브라만 계층이 사용한 산스크리트가 인도 공식 언어로 굳어져 후에 산스크리트를 중심으로 법률서 『마누법전』과 종교 백과사전인 『브라흐마나』, 세계 최장 서사시 『마하바라타』와 『라마야나』 등의 작품이 나오게 되었던 것이다.

그러나 카스트의 엄격한 권위주의로 하여 브라만교는 차츰 대중들로부터 멀어지기 시작하면서 브라만교와 한층 대별되는 '우파니샤드' 철학사상이 출현했다. 우파니샤드는 우주의 본체라는 브라만과 인간 생명의 근원인 아트만이 같다고 보고 범아일여(梵我一如)를 주장했다. 그리고 브라만의 영원불멸의 진리로 통하는 환생설을 청산해야 할 적폐로 간주하고 오로지 범아일여를 실천하는 것만으로 인간 수양이 이루어진다고 보았다.

어느 시대나 보수와 진보가 존재하기 마련이며 보수 세력은 기득권을 지키기 위하여, 진보 세력은 구습의 적폐를 개혁하기 위하여 서로 대립하게 되는바, 타고르 가문은 진보적 개혁세력인 우파니샤드의 중심에 있었다. 그렇다면 계급 내에서 제재당하거나 소외당하는 것은 당연한 일인데 '크리슈나 크리팔라니'*가 쓴 타고르의 전기 『빛은 동방으로

---

* 타고르의 손녀사위로 『R. 타고르의 생애와 사상』과 『빛은 동방으로부터』를

부터』(손유택 역)와 『R. 타고르의 생애와 사상』(김양식 옮김)에 의하면, 타고르 가문은 벵골의 중심을 이룬 정통 브라만으로서 전설적이고 운명적이다.

먼저 인도 대륙은 크게 인더스강을 중심으로 하는 서북 지역과 갠지스강을 중심으로 하는 동북 지역, 데칸고원을 중심으로 하는 남북 지역으로 구분된다. 그리고 기원전 2천 년경에 아리안족(수메르 계통 유목민으로 추정)이 인더스 문명을 파괴하고 내려와 기원전 12세기에 동북 지역 갠지스강 유역에 정착하게 된다. 이들은 자연을 숭배하는 매우 종교적인 민족으로 브라만교와 더불어 엄격한 카스트 제도를 만들어 정복지의 다른 민족을 지배하는 수단으로 삼게 되었다.[*]

그러나 기원전 9세기경부터 너무 엄격한 카스트 제도와 브라만의 권위주의 때문에 대중의 지지를 잃기 시작하면서, 기원전 6세기에 카스트 제도의 차별 대신 인간의 평등을 내세운 불교에 그 자리를 내주게 된다. 즉 마가다 왕조가 불교를 바탕으로 맨 처음 인도 통일을 이루어 부흥한 것이다. 불교는 마가다 왕국 이후 마우리아 왕조를 거쳐 아소카 왕에

---

썼다. 타고르, 간디, 네루를 도와 일을 한 사람으로 인도 독립 운동가였다. 영국에서 법학을 공부했으며 많은 역작을 낳았다. 간디의 전기 『간디』도 썼다. 인도의 과학연구소 연구원, 교육성의 비서로도 일했다.

[*] 민석홍 외, 『세계문화사』(개정판), 서울대학교 출판부, 2005(초판 1988), 47면

이르러 꽃을 피우면서 승승장구한 역사를 이룬다.

그 후 마우리아 왕조가 망하고, 비아리안족인 쿠샨족 왕조가 등장하여 간다라 미술을 낳게 되는 등, 불교는 AD 3세기에 쿠샨 왕조가 망할 때까지 약 7백여 년간 흥하던 끝에 그 자리를 다시 힌두교에 내주게 된다. 즉 비아리안족인 쿠샨 왕조에서 다시 5세기에 아리안족인 찬드라 굽타 왕조가 인도를 통일하면서 국가기구를 브라만교를 중심으로 힌두교 지배하의 인도 사회를 만들어 오늘에 이르고 있다. 그러나 굽타 왕조는 6세기 중엽에 망하고 갠지스강 유역이 퇴조하면서 통일 왕조 없이 지역단위 체제가 8세기까지 이어지게 되었고, 8세기 중엽에 가서야 비로소 카나우리 왕국이 일어나 기원전 9세기부터 AD 3세기까지 불교로 인하여 흩어진 힌두 왕국을 통합하게 된다.

카나우리 왕국은 브라만 문화의 아성을 이루었던 아리안 족으로 본래 힌두사회의 순수성을 회복하기 위해 다섯 가문의 브라만을 선택하게 되는데 그중 '다크샤'라는 이름이 타고르 가문으로 알려져 있다. 따라서 다크샤는 '자간나드 쿠샤리'로 이어지고 다시 '판챠난 쿠샤리'로 이어지는데 이야기는 다음과 같이 전개된다.

과거 7백 년 동안 불교 시대를 지나 인도를 지배하게 된 아리안족인 힌두왕조는 12세기 말에서 13세기 초에 걸쳐 이방의 이슬람에 의해 정복되면서 벵골은 이슬람왕국의 속국으로 변해버리게 된다. 이때 많은 힌두인(아리안족의 전통적인 다양한 종교를 가진 민족)들이 회교로 전향하게 된다. 이들 가운데 '피에르 알리 칸'이라는 브라만은 자원하여 회교로 전향하면서 회교도 처녀를 아내로 맞이하게 된다. 더불어 그는 회교도 영주인 '제쏘르'를 보좌하는 지위를 얻게 되는 높은 신분에 이르게 된다.

이렇게 이교도에 붙어 출세한 알리 칸은 브라만인 카라데프와 쟈이아데프 형제를 신임하면서 가까이 지내는 사이였는데, 이들 형제는 전설의 '다크샤' 후예로 전해지고 있다. 단식을 해야 하는 라마단제(祭)의 어느 날, 피에르 알리 칸이 레몬 냄새를 맡고 있는 것을 보고 두 형제 중 '카라데프'가 "힌두 교리에는 냄새를 맡는 것도 먹는 것이나 다름없지요. 그러니 당신은 단식을 어긴 셈입니다"*라고 사실 농담조로 말했다. 그러나 알리 칸은 복수를 하고 만다. 비록 회교로 전향은 했으나 그는 역시 브라만의 피가 흐르고 있었고, 힌두교의 교리상 그것은 유쾌한 일이 아니었다. 알리 칸은 어느 날 궁중 연주실에 카라데프 형제를 초청해 놓고 옆방에서 회교도의 성찬을 요리하게 했다. 특히 힌두교에서 금하는 소고기를 굽는 냄새가 카라데프 형제가 있는 방으로

---

* 크리슈나 크리팔라니, 손유택 역, 『빛은 동방으로부터』, 동문, 1979. 16면; 크리슈나 크리팔라니, 김양식 옮김, 『R. 타고르의 생애와 사상』, 세창, 1996. 7-6면

퍼지게 되고 그들의 안색이 어두워지자 이때 알리 칸은 "음식냄새 맡는 것이 먹는 거나 다름없다면 자네들은 금지된 음식을 먹는 거나 마찬가지니 카스트를 잃게 되지 않나"라고 했다. 이는 카라데프 형제를 완전히 매장시키자는 작전이었다. 힌두사회에서 순수함과 신성함으로 존경받는 브라만이 순수함과 신성함을 잃었다는 것은 곧 브라만의 명예를 잃은 것이나 마찬가지이며 지역사회에서 자진 추방을 의미했다. 더욱 난감한 것은 딸이었다. 이런 가문은 딸의 혼처를 구하기가 용이하지 않는데, 힌두사회에서는 딸이 과년하도록 혼사가 늦어지게 되면 커다란 치욕으로 간주되었다.

농담 한 마디로 고향에서 더 이상 살 수 없는 운명이 된 형제 가문은 이곳저곳을 전전하며 살게 되는데, '자간나드 쿠샤리'라는 브라만 청년이 힌두사회의 무시무시한 적폐적 관습을 무릅쓰고 형제 가문의 딸을 배우자로 취한다. 그의 선택은 매우 용감하고 정의로웠으나 자간나드 쿠샤리 역시 떠돌이 신세가 되고 말았는데 이 청년이 타고르 가문의 선조로 알려져 있다. 그리고 자간나드 쿠샤리에서 뻗어 나온 후손 판챠난 쿠샤리는 타고르의 직계 조상이다.

판챠난 쿠샤리 역시 조상들처럼 떠돌다 삼촌과 함께 오늘날 벵골의 캘커타의 한 지역인 고빈드푸르라는 마을에 정착하게 되었다. 벵골 갠지스 강가 고빈드푸르는 어촌 마을로 하층민들이 살고 있었다. 타고르 가문이 어촌 마을에 정착하게 되자 마을 사람들은 존귀한 브라만 신분이 하층민인 자기네들과 함께 살아가는 것을 자랑스러워하면서 그들을 극진히 예우했다. 그런 의미에서 마을 사람들은 판챠난 쿠샤리를 '판챠난 타쿠르'라고 부르게 된다. '타쿠르'는 성신(聖神) 즉 신을 뜻하는 말로 브라만에게만 붙이는 특별한 존칭이었다.

1757년 영국이 벵골을 지배하기 시작하면서 영국인 거류자와 가까웠던 고빈드푸르 마을에는 외국 선박들이 많이 드나들었다. 이곳에서 판챠난 타쿠르는 영국 등 외국 선박에 물자를 공급하는 일을 했는데, 외국인들은 '타쿠르' 발음이 어려워 '미스터 타고르'로 발음하게 되었다. 어떻든 타고르 가문은 해상을 통해 막대한 부를 쌓게 된다. 인도에서는 최초로 상업 자본가가 탄생하는 시기였고 타고르 가문이 그 시작이었다. 이때 벵골은 대영교역이 널리 확대되면서 보잘것없는 어촌 고빈드푸르도 대도시(캘커타)를 이루게 되고 이와 함께 타고르 가문은 호상으로서 벵골의 영주로 자리 잡았는데 지방에는 광대한 토지를 소유하고 캘커타 중심지 조라상코에는 호화로운 대저택을 소유하게 되었다.

물은 물을 따라 흐르고 부는 부를 따라 모이듯이 타고르의 조부 드와르카나드(1794-1846)에 이르러 타고르가의 부는 최고 전성기에 이르렀다. 드와르카나드는 핸섬하고 낭만적이었으며 영리한 사람이었다. 그는 상업의 왕자로 불릴

만큼 사업 수완이 뛰어났고 마음이 선량하고 정의감이 강해 생활 태도가 매우 훌륭했다.

대규모를 자랑하는 사업은 인디고 공장, 초석, 설탕, 차, 석탄 등 다양한 업종에 대형 화물선도 여러 척을 소유하고 있었다. 그리고 현대적 은행인 유니온 뱅크를 창립했는데 이는 순수한 인도 자본으로 설립한 인도 최초의 은행이었다. 벵골과 지방에는 대규모 농토를 보유하고 있었는데 현대적으로 말하면 벵골 최고의 그룹이었다.

벵골에서 그가 기부하지 않는 공공기관이나 단체가 없을 정도로 자선활동은 광범위하게 펼쳤다. 그는 인도 최초 캘커타 국립도서관을 창설했는데 도서관 측은 아직까지도 도서관 입구 정면에 그의 흉상을 모셔두고 그를 기리고 있다. 1816년 인도 최초 근대 교육의 중심을 이룬 힌두 대학(현재 캘커타 주립대학) 창립을 주도했다. 1835년에는 캘커타 최초 의과대학과 병원 설립에 앞장섰다. 그리고 학생들에게는 장학금을 주었다. 뿐만 아니라 사회 개혁, 종교, 정치를 막론하고 진보적인 운동을 위하여 재산을 아낌없이 사용했다. 그는 정치적 감각도 뛰어나 영국의 지배 아래 있는 조국이 근대 국가로서 통합을 이루어야 한다고 보고, 새로 일어나는 신흥 세력의 영향력을 인정하려고 애쓴 선구자였다.

그는 사회 활동도 매우 활발하여 벵골의 '아시아협회' (1784년 윌리암 존스 경이 창립)에 인도 사람으로서는 최초로 회원이 되었는데, 아시아협회는 세계적인 활동뿐만 아니라 인도 발전에 지대한 영향을 끼친 단체였다. 당시 괴테, 쇼펜하우어 등의 서구 사상가들이 산스크리트 문학과 우파니샤드를 접할 수 있었던 것도 이 협회에서 발행한 책자를 통해서였다. 그리고 오늘날 인도 대부분의 과학기관도 이 협회에 유래를 두고 있는데 어김없이 자선가 드와르카나드의 지원이 따랐다. 그는 인도 농업 및 원예협회(1820), 캘커타 자선협회(1830), 힌두 자선기관(1831) 등 각종 협회는 물론 종교적 사회적 적폐를 배격하는 사회개혁자들을 돕는 데도 지원을 아끼지 않았다. 또한 인도 사가(史家)들이 인도 근대의 아버지라고 부르는 로이(R. M. Roy, 1774-1833)의 진실한 친구이자 후견인이었다. 그런가 하면 낭만파 드와르카나드는 조라상코 대저택의 연회장에서 지인들과 저명인사들을 초대하여 자주 파티를 열었는데 그때마다 유명한 음악가들과 무용수들을 불러들여 연회를 즐기는 호사스러운 생활을 했다.

그다음 드와르카나드의 장남 데벤드라나드, 즉 타고르의 아버지는 갑자기 드와르카나드로부터 사업체를 물려받았다. 드와르카나드는 51세에 유럽 여행 중 영국에서 사고로 죽고 말았다. 1817년생인 데벤드라나드는 당시 29세였다. 그도 역시 부친 드와르카나르 못지않게 자선을 베푼 인물이었다. 그는 우파니샤드의 학자로서 덕행이 뛰어나고 매사에 경건한 인물로 마하르시로 추앙받았다.

그런데 두 부자는 성향이 전혀 달랐다. 아버지 드와르카나드는 사업가로서 세계를 재패할 것 같은 포부를 가졌다면 아들 데벤드라나드는 조용함을 추구하는 명상주의자였다. 따라서 아버지는 풍부하고 호화로운 생활을 즐겼고, 아들은 명상과 학문과 소박함을 즐겼다. 사실 데벤드라나드는 재벌가의 장남으로 태어나 부모와 가족들의 극진한 사랑을 받으며 호사롭게 성장했다. 그러나 성인으로 진입하는 20세에 가까워지면서 그는 자신에 대하여 성찰하기 시작했다. 그는 평소 어머니와 할머니(타고르 증조모)의 경건한 생활에 깊은 감화를 받았는데, 데벤드라나드는 18세 때 특별한 영적인 체험을 하게 된다.

할머니가 돌아가실 즈음 운명하기 위해 갠지스 강변 오두막으로 옮기게 된다. 힌두교인들은 신성한 강변에서 임종을 마치는 것을 소망했다. 그리고 데벤드라나드는 할머니의 임종을 지키고 있었다. 할머니의 죽음을 하루 앞둔 어느 날 쓸쓸하게 갠지스 강가에 앉아 있던 중 어떤 강렬한 충격에 의해 의식을 잃고 쓰러졌는데 그는 "나는 지금까지의 내가 아닌 것처럼 여겨졌다. 재물에 대한 혐오가 내 안에 일어났다"는 고백을 하게 된다. 값비싼 융단보다 대나무로 엮은 자리가 자신에게 어울린다는 생각이 들고 그전에 느끼지 못했던 환희에 눈을 뜨게 되면서 신앙에 몰두하게 된다.

그때부터 그는 금욕생활을 하면서 힌두교 경전을 연구

하고 서양철학을 탐독하기 시작했다. 탐독할수록 힌두교의 우상숭배와 무의미한 의식을 일삼는 일들이 혐오의 대상으로 보이는 가운데, 어느 날 느닷없이 산스크리트 책, 한 부분이 바람을 타듯 팔락거리는 것을 보게 된다. 그는 이상하다는 생각으로 그걸 읽어봤지만 무슨 뜻인지 이해할 수 없었다. 그는 책을 들고 존경하는 우파니샤드 학자 R. M. 로이를 찾아가게 되고, 로이는 그를 데리고 다시 산스크리트 저명한 대학자를 찾아가 팔락거렸던 부분을 보여주며 도움을 청한다. 그리고 저명한 대학자는 그 책이 우파니샤드의 경전을 담은 것이라면서 팔락거렸던 부분은 "유전하는 세계의 유동하는 모든 것은 신에 포용되며, 그러므로 극기에서 즐거움을 찾을 것이며 남의 것을 탐해서는 안 된다"는 말이라고 뜻풀이를 해 준다.

그는 이 말을 신의 계시로 받아들이면서 신앙의 깊은 뿌리를 형성하게 된다. 이로써 지금까지 호화롭게 살아온 세속적인 삶을 뛰어넘게 되고 신성한 기쁨을 느끼면서 우파니샤드에 전념하게 된다. 그리고 진정한 종교를 포교하고 싶은 소망이 일어나, 1839년 22세에 친지들과 함께 무형의 유일신을 찬미하고 우파니샤드에 명기된 힌두 교리를 전파하기 위해 《타트바란자니 사마》라는 종교협회를 결성한다.

여기에서 짚고 넘어갈 것은 "힌두교의 지고한 지혜를 담고 있는 우파니샤드는 10세기 초반까지도 일반 힌두교인들에게는 알려지지 않았는데 그 이유는 인도가 수세기 동안 외적의 지배를 받게 되면서 교리의 의미보다는 형식에만 치우쳐버린 탓으로 보아지며 이것은 마치 기독교 개혁자들이 성경을 재발견하기 이전의 중세 유럽의 상황과 유사하다"*할 것이다.

그런데 1825년에 이미 로이가 이런 취지로《브라마 사마》라는 단체를 창립했었다. 이 단체 역시 우상이나 종파적 의식을 배제하고 신분의 차별을 없애며 모든 사람이 진정한 유일신을 찬미하기 위한 것이었으므로《타트바란자니 사마》와 같은 취지였다. 그러나《브라마 사마》는 참여도가 낮아 유명무실해지고 말았다. 그래서 데벤드라나드는 1843년 이 두 단체를 통합하여《브라마 사마지》라고 했다. 이렇게 통합된 협회는 종교적인 목적 외에 도덕적으로 무기력한 힌두 사회를 새로운 세계로 인도하는 개혁을 이루었다. 이리하여 데벤드라나드는 추앙받는 인물이 되었고, 최고의 존칭인 마하르시라고 부르게 되었는데, 이것은 우파니샤드를 기록한 위대한 성인들의 전통을 이어가는 지혜가 높은 자, 신의 계시를 받은 사람들의 이름이었다.

데벤드라나드 타고르 마하르시는 신을 만나기 위해 인도 전 지역을 여행하기 시작했다. 당시 인도는 여행이 모험

---

* 크리슈나 크리팔라니, 손유택 역, 앞의 책, 25면

일 정도로 대단히 위험한 것이었는데 해마다 봄 가을, 집을 떠나 서부 평야지대나 백설을 이고 있는 히말라야 산을 찾아 명상에 잠겼다. 그리고 1856년 히말라야에 은거하여 여생을 거기서 보내려고 결심했다. 그리고 2년 후 1858년 그는 히말라야 지역의 폭포를 바라보던 중, 산골짜기에서는 맑고 신선하기 짝이 없는 물이 드넓은 평야에 이르자 도무지 제 본체를 알아볼 수 없는 흙탕물로 변해버린다는 것을 깨닫게 된다. 물은 신선하고 아름다움을 간직할 수 있는 골짜기를 떠나 들녘의 땅을 풍요롭게 만들어준다는 생각에 이른 것과 함께 그는 "자만심을 버리고 이 물처럼 겸허하라. 이곳에서 터득한 진리와 신앙을 세상에 널리 알리라"는 명령을 듣게 된다. 그리하여 출가할 결심을 접고 다시 귀향한 후 1861년에 시성 타고르를 낳게 되었는데 타고르는 아버지 데벤드라나드가 집으로 돌아오지 않았다면 태어나지 않았을 운명이었다.

# 6 고독한 자유주의와 문학

　　1861년 타고르가 태어났을 때 인도에는 세 가지 운동이 일어나고 있었다. 이 가운데 하나는 앞에서 언급한 대로 종교운동으로 위대한 지성과 정신을 겸비한 로이에 의해 주도되었다. 로이(R. M. Roy, 1774-1833)는 인도의 구시대 적폐를 청산하는 종교개혁자로 존경받은 인물로, 우주의 창조자이자 보존자인 영원하고 신비스러우며 불변인 존재를 숭배하고 찬양하는 '브라마 사마지 또는 유신론적 교회' 설립자이다. 로이는 힌두교의 우상 숭배를 적대시했고, '사티'라는 비인간적인 힌두교 구시대의 적폐를 철폐하기 위해 노력했다. '사티'는 남편이 죽으면 남편 시신과 함께 살아 있는 아내를 불태워 화장하는 관습이었다. 로이는 이 외에도 동포에게 교육을 보급하기 위해 활동했다.

그는 구시대의 유물을 파괴하고 영적인 생명의 수로를 열기 위해 나선 진보적인 인물이었다. 여러 해 동안 로이를 중심으로 하는 진보파와 구시대의 유물을 수호하려는 전통파의 치열한 싸움이 전개되었다. 전통파들은 윗대부터 축적해 온 고대 유산을 지키는 것이 자기네들이 사는 길이라고 여겼다. 그럴수록 개혁주의자들은 자꾸 그들의 아성을 허물기 위해 도전했는데 타고르의 아버지도 로이와 함께하는 지도자 가운데 한 사람이었다. 타고르는 "나의 부친이 그러한 운동의 위대한 지도자 중 한 사람이었다고 말할 수 있어 자랑스럽다. 아버지는 그 운동을 위하여 소외당하는 고통을 겪었으나 사회의 냉대도 대수롭지 않게 여겼다"고 했는데 진보주의자들은 소외당하는 고통을 감내하지 않으면 안 되었다.

두 번째는 인도의 문예운동이었다. 벵골에서 일어난 최초 문학혁명으로 개척자는 반킴 찬드라 체터제(1838-1894)였다. 찬드라 체터제는 벵골의 소설가로 벵골인으로서 처음으로 문학사 학위(1883)를 취득한 여성 작가였다. 그는 19세기 인도 소설가 가운데 가장 위대한 작가로 그의 작품은 월터 스콧의 역사 소설을 모델로 삼았는데 그의 영향은 지성인들의 선망의 대상으로 주변에 모여든 젊은 문학도 중에

---

* 타고르, 김경화 옮김, 『삶의 불꽃을 위하여』, 청하, 1982. 122면

타고르가 있었다. 찬드라는 타고르보다 23세나 더 연상이었는데 타고르는 찬드라를 존경해 마지않았다. 소설가 찬드라 역시 비창의적이고 고정관념에 사로잡혀 있는 구시대적 전통파들에게 당당하게 맞섰다. 타고르는 찬드라를 "그는 우리의 언어에서 사장되어 있던 심오한 형태의 중요성을 들어 올렸으며 마술 지팡이로 오래도록 잠자고 있던 우리 문학을 일깨웠다"(123면)고 회고했는데 타고르뿐만 아니라 타고르 아버지와 형제들 모두가 운동의 중심에서 활동했다.

세 번째는 민족주의 운동이었다. 그것은 인도 고유의 전통과 개성을 회복하고자 하는 민족의 항거로 유럽이 자기네들과 유사한지 아닌지를 가려 선과 악을 구분하는 것에 대한 분노였다. 유럽 교사들은 인도의 전통적인 그림과 여러 가지 예술품들을 조소했고, 인도 학생들은 그들을 따라 자국의 문화를 비웃고 있었다. 그러니까 불행하게도 인도 청년들은 자기네 전통적인 문화와 관습 그리고 민족성을 스스로 경멸하면서 영국을 숭상하는 풍조가 만연해 있었다. 따라서 타고르 가문은 이런 비민족적인 문제를 청산하기 위해 일어섰고, 타고르는 "이처럼 나는 이 세 운동의 합류점에서 태어나 자랐다"고 말했다.

그것은 인도의 권력자들과 강력한 힘을 가진 자들이 인도의 젊은 세대들을 그렇게 이끈 탓이었다. 그리고 타고르가 출생할 무렵 민족혼을 회복하려는 운동 즉, 강력한 힘에 대한 반항 정신이 타오르기 시작했는데 운동의 지도자들은 타고르의 아버지와 형제들과 사촌들이었다. 그들은 "국민의 정신이 국민들 자신에 의하여 모욕당하고 무시되는 것으로부터 벗어나게 해야 한다는 것과 과거의 것을 무조건 거부해서는 안 된다는 것을 선언함"으로 시작되었다. 그것은 단순히 남의 것을 숭상하고 빌려온 것에 대한 잘못된 긍지를 거부하고 반대하기 위한 용기에서 출발했다.

그러나 타고르 가문은 이와 같은 혁명을 주도하면서 고대 제도의 심각한 권력주의와 카스트제도의 개혁을 거부하는 전통주의자들로부터 추방당하듯 소외당했다. 전통주의자들은 새로운 종교운동 즉, 우파니샤드의 가르침에 근거한 엄격한 일신교를 이단으로 취급했기 때문이었다.

타고르 역시 벵골에서 시인으로 명성을 얻었으나 벵골 힌두인들 내부에는 강한 반대론이 흐르고 있었다. 어떤 사람은 타고르의 시가 민족의 전통적 정신에서 솟아난 것이 아니라고 비판하는가 하면, 어떤 사람들은 이해할 수 없거나 건전하지 못하다고 했다. 그는 거리의 음유시인들로부터 배운 게 많았다. 당시 인도 벵골에는 '바울'이라고 부르는 떠돌이 음유시인들이 있었다. 그들은 거리에서 신과 진리를 의미하는 시를 노래하며 춤을 추었는데 타고르는 이들로부터 깊은 영감을 받았다. 이로 인하여 그는 당시 고대 산스크리트(문어체)에 의존하는 전통주의에서 벗어나 구어체인 문장을 사용해 시와 소설에 새로운 생명을 불어넣었다. 민중과 불통하는 형식을 버리고 민중과 소통하는 인간의 본질을 발견하려고 애썼던 것이고 이에 대하여 전통을 중시하는 힌두인은 받아들이지 못했던 것이다.

그는 음악에 관하여도 "나는 스스로 음악가라고 자처하고 있다"고 말할 정도로 학교에서 배우거나 정통파의 정전을 염두에 두지 않고도 많은 노래를 작곡했다. 그리고 사람들은 그가 정규 교육을 받지 않았다는 이유로 무시하고 비난하면서도 그의 노래를 불렀다. 그럴수록 타고르는 고난이 오히려 창조의 힘이라고 믿으면서 그와 같은 혁명은 반드시 일어나야 하고 소외당하는 고통을 기꺼이 감수해야 한다고 했다.

> 혁명은 일어나야 한다. 그리고 우리는 편안함을
> 추구하는 사람들, 물질적인 것과 전통에 그 믿음을
> 두는 자들, 현대가 아니라 죽어버린 과거―인간의
> 정신이 아니라 신체적인 살과 치수가 우선하는 때인
> 오래된 고대 제도 내에서 나이를 먹은 과거―에 속해
> 있는 자들로부터 욕설과 오해를 감수해야만 한다.*

---

* 타고르, 김경화 옮김, 위의 책, 125면. 이하 동일한 책은 면수만 표기하기로 함.

이와 같이 세 가지 혁명운동이 합류하는 시대에 태어나 혁명적인 분위기에서 성장하고 교육받은 라빈드라나드 타고르(Rabindranath Tagore, 1861-1941)는 벵골 캘커타에서 데벤드라나드 마하르시의 열네 번째 막내로 태어났다. 만약 2년 앞에 태어난 아이가 살았다면 열다섯 번째 막내가 되었을 것인데 열네 번째 태어난 아이가 곧 죽고 다시 태어난 아이가 타고르였다.[*] 열네 번째 막내는 어린 시절 '라비'라는 이름으로 불렸다. 그가 태어났을 때 누나들과 형들 가운데는 더러 결혼하여 타고르보다 훨씬 나이가 많은 자식을 둔 상태였다. 인도는 대가족이 한 집에 모여 사는 전통이 있고, 가족이 많고 하인을 많이 거느린 타고르 가문 같은 집은 소규모 공동체 집단을 방불케 했다. 따라서 열네 명의 자식과 그 자식들이 결혼하여 낳은 아이들과 많은 하인들로 대저택이 가득 찼다. 그럼에도 불구하고 라비는 군중 속의 고독자처럼 대가족 속에서 늘 외로웠다. 발명이나 발견, 예술, 사상 등으로 인류사에 커다란 족적을 남긴 사람들은 어려서 고독하고 은둔적인 성장기를 체험하는 공통점을 갖고 있는데 타고르도 예외는 아니었다. 대가족이 모여 사는 집안에는 아이들이 많았고 열네 번째로 태어난 아이가 가족들의 관심을

---

[*] 크리슈나 크리팔라니, 김양식 옮김, 앞의 책, 14면. 이하 동일한 책은 면수만 표기하기로 함.

한 몸에 받기에는 좋은 조건이 아니었다.

　가문의 관습대로 라비는 하인들 손에 맡겨졌고 부모조차 좀처럼 만나기 어려웠다. 어머니는 수많은 사람들이 사는 집안 살림을 관리해야 한 데다 자식을 열넷이나 낳은 탓에 몸이 좋지 않아 자주 만날 수가 없었다. 아버지 마하르시는 가장으로서 그 누구도 함부로 접근할 수 없는 공간에서 혼자 거주했다. 인도의 전통은 가장에게 가족들이 절대 복종해야 하고 가장은 권위적이었다. 그런 데다 명상을 위해 히말라야로 떠날 때면 오랜 시일이 걸렸다. 집에 돌아오더라도 혼자만의 공간에서 명상에 몰입했다. 그리고 사회 개혁운동을 하는 데 집중했다.

　하인들의 감독을 받아야 했던 타고르는 어린 시절을 "하인의 지배기"라고 회고했는데, 라비의 식사 시중을 담당한 하인은 라비를 위해 준비된 맛있는 음식을 종종 자기가 가로채 먹고는 마치 라비가 먹은 것처럼 "더 먹고 싶은 건 없겠지?"라고 으름장을 놓는 듯한 표정으로 천연덕스럽게 물었다. 뿐만 아니라 하인들은 어린아이를 돌보는 것이 귀찮아 곧잘 꾀를 생각해 냈다. 그들은 라비를 한 곳에 세워놓고 백묵으로 원을 그린 다음 "마법의 원 밖으로 나가면 무서운 화가 내릴 거야"라는 경고를 하고 사라져버린 것이다. 당시 인도 아이들은 누구나 라크슈마나 왕자가 시타 공주 주위에 그려 놓은 원을 공주가 넘어간 탓에 무서운 벌을 받았다는 '라마야나'의 마법 이야기를 알고 있었다. 라비 역시 라마야나 마법 이야기를 생각하면서 하인들의 경고를 명심해야 했다. 어느 날에도 라비는 원 안에서 꼼짝하지 못한 채 하인들이 돌아오기만을 기다려야 했고 후일 타고르는 어린 시절 하인의 지배시기를 떠올리며 그때 하인들이 올 때까지 원 안에 꼼짝하지 못한 채 서서 반얀나무를 바라보았던 통제 속의 고독을 시를 통해 드러냈다.

너의 가지에서 얽힌 뿌리를 내리는
오오, 해묵은 반얀나무여
너는 명상에 젖은 구도자처럼
그날이 그날이듯 말없이 서 있다
너는 기억하고 있을까
네 그늘에서 꿈을 즐기고 있던
그 어린아이의 일을,

반얀나무는 인도의 국목으로 자리 잡고 있다. 캄보디아 앙코르와트에 가본 사람이라면 다 아는 이 나무는 그 자체가 고독의 상징이다. "지금도 반얀나무를 생각하면 허공에 늘어져 있는 그 쓸쓸하고 슬픈 뿌리가 먼저 떠오른다. 그리고 나는 지금 나의 뿌리를 어디에 내리고 있는가"라는 안도현의 에세이 『네가 보고 싶어서 바람이 불었다』(도어즈,

2012)에서도 잘 보여주듯이 이 나무는 뿌리가 약해 제 몸에서 땅으로 늘어진 가지가 뿌리가 되어 마치 온몸에 지지대를 세운 것처럼 몸을 지탱하는 형태를 취하고 있다. 그런 탓에 나무가 차지하는 면적은 그 넓이를 한정할 수 없는데 더욱이 해묵은 반얀나무는 거대한 땅과 허공을 차지하고 있어 구도자 같은 성스러움을 느끼게 한다.

어린 라비는 심리적으로 고독할 뿐만 아니라 과중한 학습 과정도 그를 고독하게 만들었다. 그의 아버지는 우파니샤드 학자답게 버릇과 학습에 있어서 매우 엄격하게 아들을 관리했다. 라비의 하루 일과는 쉴 틈 없이 진행되었다. 가정교사들이 각자 시간에 맞추어 집으로 왔다. 초등시절 꼭두새벽에 일어나 유명한 레슬러에게 레슬링을 배워야 했다. 레슬링이 끝나면 의대생 교사가 사람의 뼈에 대한 '골학'을 가르쳤다. 7시가 되면 수학 교사가 왔다. 자연과학 교사, 벵골어와 산스크리트어 교사들도 있었고 그들은 각자 정해진 날과 시간에 맞추어 왔다.

그런 식으로 아침 수업을 집에서 마치고 난 다음 9시 30분에 아침을 먹고 10시에 학교에 간다. 학교 시간이 끝나고 오후 4시 30분에 집에 돌아오면 체조 교사가 기다리고 있다. 평행봉 등 체조 수업을 받아야 했다. 그다음 그림 수업과 영어 수업이 이어졌다. 그런 식으로 수업이 밤늦도록 이어졌는데 밤이면 그는 조는 시간이 더 많았다고 회고하면서 "밤이 되어도 부모들이 램프를 밝힐 수 없는 새들은 얼마나 행복할까. (…) 새들은 아침 일찍 말 연습을 한다, 그들은 얼마나 즐겁게 말을 배우고 있는가"(22면)라고 새들을 부러워하고, 공부 대신 노트를 시로 메우기 일쑤였다. 그 외에도 라비는 음악과 그림을 배워야 했다.

음악과 미술은 다행히 매일 하는 것도 아니었고 형제들이 모두 악기를 하나 이상 다룰 줄 알고 노래도 잘 불렀으므로 자연스럽게 젖어들 수 있었다. 타고르 집에는 벵골에서 최초로 피아노가 있었고 유명한 음악인들이 찾아와 손님으로 몇 달씩 머물고 가는 것이 보통이었다. 그들 가운데는 벵골에서 전설적인 인물로 알려진 '쟈두바타라'라는 음악가도 있었다. 라비는 그를 통해서 음악을 배우기도 했다.

그의 아버지는 명상을 하기 위해 자주 히말라야 여행을 하고, 11세 된 타고르를 여행에 동반하면서도 아이를 내버려두지 않았다. 아침 일찍 해가 떠오르기 전에 아이를 깨워 산스크리트어 어미변화를 공부하게 하고 자신은 고매한 철학 '우파니샤드'를 낭송했다. 해가 떠오르면 아들을 데리고 아침 산책을 하고 산책을 마치고 나면 직접 한 시간 동안 영어를 가르쳤다. 영어 수업이 끝나고 나면 명상가의 후예로서 얼음처럼 차가운 물에 목욕을 해야 했다. 밤에도 아버지는 몇 가지 수업을 진행한 다음에야 잠자리에 드는 걸 허용했다. 데벤드라나드 타고르 마하르시는 가정에서도 매우 엄격하고 명상가로서 위상이 엄숙하여 마하르시가 여행에서 돌아오면 집안 분위기가 비상이 걸리듯 변했다. 타고르 어머니는 몸소 나서서 음식을 지휘하고, 아이들은 발끝으로 걸어야 하고, 소리를 죽여 말을 주고받았다. 하인들은 민첩하게 움직였다.

학교생활은 라비를 견딜 수 없는 코너로 몰아붙였다. 낭만적 자유주의 기질을 갖고 있는 타고르는 선천적으로 인권과 자유를 침해하는 강압에 순종하지 않았다. 라비는 형들과 자기보다 나이가 많은 조카들이 학교에 다니는 것이 재미있게 보여 취학 연령이 되기도 전에 학교에 가기를 원했고, 맨 처음 '오리엔탈 세미너리'라는 학교에 들어가게 된다. 그러나 학교에서 돌아온 라비는 나무 지팡이를 가지고 창틀이며 집 안 여기저기를 닥치는 대로 두들겨 패기 시작했다. 학교에서 배운 건 폭력이었고 집에 돌아오면 선생의 행위를 그대로 재연하면서 분노를 폭발하는 것이었다.

> 그런 후 나는 일보다는 태도를 습득하는 것이 얼마나
> 쉬운 일인가를 알았다. 나는 힘들이지 않고 선생이
> 가르쳐준 다른 일을 제쳐놓고 선생이 보여준 짜증이나
> 신경질이나 편애와 불공평 등을 거의 모두 흡수하고
> 말았다. 지금 생각하면 그러한 잔악한 행위를
> 생물들에게 쏟아부을 힘이 아직 나에게 없었음이

그나마 다행이었다.[*]

처음 들어간 학교에서 폭력에 대한 트라우마를 입게 되었음을 짐작게 하는데, 살아 있는 생물들에게 화풀이를 하지 않았다는 것을 그나마 다행으로 생각한다. 그 후 라비는 7세에 정식으로 영국인이 세운 보통학교 '노멀 스쿨'에 입학하게 되지만 그 학교에서도 라비는 견디지 못한다. 선생들의 야비한 말투도 참을 수 없거니와 공부시간 전에 학생들을 강제로 소집하여 영어노래를 부르게 한 것은 도저히 견딜 수 없는 일이었다. 라비는 다시 '벵골아카데미'로 전학을 한다. 세 번째로 옮긴 이 학교는 영국인과 인도인이 혼합된 분위기였는데 소년들은 천한 속어를 사용했다. 뿐만 아니라 그들은 시를 잘 쓰는 라비를 시기 질투하면서 공격했다. 그는 다시 네 번째 '성 제비어' 학교로 전학을 갔지만 그곳은 모든 게 기계적이며 종교적 형식이 엄격해 교육적인 풍토가 이루어지지 않았다.

결국 1875년 13세에 타고르는 학교를 그만두고 말았다. 그는 1921년 영국인 시인 C. F. 앤드루스에게 보낸 편지에서 "내가 이 세상에 삶을 부여받았을 때, 나는 나에게 주어진 한 잎 갈대만을 갖고 있었습니다. 그 갈대는 음악을 만들

---

[*] 타고르, 김경화 옮김, 앞의 책, 20면.

어 내는 것만이 전부였습니다. 나는 학교도 제대로 졸업하지 못했고 일도 대강 했습니다만 나의 갈대를 갖고 '세상 조용한 어느 구석'에서 그 피리를 불었습니다"(196면)라고 말했듯이 그의 학위증은 80세를 일기로 죽기 일 년 전 옥스퍼드대학에서 받은 명예 문학박사 학위가(1940) 유일하다. 잠시 17세 때 영국 런던대학에 들어가 법률 강의를 들었지만 그것도 3개월 만에 그만두고 말았다.

13세에 학교를 그만둔 라비는 집에서 오히려 마음껏 책을 읽으면서 자기 스스로 공부를 하면서 시를 쓰기 시작했다. 때마침 벵골에 르네상스가 진행되면서 타고르의 가문은 르네상스 분위기로 충만해 있었다. 아버지 데벤드라나드를 비롯하여 형제들은 시인, 학자, 음악가, 화가들이 모였으므로 집에는 시, 연재소설, 외국문학, 번역시를 실은 문학잡지가 있고 음악이 흘러넘쳤다. 타고르는 이런 분위기에서 시를 창작하여 15세에 시집『들꽃』을 냈는데 이미 8세부터 시를 써왔으므로 자연스러운 일이었다.

놀라운 것은 타고르가 12세 때였는데, 타고르는 자유로운 운율과 용기 있는 표현이 가득한 벵골의 오래된 바이쉬나바 시(詩)를 그때부터 알고 있었다. '바이쉬나바'는 바이쉬나비즘이라는 힌두교의 종파에 붙여진 명칭으로 그 구성원은 힌두교 삼신 중 두 번째 신인 비슈누를 독특한 방법으로 숭배한다. 예배와 관련된 바이쉬나바 시(詩) 중 특히 라다의

크리쉬나의 '에로틱한 경향'은 경건한 힌두교인들 가운데 반대론을 불러일으켰는데. 타고르는 12세 때 이 에로틱한 경향을 띤 시를 맏형의 책상에서 훔쳐내어 읽게 된다. 물론 12세 소년이 에로틱한 시를 접한다는 것은 그때나 지금이나 너무 조숙하지 않을 수 없다. 그러나 타고르는 가장 고귀하고 맑은 사춘기 12세 소년의 감성으로 그것을 흡수하게 되고, 그것은 아름다운 상상력을 창출하면서 시의 언어는 음악성으로 소년을 점유해버린 탓에 에로틱한 관능이나 농도 짙은 은근함은 소년을 비켜갈 수밖에 없었다.

그는 종교에 대하여 많은 질문을 받았는데, 대답은 의외였다. 그는 힌두교의 혁명파인 우파니샤드를 중심으로 하는 인도 철학자들의 논문에 기초한 위대한 종교가 뱅골에서 일어날 때 아버지가 선구자 역할을 한 가정에서 태어났음에도 어떤 종교적 가르침에 의존하지 않았다. 그는 수동적인 것을 거부하는 자유주의자였기 때문이다. 그는 경전의 확정적인 권위라든가 숭배자들의 조직적인 가르침 속에서 제재를 가하는 뚜렷한 신조로부터 벗어나 자유로운 분위기에서 양육되었다.

따라서 그가 "나의 종교는 본질적으로 시인의 종교이다"라고 했던 것은 시어가 주는 신비한 영감을 가리킨 것이었다. 그는 체험으로 그것을 알게 되었는데 어느 날, 아침마다 하는 일을 끝내고 잠시 창가에 서서 강둑에 있는 시장을 바라보고 있었다. 그는 그때 문득 내부에서 영혼이 소용돌이치는 것을 체험하게 된다. 그 순간 자신의 세계가 밝아진 듯했고 서로 떨어져 흐릿했던 사실들이 거대한 통일을 이루는 것을 발견하게 되었다. 그가 느꼈던 감정은 갈 바를 모르고 안개 속을 헤매던 사람이 갑자기 자기 집 앞에 서 있는 자신을 발견했을 때 느끼는 감정과 흡사한 것이었다. 그는 어린 시절 벵골어의 자모를 배우는 고통스러운 과정이 끝났을 때 아주 단순한 단어인 "비는 줄줄, 나뭇잎새는 너울너울"(131면)이라는 글을 읽고 전율한 적이 있었는데 바로 그런 전율을 체험하게 된 것이다.

따라서 그는 영적인 기쁨에 눈을 뜨게 되고 지금까지 종잡을 수 없는 파도처럼 보이는 모든 것들이 그날 아침 명료한 진리의 통일성으로 무한한 바다와 연관되면서 깨달음으로 마음속에 나타난 것이었다. 그때부터 타고르는 자연이나 인간에 대한 자신의 모든 경험에 영적 실재에 대한 근본적인 진리가 있다는 믿음을 가지게 되었다. 엄밀히 말해 그는 인도 전통 종교인 힌두교를 신봉하지 않았으며 아버지가 선구자로 나선 우파니샤드의 종교도 받아들이지 않고 다만 자연과 인간을 통해 진리를 깨달아야 한다고 생각했다. 자신의 명상에 의한 영적 세계에서 자신이 구하고자 하는 것을 찾았던 것이다. 그러나 타고르의 영적 세계를 이해하기란 쉽지 않은데, 그날 아침 타고르가 발견한 깨달음은 우연히 이루어진 것이 아니었다. 그러한 발견은 타고르의 타고난 천재적인 시적 상상력에 의한 것이며 그 천재적인 상상력은 주변에 있는 자연과 인간 세계를 의식함으로써, 항상 마음에 자극을 주는 예리하고 예민한 감수성 탓이라고 할 수 있다.

어린 시절 자연의 움직임은 그를 사로잡았다. 그의 집에는 정원이 있었고 그것은 타고르에게 요정의 나라였다. 타고르가 느끼기에 거기서는 날마다 아름다운 기적이 일어나고 있었다. 아직 어둠이 걷히기 전부터 불어오는 바람과 바람 타는 나뭇잎과 풀잎들, 정원을 둘러치고 서 있는 코코넛 나무의 나뭇잎 사이로 동트는 새벽의 눈부신 핑크빛 하늘은 다름 아닌 신비의 세계였다. 아침마다 펼쳐지는 이런 광경은 아침마다 달랐다. 일 초도 쉼 없이 이어지는 그들의 고요한 움직임은 단 한 순간도 빠짐없이 어린 소년에게 흡수되었다. 소년은 단 하루도 빠뜨리지 않고 아침 정원을 찾고 숲은 마치 그를 위하여 신비한 세계를 펼치기 시작했다. 그는 사물의 심장소리를 들었고 사물이 창출한 고요와 평화에 환희를 느꼈다. "비는 줄줄, 나뭇잎새는 너울너울"이라는 문구에 대하여 전율한 것도 이런 연유에서 발생한 것이라고 할 수 있다. 그것들은 모두 온유와 평화와 달콤한 속삭임 같은 행복감으로 변하여 그의 영적 세계를 확장해갔던 것이며, 어른이 되어서 어느 날 아침 창가에서 강을 바라보며 영적 세계가 열린 것도 이런 바탕에서 이루어진 것이라고 보기에 충분하다.

일반적으로는 당연한 일 흔한 일이 그에게는 기적으로 보였다는 것, 매일 일어나는 흔한 일상이 매일 새롭게 보인다는 것은 선천적인 감수성 즉 상상력이 아니고서는 느끼기 힘든 일이다. 따라서 그는 제도권 공부에 흥미를 붙이지 못했던 것을 "내 친구이자 동료인 나의 주변의 세계가 나를 불러냈기 때문"이라고 했다. 이미 어려서부터 자연으로부터 우주적 실체를 깨달아버린 그는 상상력을 창조적 세계의 핵심으로 보았다. 상상력을 최초 문학적 개념으로 정립한 코울리지도 상상력을 사상과 사물과의 만남, 즉 정신과 자연의 두 세계를 연결해주는 힘으로 보았다. 따라서 상상력은 창조적 원리로서 작가의 심리 차원에 놓인 것*이라고 했는데 타고르는 "내가 느끼고 있는 모든 것은 인식에서가 아니라 상상력에서 나온 것"이라며 상상력은 의식의 조명을 환하게 비춰주는 것이라고 했다. 그는 자신의 영혼이 무한한 것에 닿고 그것으로 하여 오는 기쁨을 통해 그것을 강렬하게 의식하게 되는 순간이 있음을 확신했다. 그리고 이와 같

---

* 사무엘 테일러 코울리지, 장결렬 옮김, 『상상력이란 무엇인가―상상력, 그 비밀을 찾아서』, 살림, 1997. 25면

은 생각은 영국에서 강연한 「예술이란 무엇인가」에서 인도 여류 시인의 '생명'을 주제로 한 시를 소개하면서 자신의 예술관을 밝혀주는 작품이라고 했다. 여성은 자기가 낳은 자식으로 하여 남성보다 훨씬 더 생명에 대한 신비를 깊이 알게 된다면서 아래 인용한 여류 시인의 시에는 여성의 본능으로 온 세상에 있는 생명의 깊은 움직임을 느끼고 있다고 했다.

나는 싹트기 시작한 씨앗과 같은 생명에게 인사한다.
그것의 한 팔은 대기 중에 높이 들려 있고 나머지
하나는 흙 속에 있다.
외면적 형태와 내면적 수액 속에서 하나가 된 생명
(…)
기쁨으로 충만된 생명과 고통으로 지쳐 있는 생명
생명은 영원히 움직이며 세계를 흔들어 고요하게 한다.
생명은 깊게 침묵하며 포효하는 파도로 갑자기
돌변한다.

그러나 고독은 타고르를 내버려두지 않았다. 공교롭게도 생명성에 깊이 몰입된 타고르는 가족들의 죽음을 많이 겪게 된다. 13세 때 어머니를 잃었고, 몇 년 뒤 어머니 대신 의지했던 형수가 25세 젊은 나이에 갑자기 죽게 되면서 커다란 충격에 휩싸이고 그는 생명의 현실에 직면하게 된다. 그리고 40대에 다시 가족들과 줄지어 사별하게 된다. 타고르는 아들 둘, 딸 넷을 두었는데 그는 마치 구약성서의 인물 욥처럼 줄지어 가족을 잃게 되는 것이다. 1902년 41세 때 20년 동안 함께 살아온 아내가 죽고, 다음 해 1903년 13세인 딸 '레누카'가 죽었다.

같은 해에 분신 같은 청년 '새티스 로이'가 죽었다. 로이는 타고르가 아들처럼 아끼는 청년으로 시인이었고 산티니케탄 학교 교사였다. 1905년에는 존경하는 아버지 마하르시가 영면했다. 물론 아버지는 88세 고령이었으나 정신세계를 받쳐준 버팀목이었으므로 그에게는 커다란 충격이었다. 다시 1907년에는 13세 막내아들 사민드라가 콜레라에 걸려 죽었다. 사민드라가 죽는 날은 공교롭게도 5년 전 아내가 죽은 날이었다. 그러자 타고르는 혼자 남고 말았다. 당시 장남은 미국에서 유학을 하고 있었고, 장녀와 셋째 딸은 결혼하여 멀리 살고 있었다. 그러나 장녀와 셋째 딸도 나중에 타고르보다 먼저 세상을 떠났다. 결과적으로 그는 자식 육 남매를 두었으나 장남 한 사람만 남고 모두 그의 곁을 떠났다.

그는 인용한 여류 시인의 작품에서 말해주듯이 "기쁨으로 충만한 생명과 고통으로 지쳐 있는 생명"을 실질적으로 체험하게 된 것이다. 그리고 그 생명은 "영원히 움직이며 세계를 흔들어 고요하게 한다는 것, 생명은 깊게 침묵하며 포효하는 파도로 갑자기 돌변한다는 것"을 실감한 것이다. 줄지어 가족을 잃은 타고르는 내적으로 고립될 뿐만 아니라 밖으로도 고립된 상태가 되고 말았다. 그는 당국과 등을 지고 있었고, 당국은 그를 정치적으로 위험인물로 간주하여 감시하고 있었다. 당국은 정부 관리들과 친제국주의자들에게 타고르가 운영하는 학교에 자녀들을 보내지 말 것과 어떤 방법으로든 학교를 원조하지 않도록 단속했다. 그는 마치 위리안치를 당한 것과 같은 고독 속에 갇히게 되고,『기탄잘리』는 그런 극한 고독 속에서 탄생된 작품이다. 그는 "나의 노래는 장식을 벗어던졌다"고 말했는데, 신에게 바치는 노래『기탄잘리』는 전혀 가식이 없는 가장 선한 영혼으로 빚어낸 고독의 결정체라고 할 수 있다.

그러나 그는 나이가 많아질수록 더욱 새로운 영감에 사로잡혔다. 80세 최후의 날을 맞이하는 직전까지 시를 쓰고 소설을 썼다. 손으로 쓸 수 없게 되자 구술로 받아쓰게 했다. 당시 비평가들은 타고르의 가장 뛰어난 시는 그의 생애 최후를 앞둔 10년 동안(70대)이라고 했는데, 사실 그는 작품집이 발표될 때마다 최고의 경지에 이르렀다는 찬사를 들었던 것을 생각해 보면 그의 시적 영감은 연륜이 쌓일수록 새로워졌다고 할 수 있다. 병석에서도 3편의 단편을 묶어『세 사람의 친구』라는 제목으로 발표했다. 그는 어떤 하나를 완성하게 되면 다음 단계의 완성을 위하여 도전하는 성격이었다. 쉽게 말해 노벨상으로 시에 대하여 최고봉에 올랐다면 그동안 만족하지 못했던 다른 장르의 완벽을 향해 열정을 태운 것이다. 그것은 최고봉을 위한 욕망이 아니라 끝없는 자신에 대한 확인이었다. 27세 때 쓴 「사소한 일」이라는 수 필을 보면 그는 젊은 시절부터 자신에 대한 냉철한 반성적 성격이었다는 것을 확인할 수 있다.

내 나이 스물일곱이다. (…) 스물일곱 살이 되었다는 것, 그것이 사소한 일인가? 삼십을 향한 발전기에서 이십대의 절정을 지나버린 것이? 삼십이라, 다시 말해 그것은 장성이다. 이 나이에 사람들은 잎이 무성한 것보다는 열매를 기대한다. 그러나 아아, 결실의 약속이 어디에 있기라도 하는가. 내 고개가 가로저어지는 것처럼 그것에는 아직도 달관했다는 흔적도 없이 경박함만이 농후하게 흘러넘친다는 생각이 든다. 사람들은 불평하기 시작한다. "우리는 연하고 푸르른 싹을 칭찬했고 희망을 품었는데 우리가 너에게 기대했던 것이 어디에 있느냐? 미숙한 것을 영원히 참아내야 하겠느냐? 이제 우리가 너에게서 얻게 될 것이 무엇인지 알아볼 때가 왔다. 우리는 눈을 가리고 편견 없이 회전하는 비평의 맷돌이 너에게서 짜낼 수

있는 기름의 정도가 얼마만 한지 평가하고자 한다.[*]

창작생활뿐만 아니라 인류에 대해서도 걱정을 놓지 못했다. 죽음을 몇 개월 앞둔 1940년 타고르는 병석에 있고 세계는 제2차 세계대전이 한창이었다. 나치가 러시아에 이어 유럽을 휩쓸고 있었다. 강연차 방문했던 나라들이 하루하루 나치의 발아래 짓밟히고 있었다. 그때마다 강연 때 모여들어 눈빛을 반짝이며 사랑을 갈구하던 청년들이 떠올랐다. 아무 잘못도 하지 않은 그들이 무참하게 죽어가고 있었다. 더욱이 영국군으로 징병된 인도 청년들이 전쟁터에서 마구 죽어가는 처지였다. 그는 몸에서 열이 펄펄 끓는 상황에서도 가만히 있지 못했다. 미국 루스벨트 대통령에게 "자유세계가 도처에서 죽어가고 있으며, 영국의 노예로 변해 있는 인도가 위험하며 짐짝처럼 취급되고 있다"고 편지를 보내면서 조국의 청년들뿐만 아니라 전쟁에 참여한 세계의 청년들을 죽음에서 구해내야 한다고 강력하게 요청했다.

---

[*] 타고르, 김경화 옮김, 앞의 책, 20면

# 7

# 교육과 인간,
# 그리고 내셔널리즘

타고르는 시성이기 전에 탁월한 교육자였다. 그는 교육에 생애를 바칠 각오로 산티니케탄에 학교를 설립했다. 유년시절 학교의 강압과 폭력에 대한 경험이 그런 결심을 굳히게 했다고 할 수 있는데, 영국은 인도를 2백 년 동안이나 지배하면서 기계식 교육을 실시했고 타고르는 그것을 영국의 슬럼가에서나 하는 폭력으로 간주했다. 그는 무엇보다도 어린 자식들을 그런 영국식 교육을 하는 학교에 보낼 수 없었다. 그는 어린 시절 자신이 그랬던 것처럼 영국인 가정교사를 들여 그들과 함께 아이들 교육을 이끌면서 벵골의 아이들을 위해 무언가를 반드시 해야 한다고 생각했다.

아름다움과 친절은 인간 감정을 위한 가장 중요한 요소라고 믿는 타고르는 "학교는 하나의 행복한 가정임과 동시에 신성한 사원이어야 하므로, 나는 경건한 삶의 기억을 신에게 바치기 위해 번거로운 곳이 아닌 산티니케탄을 교육 장소로 선택했다"고 했다. 산티니케탄의 '산티'는 평화를 말하며 '니케탄'은 거처를 뜻한다. 따라서 평화의 거처라는 말이 성립된다. 이 터는 일찍이 타고르의 아버지 마하르시가 미리 예비해 놓은 땅이었다. 땅은 지평선 끝이 보이지 않을 정도로 광대한 허허벌판이었다. 마하르시는 여행 중에 명상하기 좋은 지역으로 보고 벵골과 많이 떨어져 있는 이 허허벌판을 샀던 것이다. 그곳은 신과 소통하기에 안성맞춤이라는 생각이었고 명상과 기도를 위한 장소로 사용할 계획을 세웠는데 아들 타고르가 학교를 세웠으므로 뜻대로 이루어진 것이었다.

사실 타고르는 벵골의 수도 캘커타 조라상코 대저택에서 귀족 계급으로 시인으로 존경과 찬미를 받으면서 얼마든지 편안하게 살아도 좋은 처지였다. 그런데 그는 가족들을 모두 데리고 도시를 떠나 멀리 산속으로 들어가 고난을 자초하고 나선 것이다. 타고르는 교육을 영혼의 생명을 불어넣는 일이라고 보았다. 그의 머릿속에는 이상형인 아슈람 같은 청사진으로 가득 찼다.

고대 인도에는 '아슈람'이라는 숲속 학교가 있었다. 아슈람은 현자들이 깨달음에 대한 철학을 제시했는데 그들이 훗날 인도 철학의 기초가 된 우파니샤드, 즉 가장 오래된 힌두

경전 베다를 운문과 산문으로 설명한 철학 문헌을 탄생시킨 장본인들이다. 그들은 "우주의 영원한 진리를 깨닫지 못하고 이승을 떠나는 것은 분명한 죽음"이라고 했다. 따라서 고대 인도인들은 어린 나이에 집을 떠나 깊은 숲속의 아슈람에 들어가 스승의 가르침을 받았다. 아슈람의 현자들은 그곳에서 검소한 생활과 높은 사색을 제자들에게 가르쳤는데, 타고르는 고대의 높은 정신을 창조적인 교육방법으로 이용하고자 했다.

타고르는 1901년 12월 40세에 산티니케탄에 학교를 세우고, 고대 숲속 아슈람에 비유하여 이름을 '브라마차리아 아슈람'이라고 했다. 그러나 사람들은 타고르의 이상을 긍정하지 않았다. 기독교를 배척하는 힌두교인들은 아슈람에 영국인들로 기독교인 교사들을 두었다는 이유로 학교를 좋게 여기지 않았다. 또한 타고르를 건방진 개혁자로 비판하고 싶어 했던 수구파들은 심한 비난을 퍼부었다. 심지어 케케묵은 고대 교육방식을 거부하는 급진파들조차도 아슈람을 부정했다. 뿐만 아니라 지금까지 타고르를 찬양하던 사람들까지도 타고르의 전인교육 이념을 이해하지 못했다. 그렇다고 타고르의 의지가 흔들릴 수는 없었다. 타고르는 사비로 당당하게 학교를 운영했다. 학생들은 등록금은 물론 기숙사비며 입는 것까지 무료였다. 초기에는 힌두 민족주의를 바탕으로 했는데 브라만 가문 아이들은 브라만 계급에 어울리게 황색으로 된 품이 큰 옷을 약간 끌리도록 길게 입고 신분이 낮은 카스트 아이들과 함께 밥을 먹으려 하지 않았다.

그러나 학교의 가장 기본 규칙을 자율로 본 타고르는 "아이들은 어른들이 통제하려고 하지만 않는다면 쉽게 하나가 될 수 있다"는 믿음 아래, 아이들에게 '그래서는 안 된다'고 설교하지 않고 오히려 브라만 줄을 따로 만들어 주면서 자율에 맡겼다. 타고르의 예측대로 얼마 가지 않아 아이들은 스스로 선을 무너뜨리면서 함께 밥을 먹기 시작했는데, 학교는 자율적이면서도 엄격할 것은 매우 엄격했다. 학생들은 새벽 4시에 일어나 목욕을 하고, 명상을 하고, 기도를 하고, 베다 찬송가를 불렀다.

그는 학생들이 다양한 사람들과 생활하면서 세계를 가까이 느낄 수 있도록 하기 위해 세계로부터 유학생을 받아들이고 교사를 불러들였는데 타고르의 교육 이념이 좋아 산티니케탄 학교에 청춘을 바친 영국인 윌리엄 피어슨(1881-1929)의 고백은 산티니케탄의 풍경을 잘 말해 주고 있다.

나는 학생들과 함께 심지어 저녁식사 시간도 잊은 채,
마을 구석구석을 돌아다니며 아무런 두려움도 없이
행복했다. 나는 학생들이 아무런 걱정 없이 행복할

수 있다면 그것이야말로 최상의 교육 조건이라고 생각했다. 행복을 느끼는 것이야말로 인간에게 절대 필요한 요건이기 때문이다. 교육은 인간의 삶을 보다 풍요롭게 해 주어야 한다. 나는 이곳에서 학생들의 얼굴에 넘치는 미소와 행복을 보았다.[*]

윌리엄 피어슨은 낮에는 학생들에게 영어를 가르치고 밤에는 야간학교를 열어 마을 사람들을 가르쳤다. 그는 교사일 뿐만 아니라 타고르의 비서를 겸하면서 타고르를 수행하여 유럽, 미국, 일본 등지를 다니고 영국식민지 정책을 반대하는 책『인도를 위하여』를 발간했다가 체포되어 영국으로 강제 추방을 당하기도 했다. 그는 이탈리아 여행 중 갑자기 사망하게 되었는데 전 재산을 산티니케탄 학교에 기증해 달라고 유언했다. 그리고 비스바바라티 대학은 그의 이름을 따 대학병원 응급실 건물을 세웠다.

타고르는 노벨상 상금도 산티니케탄 학교에 전액 기부하면서 평생 숙원인 국제대학 비스바바라티를 세웠다. 1921년 그가 60세 되었을 때 세계적인 국제대학 '비스바바라티'로 발전하게 되어 세계 각국에서 학생들이 유학을 오기 시작했다. 인도 초대 수상 네루의 딸 인디라 간디도 이

---

[*] 하진희,『산티니케탄』, 여름언덕, 2004. 38면

대학을 졸업했으며, 네루 수상은 총장을 역임했다. 결국 비난을 퍼붓던 자들도 갈채를 보낼 수밖에 없을 때까지 그는 고독한 시련을 기꺼이 안고 갔고, 산티니케탄 '비스바바라티' 국제대학은 1947년 인도가 독립한 이후 국립대학이 되었고 인도 수상이 당연직으로 총장이 되는 전통을 세웠다. 초대 수상 네루에 이어 딸 인디라 간디 수상은 물론 인디라의 아들 라지브 간디 수상도 총장을 역임했다. 학교 재정은 타고르의 자비와 인도인의 후원과 외국인들의 후원으로 운영되었다.

타고르는 교육이야말로 권위주의를 배격해야 한다고 생각했다. 그래서 산티니케탄 초등 중등학교나 대학에서는 선생님이나 교수님이라는 호칭을 사용하지 않았다. 현대에 와서도(지금도) 마찬가지인데, 학생들은 모두 선생의 이름 뒤에 남성이면 '다'를 붙이고 여성이면 '디'를 붙인다. '다'는 벵골어 '다다'의 약자로 큰형을 말하며, '디'는 '디디'의 약자로 큰언니를 가리킨다. 타고르는 교사가 학생들 위에 군림하는 권위자가 아니라 맏형이거나 큰언니처럼 아이들을 사랑해주는 사람이어야 한다는 것이다. 그는 산티니케탄 학교 교사들에게 "단순히 박식한 학자가 아니라 문학을 사랑하고 말에 대한 감수성을 가진 분이 아이들을 가르치면 좋을 겁니다. 아이들은 선생의 목소리에서 언어의 감정을 배워야 하니까요"(274면)라고 했는데, 그것은 자연에서 배우자는 것이고, 자연은 환경적 자연뿐만 아니라 전혀 속박이 없는 자유, 순수한 감수성을 창출할 수 있는 자유를 의미하기도 한다. 따라서 수업은 건물이 아니라 나무 그늘 아래서 노는 것처럼 했다. 마치 노는 것처럼 아이들이 자유롭게 앉아 수업을 듣는 광경은 겉으로 보기에는 공부하는 게 아니라 야외에 나와 노는 것처럼 보였다. 그러자 새로 온 교사가 이런 수업 형태에 불만을 토로하고 나섰다.

어느 날 새로 온 교사가 나무 아래서 수업을 하고 있는데 갑자기 아이들이 우르르 일어나 누구에겐가 달려간 것이었다. 아이들이 달려가 매달린 사람은 타고르의 사촌 아보닌드라나드 타고르였다. 그는 벵골 화풍을 만들어낸 유명한 화가로 같은 산티니케탄 교사였다. 그는 아이들에게 이야기를 잘 해주기로 유명했는데 아이들은 이야기를 해달라고 졸라댔다. 그런 일이 자주 생기자 새로 온 교사는 산티니케탄에는 규칙이 없는 거나 마찬가지라면서 그런 분위기에서는 교사직을 하기가 힘들다며 타고르에게 불평을 털어놓았다. 그러자 타고르는 자신이 그 자리에 있었더라도 아이들은 이야기를 들으려고 달려갔을 것이라고 하면서 아이들을 이해하기 힘들고 불쾌하다면 학교를 그만두어도 좋다고 했다.

나무 아래서 마치 노는 것 같은 수업은 보기에는 공부가 될 것 같지 않은데 성과는 놀랍기 짝이 없었다. 누구와 견주어도 산티니케탄 학생들 성적이 월등히 뛰어났다. 노벨경제학상을 받은 인도인 아마르티아 센을 비롯하여 오늡 도리파(프린스턴대학 경제학과 교수), 푼돌이 까샤(호주 멜버른대학 교수)가 산티니케탄 나무 그늘 아래서 공부한 사람들이다.[*] 이 외에도 영화감독과 예술 분야에서 세계적으로 이름을 얻은 인물들이 일일이 헤아리기 어렵도록 많다.

> 산티니케탄 수업은 아침 6시부터 시작된다. 인도는 대부분이 여름인 탓이다. (…) 초등학교와 중고교는 오후 1시쯤에 모든 수업이 끝난다. 수업을 종료하면 아이들은 타고르가 지은 노래 라비드라쎵게, 전통악기, 춤을 배우거나 독서를 하거나 또는 놀이 등으로 오후 시간을 자유롭게 보낸다. (…) 교사는 나무 아래 작은 칠판을 세워놓고 그 옆 의자에 앉아 수업을 한다. 쉬는 시간이면 숲을 뛰어다니는 아이들 때문에 마치 학교가 놀이터처럼 보인다.[**]

타고르는 무엇보다도 아이들이 모국어로 자신의 생각을 마음껏 자유롭게 표현할 줄 알아야 한다고 생각했다. 모국

---

[*] Amartya Sen은 1933년생으로 빈곤문제에 관심을 갖고 후생경제학과 사회적 선택문제에 기여한 공로로 1998년 노벨경제학상을 수상했다.
[**] 하진희, 앞의 책, 199-121면

어를 알기도 전에 모국어를 제쳐 놓고 어린 아이들에게 어려운 외국어(영어)의 관용구를 암기하게 하는 것은 "꽃 위에 우박이 쏟아지듯이 그런 식의 수업이 아이들의 머리 위를 내려치는 것"(114면)으로 보았다. 그리고 그런 교육을 받는 아이들은 "어느 박물관의 인체 표본처럼 움직이지 않고 가만히 앉아 있어야만 한다"면서 자신의 체험을 강조했다. 그는 아이들이란 신을 가장 기뻐하게 하는 존재, 신이 인간에게 절망하지 않는 희망의 존재라고 믿었다.

과거에 강압과 폭력적인 트라우마를 경험한 타고르는 가장 좋은 교사는 자연이라고 생각하고 수업은 주로 야외 나무 아래서 했다. 그는 풍부한 자연을 통해 풍부한 감정과 표현을 배우게 하고 과학과 예술을 자연스럽게 느끼도록 했다. 온전한 인간은 비좁은 자아에 갇히는 것이 아니라 자연처럼 폭 넓게 확장되고 깊어지는 것이라고 생각했다. 따라서 그의 숲속 학교는 공동체를 통해 봉사를 배우고 독립심을 통해 자아를 단련하고 창조하는 것을 배웠다. 또한 벵골어는 그때까지도 적당한 초등 독본이나 교과서가 없었으므로, 타고르는 벵골어 독본을 스스로 쓰고 교과서를 만들어 아이들에게 모국어를 가르쳤다.

그리고 흥미로운 것은 후일 간디가 마하트마의 칭호를 얻은 이후 발표한 교육론, 즉 아이들에게 자신을 둘러싼 세계를 사랑하고 이해시키며 두뇌에 지나친 부담을 주기 전에 사지와 오감으로 공부시켜야 한다는 교육제도를 채택했는데, 이는 타고르의 영향이라고 봐도 전혀 틀리지 않다는 생각을 갖게 한다.

> 아이들의 마음이라는 것은 놀라울 만큼 환경에
> 민감하여 감각을 통하여 외계의 인상을 받아들인다.
> 아이들은 저희들의 머리로 공부하기 훨씬 이전에
> 손발을 통하고 오관을 통하여 흡수한다. 그러므로
> 아이들의 호기심을 불러일으켜 키우는 환경을, 또
> 주위의 세계에 쉽게 기쁘게 끼어들 수 있는 환경을
> 준비하여 주지 않으면 안 된다. 아이들에게는 스스로
> 일을 행하고 될 수 있는 대로 선생님에게 의지하지 않고
> 해낼 수 있도록 자신을 갖도록 해주지 않으면 안 된다.
> ―간디의 교육방법론 중에서(115면)

타고르의 성향은 간디와 비교하면 매우 선명하게 드러난다. 타고르와 간디가 만난 것도 산티니케탄 아이들 때문이었다. 1915년 3월, 아직 마하트마라는 칭호를 얻기 전 간디가 남아프리카공화국에서 영국의 인종(인도인)차별에 대한 투쟁을 하다가 귀국을 준비할 때였다. 그때 아프리카의 피닉스 농원과 학교를 해산시키고 20여 명 학생들을 먼저 인도로 보냈는데 여기에는 타고르와 각별한 사이인 영국인

C. F. 앤드루스가 있었다. 앤드루스는 기독교 선교사로 산티니케탄의 교사를 하다가 아프리카로 가 간디를 도왔는데 그가 간디의 학생들을 데리고 산티니케탄으로 오게 되었다. 앤드루스는 타고르가 흔쾌히 받아줄 것이라 믿었고 타고르는 기다렸다는 듯이 반갑게 아이들을 맞이했다.

아이들은 간디가 귀국하여 머물 곳을 마련할 때까지 있기로 했는데 두 그룹의 아이들은 확연히 달랐다. 그것은 타고르와 간디의 성향을 보여 주는 재미있는 사례라고 할 수 있다. 산티니케탄 학생들은 자유분방하게 노래하며 춤추며 떠들어 대고, 간디 학생들은 한 점 흐트러짐 없이 점잖았다. 마치 작은 성자 같은 그들은 나이에 비해 지나치게 분별력이 있고 지나치게 엄숙해 보였다. 그 아이들을 지켜보던 타고르는 앤드루스에게 편지하기를 "대단히 예의 바르고 대단히 사랑스럽지만, 너무 완벽하게 착한 아이가 아닌 편이 좋은 데…"*라며 아쉬움을 나타냈다.

간디는 그 후 3개월쯤 후에야 귀국하여 아이들이 있는 산티니케탄을 방문하여 6일간 머물게 된다. 이때 간디는 평소 신념대로 근면, 성실, 검소, 청결을 교사와 학생들에게 가르쳤다. 간디는 학교가 따로 노동력을 고용하지 말고 교사와 학생들이 스스로 모든 것을 해결해야 한다며 자치를 강

---

* 크리슈나 크리팔라니, 김양식 옮김, 앞의 책, 159면

조했다. 간디는 교사와 학생들뿐만 아니라 8년 연상인 타고르의 기호식품까지도 지적하고 나섰다. 어느 날 저녁 식사로 타고르가 루터(버터에 튀긴 밀가루로 만든 빵)를 먹는 것을 보고 그건 몸에 해롭다고 말했다. 그때 타고르는 "그것은 아마 대단히 효과가 더딘 독성일 겁니다. 왜냐하면 나는 이래저래 반세기가 넘도록 루티를 먹어 왔으니 말입니다"(160면)라고 했다.

깡마른 체구에 조각 같은 얼굴로 독특한 카리스마를 발산하는 간디는 엄격한 채식주의와 금욕주의자답고, 타고르는 넓은 세계에 중심을 둔 자유주의자답다. 타고르는 특유의 따뜻한 인상도 인상이지만, 언제나 아이들을 위해 마름모꼴 사탕 항아리와 초콜릿 상자를 가까이 두었고, 자기 방에 들어온 아이들 손과 입에 무언가를 쥐어 주고 넣어 주어 보냈다. 사람들은 간단한 인사만으로도 그의 집 식객이 되었고, 길 잃은 개들도 그의 집에 들어오면 쫓겨나지 않고 그의 곁을 맴돌 수 있었다.

이 두 사람의 간격은 바로 그런 것이었다. 엄격함을 수호하면서 정치를 신성한 차원으로 만들려는 성자 간디와 교리주의에 치우치지 않고 성스러움을 아름답게 승화시키려는 시인 타고르의 차이가 분명 있는 것이다. 그러나 두 사람은 궁극적으로 인간적인 사랑이라는 정점에서 서로 만나게 된다. 이는 두 사람의 사상이 인간과 사랑이라는 문제에서는

딱 들어맞는다는 것을 보여주는 것이며 평생 변치 않는 우
정을 유지할 수 있었던 이유가 된다. 그리고 타고르와 간디
를 가장 잘 아는 앤드루스의 말은 두 사람의 차이를 소상하
게 말해주고 있다.

내가 생각하기에는 나의 전 생애에 있어서 우정과 지적
이해와 정신적 공감의 요구를 타고르만큼 완전하게
충만시켜 준 인물은 이전에 만나 본 적이 없었다. 그가
거기에 있다는 것만으로도 항상 영감으로 작용하는
것이다. 그와 같이 있다는 것, 즉 무언가 창조적인
일로 인하여 그와 맺어져 있다는 것은 말로써는
좀처럼 표현하기 어려운 하나의 특권이다. 사실
산티니케탄에서 타고르의 교육 사업에 참여할 수
있었다는 것은 나의 생애에 있어 가장 큰 특권이었다.
개인적인 우정에 있어서 나만큼 행운은 없었다.
시인과의 우정에 더하여 나는 마하트마 간디와도
개인적인 우정을 가졌다고 하는 더 없는 행복에 차
있었다. 그의 놀랄 만한 정신적 천재성은 대단히 다른
방법으로 나에게 호소해 왔다. 왜냐하면 그의 인격은
독자적인 것이어서 타고르는 그 사람의 인격에 뒤지지
않게 위대했고 창조적이기도 했기 때문이다. 그러나
그것은 한층 더 금욕적인 형태의 것이었다. 그것은 그

주위에 근대라기보다는 중세 종교 신앙의 분위기를
띠고 있었다. 타고르는 본질적으로 근대인이고
마하트마 간디는 우리들 현대에 있어서 아시아의 성
프란시스인 것이다.(162면)

앤드루스의 말대로 타고르는 근대인이었다. 그는 인도인
이면서도 세계와의 일체감을 갖고 있었다. 그는 세계의 운
명을 염려하면서 인도를 그 안에서 생각하려고 했고 그런
생각 때문에 급진적이고 보수적이었다. 그런 이유로 국민들
에게 오해 받기 일쑤였는데 정작 간디와 다른 것은 따로 있
었다. 곧 국민과 나라에 관련하여 간디는 영국 방직공장에
서 나오는 옷감으로 만든 옷을 사지 말고 물레를 돌려 옛날
방식으로 옷을 짜 입기를 국민에게 권했다. 타고르는 생각
이 달랐다. 그렇지 않아도 제국의 식민지 처지인 나라가 선
진의 대열에서 멀어진다고 생각했다. 그 일로 간디와 여러
차례 토론을 하는 과정에서 간디의 추종자들로부터 항의를
받았다.

타고르는 간디의 비폭력 운동을 전격 지지했다. 그러나
거기에는 또 다른 폭력이 동반되고 있었다. 격분한 군중이
외국산 천을 모아다가 불에 태우며 탄성을 지르거나, 활활
타오른 불길을 만족스럽게 바라보는 광경을 그는 혐오했
다. 학생들이 학업을 포기한 채 정치인들 손안에서 놀아나

는 것도 그는 못마땅하게 여겼다. 그 역시 물레를 포함하여 농촌 부흥을 호소했으나 그렇다고 물레가 인도의 경제적 병폐를 해결할 수 있는 방법이라고는 믿지 않았다. 그는 일명 국산품 애용 운동인 스와라지(자치)에 의해 물레를 선전하는 국민회의파들이 정치적인 실을 뽑아내는 수단이라고 간주했다.

따라서 그는 캘커타에서 열린 공개강의에서 '문화의 만남'이라는 주제로 강연을 하면서 인도와 서양은 지적 정신적인 협력을 할 필요가 있다고 소신을 밝혔다. 그후 간디가 캘커타로 타고르를 방문하여 두 사람이 타고르의 생가 조라상코 저택에서 대화를 나누게 된다. 그때 집 마당에 간디의 추종자들이 많이 모였는데 그들은 상점에서 외국산 천 뭉치를 몰수해 불태우면서 간디의 생각에 공감을 표할 것을 종용한다. 그때 타고르는 간디를 향해 과연 비폭력의 정의가 무엇인지 묻는다.

①
저걸 보시오. 간디지(지는 존칭어), 당신의 비폭력
추종자들이 무엇을 하고 있는지. 저쪽을 보시오.
저들은 치트포어 街 가게에서 천을 약탈하여 내 집
마당에서 저렇게 불을 지르고, 광기어린 데비슈(회교의
엄격한 고행과 수도승) 집단처럼 지금 그 주위를 소리치며

돌고 있습니다. 저것이 비폭력이란 말입니까?(187면)

②
타고르와 간디, 이 둘의 위대한 정신의 논쟁은
중요하다. 그들은 서로 존경하면서 현자와 사도, 성
바울과 플라톤처럼 그 심정에 있어서는 운명적으로
다르다. 왜냐하면 한쪽은 새로운 휴머니티의 수립을
목표로 하는 신앙과 자비의 정신이고 한쪽은 전 인류의
염원을 동정과 이해에 있어 결합하려 하는 자유롭고
광대하고 조용하고 맑은 지성이다.
　　　　　　　　　　　　　　　　　—로맹 롤랑

①은 타고르의 주장인데 두 사람은 이런 측면에서 사고
가 전혀 달랐다. 이와 같은 상이함을 로맹 롤랑은 ②에서 현
자와 사도, 성 바울과 플라톤에 비유하는가 하면, 한쪽은 새
로운 휴머니티의 수립을 위한 신앙과 자비의 정신이며 한쪽
은 전 인류의 염원을 결합하려는 자유롭고 광대하고 조용
하고 맑은 지성이라고 말한다. 그런데 롤랑의 글에서는 어
느 쪽이 타고르이고 어느 쪽이 간디인지 구분하기가 어려울
정도로 두 사람의 사상을 비슷하게 평가하고 있다.
　그러면서 로맹 롤랑은 타고르는 언제나 간디를 성자로
존경했으며 "나는 타고르가 존경심을 갖고 간디를 말하는

것을 들었다"(188면)고 증언했다. 타고르는 국가주의를 '제국가(諸國家)의 이기주의'라고 간주했다. 그는 조국 인도가 필요로 하는 것이 무엇이며 버려야 할 것이 무엇인지를 생각했다. 따라서 타고르가 두려워했던 것은 간디를 추종하는 자들의 맹목적 배타심이었다. 어떤 표면적인 자유라는 이름으로 영혼의 참된 자유를 말살하는 맹종이었다. 이에 대한 타고르의 강연이 이어졌는데 로맹 롤랑은 이것을 "타고르의 고귀한 말씀"이라고 감탄했다.

그러나 두 사람의 상반된 부분은 오히려 서로 보완해주는 결과를 낳았다. 왜냐하면 한 사람은 오로지 국내에만 몰두했다면 한 사람은 동양과 서양을 아우른 좀 더 폭 넓은 세계를 추구했기 때문이다. 따라서 이들의 신념이 서로 만났을 때 생산해내는 효과는 가장 이상적일 수 있기 때문이다.

사실 타고르는 10세 때부터 큰형을 따라 비밀결사대에 가담했다. '산지바니 사마'라는 이 협회 목적은 인도의 정치적 해방이었지만, 타고르는 인도의 번영을 위해 노력하되, 영혼의 진리와 아름다움을 함께 추구해야 한다는 걸 강조했다. 타고르는 농민을 위한 농촌개발 실험센터를 설립하여 이름을 '슈리니케탄'이라고 했는데 '슈리'라는 말은 아름다움, 우아함, 번영을 뜻한다. 그는 학교를 설립하고 병원을 짓고, 길을 내고 저수지를 건설하여 훗날 인도의 지도자가 될 청년들을 길렀다. 은행을 설립하고 농민자치조직을 설립하여 고리대금업자나 터무니없는 거금의 소송비를 갈취하는 장사꾼 변호사들로부터 농민들을 보호했다.

평소 타고르가 가슴에 품은 농민들은 모두 소작인들이었고 농민들의 삶에 깊이 파고든 타고르의 문학(시, 소설, 희곡, 노래, 에세이)은 자연히 농민들 이야기로 채워졌다. 이런 까닭에 그의 문학은 기존의 양식이나 구시대적 전통 형식을 따르지 않는 새로운 모험적 실험문학이 될 수밖에 없었다. 더욱이 그는 인도에서 단편소설을 맨 처음 탄생시킨 작가였다. 그리고 아직도 타고르에 비견할 만한 단편 작가가 나오지 않았을 뿐만 아니라 그를 흉내라도 낼 만한 작가가 없다고 한다.

따라서 신에게 바치는 그의 노래(시)는 곧 민족에게 바치는 기도였다. "마음에 두려움이 없고, 머리를 높이 쳐드는 곳…"으로 시작되는 그의 유명한 노래가 있는데 그의 민족애와 조국애는 국위선양과 양이사상(攘夷思想)을 나타내지는 않았다. 도리어 인도가 강대국에게 짓밟힌 원인을 영국에게만 전가하지 않은 채 가해자를 향해 아무런 저항도 시도해보지 않은 채 그냥 살아만 가는 인도인은 신의 눈으로 보자면 피해자일지라도 유죄라고 했다. 그런데 타고르의 그런 사상이 머지않아 간디에 의해 세상에 선언되리라고는 전혀 생각하지 못했다. 수년 후 간디는 타고르의 사상을 독립

운동으로 연결했다. 따라서 타고르의 생각이 뿌리와 나무라면 간디는 그 나무에 꽃을 피웠다고 할 수 있다.

# 8

# 타고르와 간디

 

 

타고르는 1861년에 태어났고 간디는 1869년에 태어나 동시대를 통과했다. 그리고 인도는 독립될 때까지 200년 동안 영국의 지배 아래 놓여 있었고 타고르와 간디는 인도의 정신적 지도자로 존재한다. 간디는 인도를 구원했고, 타고르는 문학을 통해 인도를 뛰어넘어 아시아를 구원했다. 따라서 이 두 사람의 민족관에 대한 사상은 하나로 통하면서도 사뭇 달랐다.

유태계 독일 태생 정치학자 '한나 아렌트'의 말 중에서 "사유한다는 말은 항상 비판적으로 생각한다는 뜻이며, 비판적으로 사유하는 것은 늘 적대적인 태도를 취하는 것"[*]이

---

[*] 한나 아렌트, 윤철희 옮김, 『한나 아렌트의 말』, 마음산책, 2016. 179면

라는 말은 이럴 때 생각해 볼 필요가 있다. 물론 여기서 적대적인 태도는 냉정한 태도를 가리킨다. 타고르와 간디의 우정은 영혼으로 통했다. 그러나 간디가 주창한 영국에 대한 비협력 사상을 두고는 서로 생각이 달랐던 것이다. 타고르는 간디의 비협력을 또 다른 폭력 형태로 보고 비판을 가했다. 한편 간디는 그런 타고르를 비판했다.

타고르가 스와라지에서 멀어진 것은 동서양의 통일과 회교도와 힌두교도의 통일이라는 보다 본원적인 데 있었다. 이 두 사람의 생각을 밝혀놓은 『간디와 타고르의 대화』*는 간디와 타고르가 서로 주고받은 서신과 상대에 대한 각자의 생각을 지면을 통하여 발표하거나 인터뷰한 내용을 모아놓은 책이다. 여기에는 간디의 비협력 투쟁에 대한 타고르의 반대 의견을 매우 구체적으로 밝혀놓았을 뿐만 아니라 간디가 타고르의 비판에 대하여 반박하는 내용이 전개되어 있는데, 비협력 투쟁이란, 지배자 영국에 대하여 인도의 스와라지(자치)를 위한 운동을 말한다. 운동은 칭호와 명예직 반환, 정부 행사에 불출석, 재판 보이콧, 공립학교에 다니는 자녀들 퇴교시키기, 선거 보이콧, 외국상품 불매운동 등이다. 운동이 전국으로 확산되면서 1921년 비협력 투쟁은 국민들의

---

* 간디, 타고르(카카사헤브 칼렐카르 엮음), 김형기 옮김, 『간디와 타고르의 대화』, 석탑, 1983. 이하 동일한 책은 본문에서 면수만 표기하기로 함.

호응이 높고 운동의 열기가 높아져 절정에 이르렀고 간디는 도시의 광장과 마을마다 다니며 이미 구식이 되어 사라진 옛날 물레를 꺼내 실을 자아 옷을 만들어 입고 외제 면제품을 보이콧해야 한다고 외쳤다. 그럴 때마다 간디의 연설에 열광한 군중들이 입고 있던 외국산 옷을 벗어 던질 뿐만 아니라 상점으로 쳐들어가 외제 면제품을 강제로 거둬다가 산더미처럼 쌓아놓고 불을 지르는 일이 자행되었다. 따라서 아침저녁으로 일정한 시간에 도시와 농촌의 대부분 집에서 물레 돌아가는 소리가 강물처럼 이어졌다.

그러나 이런 방법은 많은 지식인들에게 반발을 일으키면서 비판이 쏟아지기도 했다. 운동 양상은 그야말로 전국이 혼란으로 치달았기 때문이다. 네루를 비롯한 많은 변호사들이 법조계를 떠나는가 하면, 정부 고관이나 교수들 가운데서도 사직하는 사람이 더러 있었다. 공립학교 학생 수천 명은 학교를 그만두고 간디를 중심으로 하는 회의파 의용대원으로 나서는가 하면, 각처에서 동맹휴업을 하면서 철도와 해운 노조 등의 스트라이크로 교통이 마비되기도 했다. 수많은 학생들과 국민들이 총독부가 강요하는 비인도적인 법령을 스스로 어기고 감옥에 들어갔는데 불과 2개월 사이에 3만 명의 정치범이 감옥을 가득 채웠다. 세금도 내지 않아 당국이 재산 몰수에 나섰다.

이때 타고르는 간디가 발행하는 잡지《영 인디아》에 편

지를 보내(1921) 비협력 투쟁과 물레 돌리기를 "편협과 부정과 절망의 교의"라고 공개적으로 비판하면서 간디와 이 문제로 서로의 생각을 주고받게 된다.

어떠한 형태를 띠든지 힘이란 비이성적인 것이요. 눈을 가리고 마차를 끄는 말과 같습니다. (…) 나는 당신의 가르침이 선으로 싸워서 악을 이기라는 것임을 알고 있습니다. 그러나 그러한 싸움은 용사들을 위한 것이며, 순간적 충동에 이끌려 행동하는 사람들(국민)을 위한 것은 아닙니다. 한편에 치우쳐 있는 악은 반드시 다른 편 상대방에 악을 낳게 되며 불의는 폭력으로 나아가고 모욕은 복수를 부르게 됩니다. 불행하게도 그러한 힘의 사용이 이미 시작되었으며 공포를 통해서든 분노를 통해서든 우리의 위정자들은 우리에게 발톱을 드러냈는데 그 결과는 분명히 우리 중의 일부로 하여금 내밀한 증오심을 품도록 끌어갈 것이며, 또 어떤 이들은 철저한 도덕적 타락으로 나아가게 할 것입니다. (…) 나는 언제나 자유의 위대한 선물이 한 민족에게 결코 자선을 통해 주어질 수 없다는 것을 느껴 왔고 또 그렇게 말해 왔습니다. 우리는 그것을 소유할 수 있기 전에 그것을 이겨내지 않으면 안 됩니다. 그리고 인도가 그것을 이겨낼 수

있는 기회는 정복자라는 이유로 인도를 통치하고
있는 사람들보다 우리가 도덕적으로 우월하다는 것을
입증할 수 있을 때에야 비로소 오게 될 것입니다.
인도는 기꺼이 고통의 참회를 받아들이지 않으면 안
됩니다.(26면)

　　　　　　　　　　—1919년 타고르가 간디에게 보낸 편지

　　　　　　　　　　　　　　　(맨 처음 편지) 중에서


비협력 사상은 정치적 금욕주의입니다. (…) 필요한
것은 인간의 영적 속성과 물질적 속성 사이에 조화를
이루는 것이며 상부구조와 하부구조의 균형을
유지해 가는 것입니다. 나는 동양과 서양이 진정으로
만나게 될 것을 믿습니다. 사랑이란 영혼의 궁극적인
진리입니다. 우리는 그 진리를 모독하지 아니하고
모든 반대 세력에 대항하여 진리의 가치를 들고 나가기
위해서 우리가 할 수 있는 모든 것을 해야 합니다.
비협력 사상은 틀림없이 이 진리를 해칩니다. 그것은
몸을 덥혀주는 난로 속의 불이 아니라 우리의 난로와
집까지도 태워버리는 불인 것입니다.(59면)

　　　　　　—타고르가 1921년 한 친구에게 보낸 편지 중에서


서양은 동양이 그들 사이를 풍미하는 부조화의 가장

낮은 단계에 있다고 오해해 왔습니다. (…) 동양 사람인 우리는 서양이 우리에게 무엇을 가르쳐주어야만 하는가 하는 것까지도 서양에 가르쳐주지 않으면 안 됩니다. 그렇게 함으로써 우리는 이 시대의 완성을 앞당기게 되기 때문입니다. 우리는 동양이 또한 서양에 가르쳐줄 무엇을 가지고 있으며, 동양의 빛이 꺼져버리지 않도록 해야 할 책임이 동양 자신에게 있음을 알고 있습니다. 그리고 서양은 동양에도 자기들이 양식을 얻으며 편히 쉴 수 있는 처소가 있다는 것을 깨달을 수 있는 여유를 찾게 될 때가 오리라는 것도 알고 있는 것입니다.(61면)

　　─타고르가 1921년 한 친구에게 보낸 편지 중에서


　타고르는 1925년 9월 《모던 리뷰》지에도 「획일성을 몰고 오는 물레 숭배」라는 매우 긴 장문을 통해 간디가 주창한 물레 돌리기를 맹렬하게 비난했다. 타고르는 이 글에서 모든 계급의 모든 사람들이 저마다 역할이 있는데도 물레를 돌려야 한다는 강박관념에 사로잡혀 있음을 보고, 그렇게 되면 저마다 어떤 신적인 명령에 의해 속박되기 마련이며 거기에서 벗어나고자 하는 행위는 죄스러운 일이 되는데, 그것은 사람의 손발을 숙련시킬지는 몰라도 그러한 강박에 의한 획일적인 노동은 비창조적임을 지적한다.

이는 창조적이어야 할 행위자의 정신을 죽음에
이르게 한다. 그리하여 인도에서는 오랜 옛날에 했던
방식을 되풀이만 하는 광경이 벌어지고 있다. 이처럼
지속적으로 내리 누르는 과정에서 인도가 존재한다는
것 자체를 혐오하게 되었다.(123면)

나는 이 나라에서 그렇게도 거대한 규모의 대중이
물레를 무조건적으로 믿는 것이 두렵다. 그러한 신앙은
그들이 전혀 의심해 볼 수도 없었던 자기들의 도덕적
진지성에 대해 단 한 사람만이라도 지적하고 나서면
단번에 쉽사리 깨져버리기 때문이다.
어떻든 내가 말하는 것은 이것이다. 오늘날 우리나라가
가난하다면, 그 근본 이유는 복합적으로 갈라져
있으며, 그것은 어디까지나 우리 자신 안에 있음을
알아야 한다는 것이다. 온 나라가 하나의 똑같은
처방에 응하여 그 다양한 외적인 면모들 가운데 오직
하나에만 의지한다면, 그 처방은 나라를 사로잡고 있는
유령과 싸워서 이를 몰아내는 데 도움이 되지 못할
것이다.(125면)

타고르는 "과거에는 윙윙 돌아가는 물레바퀴 소리가 인

구 3억 4천의 인도를 오랜 세월 동안 풍요로 이끌어 주었으나, 결코 더 이상은 인도에게 진보에 대하여 말하지 않게 될 것"이라면서 물레 돌리기는 아주 옛날에 했던 일로 인도의 총체적인 가난을 해결할 수 있는 문제가 아니라고 봤다. 타고르는 이렇게 물레 돌리기를 비판하면서도 "내가 어떤 일의 원리와 방법에 있어서 마하트마 간디와 다르지 않으면 안 된다는 것은 정말 괴로운 일"(137면)이라고 고백한다. 그러면서 타고르는 간디에 대한 개인적인 존경심은 자신을 강력하게 물레 숭배의 추종자가 되도록 촉구하지만 "나의 이성과 양심은 나를 억제하여 물레를 터무니없이 높은 자리에 올리기 위해 그와 한편이 되지 못하게 막는 것"이라고 했다. 그러면서 타고르는 틀림없이 간디가 자신을 이해시키는 데 실패하지도 않을 것이라고 확신한다.

타고르의 철학은 대단히 심오한 것이라서 일반 대중들은 이해하기가 어려웠을 것으로 짐작되는데, 타고르의 글을 액면대로 읽은 물레 숭배자들(간디 추종자들)이 타고르를 고발하는가 하면, 타고르가 간디를 시기한 것으로 비난을 퍼붓기도 했다. 어떤 사람들은 간디에게 반박 글을 내라고 독촉했는데 간디는 타고르의 글을 충분히 이해했으므로 잡지 《영 인디아》에 게재한 글에서 "우리의 우정은 우리의 견해 차에 비해서 훨씬 더 풍부하다. 친구다운 친구란 가장 중요한 문제점들에 대해서까지도 의견일치를 요구해서는 안 되

며 오직 불일치만이 그런 문제점들에 대해서 지나친 날카로
움과 불행한 결과를 막을 수 있게” 된다면서 “도대체 무엇에
대해 시인이 나를 질투한단 말인가?”라고 되묻는다. 간디의
말대로 타고르는 비판을 하면서도 간디에 대한 존경심은 매
우 깊고, 물레로 인한 경제적 가치를 부인하지는 않았다는
것을 ‘범인도 데샤반두 기념관 설립을 위한 호소문(All India
Deshabandhu Memorial)’에 서명한 것으로 보여주었다.

그 후 1940년 타고르가 죽기 일 년 전 간디가 산티니케
탄을 방문하게 되고 타고르는 헤어지면서 간디에게 학교를
부탁한다는 편지를 손에 쥐어 주었고 두 사람은 산티니케
탄의 학교 비스바바라티의 장래에 대하여 우정 어린 편지를
주고받게 된다.


존경하는 마하트마님


당신은 오늘 아침 우리의 활동 중심지인
비스바바라티를 소상히 둘러보셨습니다. 나는 당신이
이곳의 진가를 어떻게 평하셨는지 알지 못합니다.
당신은 이 학교가 외관상으로는 민족적이지만, 그
정신에 있어서는 국제적이라는 사실을 아십니다.
우리는 최선의 방법으로 문화를 존중히 여기는
인도의 정신을 세계의 다른 민족에게 보여 주고 있기

때문입니다. 당신은 이 학교가 완전히 쓰러져 가는
결정적으로 중요한 시기에 이를 구하여 다시 일어설
수 있게 도와주셨습니다. 우리는 언제나 당신의 이
우정 어린 활동에 감사드립니다. 그리고 이제 당신이
산티니케탄을 떠나시기 전에 저는 당신에게 뜨겁게
호소합니다. 이 학교를 당신의 보호 아래 있도록
맡아 주시고, 이 학교가 민족의 자산이 되어야
한다고 생각하면 그러한 역할을 수행할 수 있는
신념을 이 학교에 불어넣어 주시기를 부탁합니다.
비스바바라티는 내 생애에 있어 가장 값진 보물을
나르는 수레와 같습니다. 나는 이 학교가 보존되기
위해서 내 동포들로부터 특별한 보살핌을 받게 되기를
기대합니다.


사랑 안에서, 라빈드라나드 타고르 올림


존경하는 구루데브


우리가 헤어질 때 당신이 내 손에 쥐어주신 눈물
어린 편지는 곧바로 내 가슴을 때렸습니다. 물론
비스바바라티는 민족의 학교입니다. 당신은 이 학교를
영원히 지켜가기 위한 공동의 노력을 위해 내가 할 수

있는 모든 것을 기대해도 좋습니다.

나는 당신의 희망을 이루기 위하여 그날 당신을

생각하며 한 시간가량 경건하게 침묵을 지켰습니다.

나는 늘 산티니케탄을 나의 제2의 가정으로 여겨왔지만

이번 방문이야말로 예전의 그 어느 때보다도 더욱더

나를 그곳에 가까이 가게 해주었습니다.(165면)


존경과 사랑으로 당신의 M. K. 간디 올림

(Visva. Bharati News, 1940. 4.)

산티니케탄의 학교는 이미 수십 년 전부터 3월 10일을 간디의 날로 정하여 기념하고 있었다. 1915년 간디가 산티니케탄을 방문했을 때, 간디 방식으로 자치를 가르쳤던 날이 3월 10일이었다. 당시 산티니케탄 학교는 브라만 가문의 아이들이 대부분이었고 학교에는 요리사, 청소부, 빨래하는 사람들이 있었다. 물론 모든 재정은 타고르가 전적으로 떠맡고 있었다. 그때 산티니케탄을 방문한 간디는 다른 사람 도움 없이 학생들 스스로 모든 일을 할 수 있도록 자치를 가르쳤다. 간디는 스스로 자신의 일을 하면서 모범을 보여 주었고 그때부터 학교에서 간디의 날을 정해 그날은 학생들이 스스로 모든 일을 하는 것으로 간디를 기억하는 것이었다.

타고르가 쥐어 준 편지를 읽은 간디는 감동에 젖어 "내가 누구이기에 그 학교를 내 보호 아래 둘 수 있단 말인가? 그 학교는 하나의 가장 진지한 영혼의 창조물이므로 하느님의 보호를 받고 있다. 구루데브 자신은 진정으로 민족적이기 때문에 세계적이다. 그러므로 그의 모든 창조는 세계적이며 비스바바라티는 그중에서 가장 훌륭하다"(164면)고 소회를 밝히면서 지금까지 학교 재정을 혼자서 감당해 온 타고르에게 "장래의 학교에 대한 모든 염려를 구루데브 혼자서 감당해서는 안 된다"는 생각을 하게 된다. 그리고 간디는 자신이 할 수 있는 지원을 다하기로 결심한 것이다.

# 9 동방의 등불과 한국의 열망

1916년 7월 11일 정오라. (…) 인도시인 타 선생을
방문코자 하는 23인의 일원이 있으니 그 중에는
남자도 있고 여자도 있다. 학생도 있고 교사도 있으며
일본사람은 물론이어니와 支那人도 있고 대만인과
하와이 婦人도 있다. 그 중에 朝鮮 사람도 두 사람이
있으니 C군과 나다.

—《청춘》11월호(1917)

타고르가 한국을 알게 된 것은 1916년 7월 일본을 방문
했을 때였다. 노벨상을 받은 이후 일본에 강연차 처음 갔을
때, 당시 일본 유학생 진학문은 타고르를 만나러 갔고, 그
내용은 당시 조선에서 유일한 잡지《청춘》11월호(1917)에

실렸다.* 이 잡지를 보면 「印度의 世界的인 大詩人-라빈드라나드, 타쿠르」라는 제목 아래 진학문이 방문단 23인과 함께 타고르를 만나는 과정과 대화를 나눈 내용을 자세히 게재하고 있다. 인용문 마지막 'C군과 나'라는 말에서 '나'가 진학문인데 그날 방문단은 타고르에게 "現代靑年의 새生活"이라는 주제로 질문하고 답하는 형식을 취한다. 이때 타고르는 현대 청년들이 무한한 사랑과 빛과 기쁨을 느끼지 못한 채, 그것을 물질문명에서 찾으려고 한다는 것을 지적하면서 개인주의를 떠나 우주적이고 세계적인 삶을 추구하라고 이른다.

대략 이런 식의 대화가 끝나고 나자 진학문은 타고르에게 '새로운 세계를 갈망하는 조선 청년들을 위해 무엇이든 좀 써달라'는 부탁을 했는데 그 대화를 《청춘》에 그대로 게재했다. 그러나 타고르는 미국에 강연이 잡혀 있는 처지라 긴 글을 쓸 시간이 없어 '괜찮다면 짧게라도' 써 주겠노라고 했다. 그리고 다음 해 1917년 11월호 《청춘》에 타고르와 진학문이 나눈 대화와 함께 타고르의 시 3편이 소개되었다.

---

*《청춘》은 1914년 10월 1일 창간되어 통권 15호를 내고 일제의 탄압으로 1918년 9월 26일 종간되었다. 편집 겸 발행인은 최창선, 주간은 최남선, 발행소는 '新文館'이었다. 이 잡지는 제6호에서 '國是違反'이라는 이유로 일제로부터 정간당했고 곧이어 허가 취소까지 당했다. 그 후 2년이 지난 다음 1917년 5월 16일 다시 발간하기 시작했으나 15호를 마지막으로 일제의 압력을 받아 결국 종간되고 말았다. 처음에는 월간으로 냈으나 사정상 계간으로 나오기도 했다.

『기탄잘리』 중 한 편, 『원정』에서 한 편, 『신월』에서 한 편씩
을 골라 게재했다. 그리고 이 외에 「쫓긴 이의 노래」라는 시
가 실려 있는데 여기에는 "작년 시인이 동쪽 바다에 내유하
였을 적에 특별한 뜻으로 우리 잡지 《청춘》을 위해 지어 보
내신 것"이라고 밝히고 있다.

주께서 날더러 하시는 말씀
외따른 길가에 홀로 서 있어
쫓긴 이의 노래를 부르라 하시다.
대개 그는 남모르게 우리 님께서
짝 삼고자 구하시는 신부일지니라.
(⋯)
낮이 그를 버리매 하나님께서
밤을 차지하시고 기다리시니
등이란 등에는 불이 켜지고
꽃이란 꽃에는 이슬 맺혔네.
고개를 숙이고 잠잠할 적에
두고 떠난 정다운 집 가로
바람결에 통곡하는 소리 들리네.
(⋯)
고요한 동방의 문이 열리며
오라고 부르는 소리 들리니

만날 일 생각하여 마음이 졸여

어둡던 그 가슴이 자꾸 뛰도다.


—「쫓긴 이의 노래」 중에서


　한국 독자들은 「쫓긴 이의 노래」를 타고르가 보내주기로 약속한 것으로 믿었다. 그러나 「쫓긴 이의 노래」는 한국의 《청춘》에 보내려고 새로 쓴 것이 아니라 그해(1916)에 출간한 타고르 시집 『열매 모으기』에 실린 작품인 것으로 밝혀졌다. 외국 강연으로 바쁜 타고르가 이걸 뽑아 보냈는지 아니면 《청춘》 편집부에서 임의로 한 편을 뽑아 실었는지는 알 수 없으나* 어떻든 불과 시 한 편이 소개되었을 뿐인데 이 정도만으로도 타고르가 한국 문단에 끼친 영향은 매우 컸다. 이로 인하여 한국에 타고르의 열풍이 불기 시작하면서 한용운은 타고르에 깊이 경도되어 1918년 《유심》을 창간하면서 타고르의 강연 논문 「생의 실현」을 실었다. 따라서 시 「님의 침묵」(1926)이 타고르의 영향을 받았다는 것은 잘 알려진 일이다.** 연구자 김용직은 한용운 연구 서문(『한용

---

* 타고르, 류시화 옮김, 『기탄잘리』, 무소의 뿔, 2017. 240면
** 1970년 6월 13일 전국 국어국문학회에서 발표한 김용직 교수의 연구에 의하면 만해 한용운 시인에게 큰 영향을 끼쳤음이 송욱 교수의 『시학평전』에서 밝혀졌다고 언급했다.(동아일보, 1970. 6. 18.)

운 시집』)에서 밝히기를 "만해를 촉매제로 하여 나는「현대시에 미친 R. 타골의 영향」을 썼다"고 고백했다.[*]

그 후 희곡 작가 오천석이 희곡「우편국」을 번역했고, 방정환은 《개벽》 창간호(1920)에 타고르의 시『어머니』와 『신생의 선물』을 소개했다. 이 외에도 번역자로 시인 정지용이 있다. 정지용은 휘문의숙 5학년 재학 중에 시인이 되었는데 1923년 1월 창간한 교지 《휘문》에『기탄잘리』에서 9편을 변역하여 게재했다. 타고르의 시는 계속 줄기차게 번역되면서 1920년대 한국 문단에 빛을 밝혀 주는 등불로 존재했다. 또한 동아일보가 방일 중인 타고르를 초청하려고 했으나 일정상 이루어지지는 못했는데 이때 이광수와 김억이 타고르에 대한 글을 동아일보에(1925. 1. 7.) 게재했다. 그 후, 1929년 타고르는 캐나다로 가는 길에 다시 일본에 들르게 되고, 그러니까 1917년 《청춘》 11월호에 타고르의 시를 게재한 이후 무려 12년이라는 세월이 흘러간 후에 조선 청년들은 또다시 타고르 만나기를 시도한다. 이때 동아일보 도쿄 지국장 '이태로'가 타고르를 찾아가 한국 방문을 요청했으나 빡빡한 일정 탓에 성사되지 못했다. 타고르는 이를 미안하게 생각하고, 마치 10년(1916) 전에 진학문과 약속했던 것을 이제야 지키겠다는 듯이 정말 짧은 시 한 편을 써서 다음 날

---

[*] 김용직, 『한용운 시집』, 깊은 샘, 2009.

캐나다로 떠나는 자신을 배웅하러 나온 이태로에게 건네주었고 그 작품이 오늘날까지 한국인에게 회자되는『동방의 등불』이다.

① 

일즉이 아세아의 황금시기에

빛나는 등촉의 하나였던 코리아

그 등불 다시 한 번 켜지는 날에

너는 동방의 밝은 빛이 되리라


—「동방의 등불」


② 

마음에 아무 두려움 없이 머리를 높이 쳐들 수 있는 곳

앎이 자유로운 곳

세계가 국경이라는 편협한 벽에 의해 여러 조각으로

분리되지 않은 곳

말이 진실 깊은 곳에서 흘러나오는 곳

지칠 줄 모르는 노력이 완성을 향해 팔을 뻗는 곳

이성의 맑은 강이 죽은 관습의 황량한 모래사막에서

길을 잃지 않는 곳

정신이 당신에게 인도되어, 사색과 행동의 지평을

끝없이 넓혀 가는 곳

그런 자유의 천국을 향해, 나의 아버지여, 내 나라가

깨어나게 하소서,

　　　　　　　　　　—『기탄잘리』의 35편 전문

　타고르는 이태로에게 4행으로 된 ①의 시를 써주었고 이
것을 주요한이 번역하여 1929년 4월 31일 동아일보 1면에
실렸다.(221면) 그런데 후일 이보다 두 배나 더 긴 시로 발
표되기 시작했다. 즉 ①의 시에 ②의 시를 첨가하여 마치 한
작품인 것처럼 발표한 것이었다.* 이렇게 앞의 4행에『기탄
잘리』35편을 붙인 시는 마치 강물처럼 도도하게 이어져 여
기저기 잡지에 또는 고등학교 국어 교과서에 실려 애독되었
다. ②의 시는 전체 내용 이미지가 그렇거니와 마지막 부분
"그런 자유의 천국을 향해, 나의 아버지여, 내 나라가 깨어
나게 하소서"는 당시 어떤 번역자가 일제 지배를 받은 조선
현실에 맞춘 것으로써, 잘못된 일이라는 지적이 따랐다.

　이와 같이 우리나라에서 열풍이 불기 시작한 타고르 작
품은 1923년 김억의 번역으로 본격적인 시집『기탄잘리』
(1923)가 출간되었다. 김억은 타고르 시집『신월』과『원정』

───────────

* 류시화 옮김, 앞의 책, 241면

도 번역했는데, 해방 이후에는 본격적으로 번역 작업이 이루어지면서 타고르의 시집뿐만 아니라 단편선집, 희곡집, 평론집, 명언집, 타고르 전집, 타고르 전기 등의 번역이 앞다투어 출판되기 시작했다. 대표적인 번역자는 김광자, 김경화, 김병익, 김양식, 김세인, 김현수, 김형기, 박희진, 류시화, 문태준, 손석주, 이수식, 이파호, 유영, 장경렬, 진선구, 황종호, 최병국 등 수십 명에 달한다.

타고르의 작품집 출판은 고려원, 궁미디어, 글벗사, 길, 대문사, 대지사, 문학사, 민성사, 민음사, 민족사, 무소의 뿔, 범우, 소담출판사, 서정시학, 석탑, 선영사, 샨띠, 세손(하늘미루), 세창, 어문각, 열린책들, 을유문화사, 일지사, 진하, 진선북스, 태성사, 태학당, 청미래, 청맥, 청하, 하서, 한국사, 한솜미디어, 현암사, 혜원, 홍성사, 홍익사 등에서 나왔다. 『기탄잘리』는 해마다 출판되면서 지금까지 우리나라에서 역대 노벨문학상 작품 출판 가운데 가장 다수의 출판사에서 장수 출판을 이어왔다.

그리고 한용운은 잡지《유심》을 창간한 이후 8년 만인 1926년 산문 시집 『님의 침묵』을 발표했는데 한용운이 타고르의 영향을 받았다는 것은 널리 알려진 일이다. 특히 한용운의 "님은 갔습니다. 아아 사랑하는 나의 님은 갔습니다. 푸른 산 빛을 깨치고 단풍나무 숲을 향하여 난 작은 길을 걸어, 차마 떨치고 갔습니다"로 시작되는 「님의 침묵」은 타고르의『기탄잘리』를 연상케 하는 대표적인 시라고 할 수 있다. 한용운의 작품과 타고르의 작품에는 시적 대상인 "님"이 공통점으로 부각되고 있기 때문이다.

한용운의「님의 침묵」뿐만 아니라 천상병의 시 "나 하늘로 돌아가리라/ 아름다운 이 세상 소풍 끝내는 날/ 가서, 아름다웠더라고 말하리라"라는「소풍」도 타고르의『기탄잘리』96편 "나 이곳을 떠날 때, 나의 작별이 말이 되게 하소서. 내가 본 세상은 너무나 아름다웠다고"를 연상케 한다. 시대는 다르지만 천상병 역시 타고르의 영향을 받았을 것이라는 짐작은 어렵지 않게 할 수 있는데, 타고르의『기탄잘리』가운데 몇 편을 보자.


나는 님을 위해 노래를 부르려고 이곳에 있지요.
님의 이 회당 안 한구석에 나는 자리를 차지하고
있습니다.
님의 세계에선 나는 할 일이 없습니다.
나의 보람 없는 생명은
다만 부질없는 곡조로 용솟음 칠 뿐.
한밤중 어두운 사원에서 **님의 침묵**(강조 인용자)의
예배를 알리는
종이 울릴 때엔, 주여, 나에게 님 앞에 서서
노래를 부르기를 명하여 주십시오.

아침의 대기 속에 황금의 하프가 울릴 때엔,

나를 영광되게,

님의 곁에 있도록 명하여 주십시오.

—15편 전문

님은 나를 영원케 하셨으니, 그것이 님의 기쁨입니다.

이 연약한 그릇을 님은 수없이 비우시고 또 항상

신선한 생명으로 채우십니다.

—1편 중에서

낮의 일이 한창 바쁜 시각엔 나는 군중과 함께 있지만

이 어둡고 쓸쓸한 날에 내가 바라는 건 오로지 님뿐.

(…) 나는 멀리 아득한 저편 하늘의 어둠을 응시하고

있습니다.

그리고 이 마음은 쉴 줄 모르는 바람과 더불어 흐느껴

울면서 떠돌고 있습니다.

—18편 중에서

만약에 님이 말하지 않으시면 나는 이 마음을 님의

침묵으로 채우렵니다.

(…) 그러면 님의 말은 노래가 되어 나의 모든 새들의

둥지에서 날아오를 것입니다.

님의 선율은 나의 모든 숲의 나무마다 꽃이 되어
피어날 것입니다.

—19편 중에서

그러나 주여, 불러들이셔요. 이 가득 찬 침묵의 열기를.
무서운 절망으로 마음을 태우는, 침묵의 날카로운
잔혹한 열기를.

—40편 중에서

님은 님의 존재 안에 울타리를 치시고는 무수한 곡조로
님의 분신을 부르십니다.
(…) 님과 나의 곡조로 온 대기는 진동하고, 그리하여
모든 세대를 통해 님과 내가
숨바꼭질을 합니다.

—71편 중에서

나 이곳을 떠날 때, 이것이 나의 작별의 말이 되게
하소서.
내가 본 세상은 너무나 아름다웠다고.
빛의 바다에 드넓게 핀 연꽃 속 숨겨진 꿈을
맛보았으니
나는 축복받은 자입니다.

이것이 나의 작별의 말이 되게 하소서.
무수한 형상들로 가득한 이 놀이터에서
나는 나의 놀이를 펼쳤습니다.

—96편 중에서

따라서 한용운이 타고르에게 영향을 받았다는 증거로
『유심』에 타고르의 시를 게재한 것뿐만 아니라 첫 시집『님
의 침묵』의 구성부터 타고르의 시집『원정』을 닮았다는 것
은 잘 알려진 일이다. "원저자 서언을 시작으로 목차 아래
시(84편)가 전개되며 끝으로 독자여"로 구성되어 있는 타
고르의 시집『원정』을 참고로 한 것으로 본다. 그것은 시집
『님의 침묵』이 간행되기 전인 1924년에 타고르의 번역 시
집『원정』이 우리나라에서 출판되었고, 한용운은 이미《유심
(惟心)》창간호에 서둘러 타고르의 작품을 게재했을 뿐만 아
니라 시집『님의 침묵』에 「타골의 詩(The Gardener)를 읽고」
라는 시가 실려 있는 점 등이 그것을 증명해 주고 있는데[*],
연구자 송욱은『시학평전』제12장 한용운 편에서 한용운의
산문시를 타고르의 산문시에 견주어 분석하면서 다시 한 번

---

* 송욱,『한용운-님의 침묵 전편해설』, 일조각, 1974. 300-301면. 초판에는
"Gardenisto"로 되어 이는데, 연구자 송욱 교수가 "Gardected Poems & Plays
of Rabindranath Tagore", Macmillan, New york, 1953.에 따라 고쳤다.(뉴욕
맥밀리언 출판사가 수정함에 따른 것)

그 내력을 밝혔다.

散文詩는 技術과 形式이 內容에 못지않게 중요한
詩와 달라서 주로 위대한 思想과 人間性을 표현하는데
적당한 형식이다. 그리고 산문시하면, 투르게네프,
보드레에르, 타고오르 等이 남긴 散文詩를 연상한다.
실상 萬海는 타고오르의 작품을 분명히 읽고 있었다.
詩集『님의 沈默』에는 「타골의 詩 GARDENER를
읽고」라는 작품이 있다. 그러면 우리는 여기서 한국의
新文學史를 찬란하게 장식하고 있는 萬海의 散文詩와
印度의 詩聖이라고 칭송된 바 있는 타고오르의
詩集『園丁』의 내용을 비교할 수 있는 기회를 가지게
되었다.[*]

　　　　　—「唯美的超越과 革命的我空 – 萬海 韓龍雲과
　　　　　　　　　　　　　　　　R. 타고오르」 중에서

---

[*] 송욱, 『시학평전』, 일조각, 1963. 296면

# 10 노벨상을 뛰어넘은 불멸의 등불

　　옥스퍼드대학이 스웨덴 아카데미보다 먼저 타고르를 인정하지 못했음을 후회했듯이, 어느 날 갑자기 『기탄잘리』라는 얇은 시집 한 권이 세계를 뒤흔들어버린 것은 대지진 같은 지각변동을 일으킨 사건이었다. 그것은 제국주의 유럽이 지배한 아시아를 새롭게 인식시키는 대혁명이었다. 따라서 그는 동서고금을 막론하고 전무후무한 찬사를 받았다. "그는 살아 있는 셰익스피어다. 그는 셰익스피어 이상이다. 타고르 없이 오늘의 시를 생각할 수 없다. 즉 '우리의 조상은 전기도 없이 어떻게 살았을까?'와 똑같이 말하고 싶다. 타고르를 모르고 어떻게 시와 노래가 존재하여 왔을까?"라는 표현은 당시의 감동이 어떠했는지를 단적으로 보여준다. 뿐만 아니라 그의 그림이 후버 대통령의 융숭한 대접을 받으면서 뉴욕, 보스턴, 워싱턴을 순회하며 전시회가 열렸을 때 미국 작가 윌 듀런트는 "타고르 한 사람만으로도 인도는 자유로울 수 있다"고 했는데, 타고르는 2백 년 동안 영국의 지배를 받아온 인도에 빛을 던져 준 존재였으며, 어둠 속의 인도인들에게 새로운 희망과 자부심을 갖게 해 준 존재였다.

당시 유럽이든 아시아든 지구상의 누구나 타고르를 직접 면전에서 보는 것을 일생의 소원으로 삼았는데, 아르헨티나 기자 겸 문사인 빅토리아 오캄포가 타고르를 기다리는 심정은 구구절절하다. "나는 1924년 9월 페루로 가는 도중에 라빈드라나드 타고르가 부에노스아이레스에 들른다는 소식을 들었다. 이 소식을 들은 후부터 일대 사건이라고 할 만한 대시인의 도착을 목마르게 기다리고 있었다. 그리고 그것은 나에게 일생일대의 대사건이 되었다"면서 "나는 매일 아침 창을 열고 내 방에서 장미 향기를 맡으며 타고르 작품을 읽기도 하고 또 그에 대하여 생각하면서 그를 기다렸다"고 했다.

로맹 롤랑은 그의 온화한 말투, 조화를 이룬 몸의 움직임, 아름다운 눈썹과 그늘이 있는 갈색의 눈빛, 고결한 존엄성이 빛나는 예언자 시인의 장중한 표정, 영묘한 기운에 싸여 있는 듯한 숭고함 때문에 처음으로 그에게 접근하는 사람은 자기도 모르게 교회에 들어간 것 같은 기분이 되어 소리를 낮추어 이야기를 하게 된다고 했다. 그러나 롤랑은 "그

섬세하고 고결한 옆얼굴을 가까이서 볼 수 있다면 얼굴 모습의 조용함과 조화의 밑바닥에는 억제된 갖가지 슬픔의 환영이 있음을" 알 수 있다고 했다.

한때 제국주의와 식민지 문제로 설전을 벌였던 타고르의 30년 지기 일본 시인 노구치 요네지로 역시 "그는 예지의 철인이었다"고 하면서 보통의 인간은 알 수 없는 많은 신비를 발견하는 데에 이르렀다고 했다. 그는 인간과 우주와의 관계를 뚜렷이 보여준 신비의 사람이며 또한 모든 현상에서 본질적인 선량을 본 사람이라고 했다. 생명의 영겁을 믿고 사랑의 힘으로 그 활력을 길렀던 탓에 그는 항상 젊고 항상 유동적이며 누구든 그의 우아하고 온화한 말을 접하게 되면 반드시 영혼의 비약을 느낀다고 했다.

같은 벵골인으로 동시대를 살았던 인도 수상 네루는 그를 일러 꿈꾸는 사람, 시인, 노래하는 사람, 미술가, 작곡가, 극작가, 연출가, 소설가, 평론가, 교육자, 인도주의자, 애국자에 국제주의자, 철학자이며 행동가라고 평가했다. 또한 타고르는 인도인답게 인도의 토양과 사상과 영원한 과거에서 영양을 섭취하면서도 참다운 세계의 시민으로 그의 국가주의는 가장 넓은 국제주의에 일치한다고 강조했다.

네루가 강조한 대로 타고르는 시인이었고 소설가, 희곡작가였고 음악가였고 화가였다. 그가 다재다능하게 다방면에 걸쳐 문학과 예술을 할 수 있었던 것은 타고난 천재성 외에 두 가지 이유를 들 수 있다. 먼저 타고르 가문은 우파니 샤드의 인문학으로 가득 찬 집안이었다. 아버지는 산스크리 트를 연구한 학자이면서 베다의 시를 낭송하는 것을 즐기 는 음운연구자였다. 형제들 가운데는 판사도 있고 수학자 도 있었지만 여덟 명의 형제와 여섯 명의 자매들은 시인이 거나 소설가이거나 연극인이거나 화가였다. 열네 명의 형제 자매들뿐만 아니라 타고르보다 나이가 훨씬 많은 조카들도 마찬가지였다. 집 안에 음악을 연주하고 연극을 상연하는 무대가 있었다. 그리고 벵골에서 맨 처음 피아노가 있을 정 도로 앞서간 그들은 악기를 하나 이상 다룰 줄 알고 노래를 잘 불렀다. 집안에서 공연을 자주하는 특성상 그들은 대부 분 몇 가지를 겸했다. 가족 신문과 가족들 작품만 싣는 문 학잡지도 만들었다.

따라서 타고르 가문 저택에서는 인문학을 비롯하여 종 합예술이 전개되었다. 언제나 음악이 흐르고 연극이 상연 되었다. 그런가 하면 아버지 마하르시의 근엄하고 경건한 생활로 하여 집 안은 성전 같기도 했다. 타고르가 태어났을 때 벌써 그런 환경이 조성되어 있었고 타고르는 자연스럽 게 집안의 예술적 분위기를 흡수하며 성장했다. 또 한 가지 타고르의 천재성을 살려 준 것은 타고르가 제도권 교육을 기피했다는 사실이다. 노벨상을 받은 다음 해에 캘커타 대 학으로부터 명예 문학박사 학위와 타계하기 일 년 전 옥스퍼드대학에서 명예 문학박사 학위를 받은 것 말고는 학위가 전무한 그는 7세에 학교에 들어가 13세까지 초등학교를 네 번 옮겨 다니던 끝에 자퇴하고 말았다. 물론 영국의 식민지 교육제도가 강압적이고 폭력적이었다고는 하나 그는 선천적으로 제도권의 강제성에 적응하지 못하는 기질을 갖고 있었다. 불과 여덟 살부터 시를 쓰는 그는 같은 또래 아이들에게 받아들여지지 않았다. 시기와 질투로 가득 찬 아이들은 그의 실력을 믿고 싶지 않았고 교사들도 마찬가지였다.

그것은 오히려 시성 타고르를 세계무대에 세우는 데 커다란 공헌을 해 준 셈이었다. 예이츠, 에즈라 파운드 등 당시 서구를 대표하는 시인들이 타고르 시에 반해버린 이유는 바로 거기에 있었다. 규격화된 당시의 형식에서 완벽하게 벗어나 있는 타고르의 시는 다른 문학에서는 찾아볼 수 없는 순진성과 순박성이 존재하고 있었다. 그것은 꽃처럼 향기롭고 갈매나무처럼 정갈한 영혼의 노래였다. 그는 스스로 학교 교육을 받지 않은 것이 다행이었다고 말할 정도로 완전한 자유세계에서 자기만의 독특한 개성적인 운율을 구사할 수 있었다. 학교에 가지 않고 그는 최고의 가정교사들을 통해 배우면서 학교에서 배우는 것보다 양과 질 면에서 훨씬 집중적이고 체계적이고 깊이 있는 수업을 하면서 마음껏 시를 썼다.

그는 마치 흐르는 강물처럼 앞만 보고 흘러갈 수 있었다. 특히 그의 문학에서 우파니샤드의 영향을 빼놓을 수 없다. 인류사 가운데 가장 집대성되었다는 평가를 받는 베다 문헌은 인도의 눈부신 유산일 뿐만 아니라 인류의 커다란 자산으로 그 가치를 인정받고 있다. 그리고 타고르의 철학 중심을 이룬 '우파니샤드' 사상은 베다 문헌을 바탕으로 한다. 엄격한 카스트 제도의 신분 세습을 과감히 배격하고 새로운 사상을 도출한 것은 어떤 경우에도 인간의 영혼은 선이어야 하며 사랑이어야 한다고 믿는 탓이었다. 그는 『기탄잘리』를 통해 그것을 말하고 싶었고 그것은 유럽의 대문호들을 감동시켰던 것이다.

시성에 가려진 타고르의 업적은 교육에서도 국제적으로 빛났다. 그는 맨 처음에는 자신의 아이들을 강압적인 영국식 교육에 맡길 수 없어 학교를 세웠으나 세계적으로 뜻을 같이하는 사람들이 하나의 둥지 속에서 만나는 자리로 만들고 싶었다. 그리고 60세에 세계인을 대상으로 하는 비스바 바라티 국제대학을 세우는 데 성공했다. 그리고 학교는 인도의 국립대학으로 승격해 오늘에 이르고 있다. 국제대학이라는 이름대로 세계에서 유학을 오는 이 대학은 인도뿐만 아니라 세계 여러 나라의 수많은 수재들이 거쳐 갔다. 그 가운데 인도의 첫 수상 네루의 무남독녀 외동딸 인디라 간디도 비스바바라티를 졸업하고 다음 영국 옥스퍼드대학에서 유학하고 나중에 인도의 수상이 되었다.

노벨경제학상을 받은 아마르티아 센을 비롯하여 프린스턴대학 경제학과 교수 오눕 도리파, 호주 멜버른대학 교수 푼돌이 까샤 등이 산티니케탄 나무 그늘 아래서 공부한 인도의 수재들이다. 아마르티아 센은 1998년에 『복지경제학과 사회적 선택에 대한 연구』로 수상자가 되었다. 이외에도 영화감독과 예술 분야에서 세계적으로 이름을 얻은 인물들이 헤아릴 수 없을 정도로 많다. 비스바바라티 국립대학 총장은 인도의 총리가 당연직으로 되는 탓에 네루 수상이 첫 총장이 되었고, 인디라 간디도 수상 재직 시 모교의 총장을 역임했다. 인디라 간디의 아들 라지브 간디도 수상으로 재직 시 총장을 역임했다.

네루 말대로 그는 세계적인 국제주의에 일치한 국가주의자로서 조국을 사랑하는 애국자였다. 따라서 세계를 놀라게 한 시 『기탄잘리』에는 타고르 개인의 고독과 눈물의 바탕 위에 민족과 국가가 있고 세계를 향한 선과 사랑에 대한 염원이 자리 잡고 있다. 타고르가 노벨상을 수상하고 세계 각국에서 초청 강연을 할 때마다 제국주의를 비판했던 것은 수억 인도 인구 전체가 외치는 것보다 수백 배의 효과를 냈다. 그리고 노벨상을 수상하고 다음 해에 영국이 준 나이트 작위를 5년 뒤에 반납했다. 영국군이 평화시위를 하는 수백

명 인도 국민을 학살한 사건에 대한 항거였다.

그러나 철저한 민족주의자인 그는 반이기주의 내셔널리
즘을 지향하면서 맹목적이고 배타적인 내셔널리즘을 배격
했다. 그 부분에서 스와라지를 주창하며 물레 돌리기 운동
을 펼친 간디와 격차가 있었다. 물레는 아주 오래된 인도 전
통으로 과거로 회귀한 것일 뿐만 아니라 물레 돌리기 운동
이 급기야 폭력으로 변해간 탓이었다. 영국산 천이나 옷을
찢어 불태우는 등 나라가 소란해졌다. 타고르뿐만 아니라
대부분 지성들이 그걸 비판했다. 그러나 타고르는 간디의
자치운동을 지지하는 데는 변함없이 동조했다.

타고르는 동양과 서양이 서로 손을 잡아야 한다는 신념
아래 세계를 하나로 보는 커다란 안목을 갖고 있었다. 그는
인도가 식민지 국민이라는 부정의 시대에 태어나 제1차 세
계대전과 제2차 세계대전을 겪었고 노벨상을 받은 지 1년
만에 세계대전이 일어났을 때, 전쟁이 아시아와 관계없는 유
럽의 일이라고 생각하지 않았다. 전쟁으로 영국이 위기에 처
한 것을 인도의 좋은 기회라고도 생각하지 않았다.

범인류적인 사상을 가진 그의 영감은 인류의 전쟁을 미
리 예감했다. 노벨상을 받고 2년 차가 되던 해 1914년 여름
휴가를 히말라야 지역 람가르에서 보내고 있었다. 그런데
갑자기 세상이 대재앙을 맞을 것만 같은 불안이 엄습했다.
제1차 세계대전은 사실 사소한 일에서 시작되었던바, 그때

까지만 해도 전쟁이 일어날 만한 징후는 어디에도 없었다. 그는 가슴이 찢어지는 고통을 느끼며 친한 벗 앤드루스에게 편지를 썼다. "가슴을 갈기갈기 찢는 것 같은 이 고통은 죽음의 고통이라는 것을 신만이 아실 것이요"라고 했다. 그리고 그때 심정을 "보라, 무서운 파괴가 닥쳐온다./ 고뇌의 홍수가 고통의 바다로 퍼져나가고, 암흑 속에 뇌성이 울리고, 출혈된 구름 속에 번개가 번쩍인다. 한 광인이 죽음의 유희를 벌이며 광의의 웃음을 웃는다!(…)"는 시로 묘사했다. 그런데 사실 그런 생각은 범인류적이고 너무 크고 깊은 철학인 탓에 일반적인 국민들은 쉽게 이해하지 못했지만 타고르는 그런 생각을 수정하지 않았다.

그것은 맹목적인 순종을 거부하는 전통적으로 내려온 가문정신에 다름 아니었다. 어느 시대나 기득권을 지키려는 보수세력과 그것을 깨고 새로움을 추구하는 진보세력이 존재하기 마련이고, 타고르 가문은 중세 이전부터 개혁세력의 중심에 있었다. 타고르의 조상은 개혁을 이끈 선각자로 시대를 이끌었고 그것은 유유히 흘러 타고르에게 이어졌다. 타고르가 태어났을 때 가문은 종교 개혁과 인도 르네상스격인 문학 개혁과 민족운동의 선봉에 서 있었다. 먼 조상으로부터 반골의 뼈를 물려받은 그의 할아버지와 아버지가 실현한 노블레스 오블리주와 사회 개혁정신을 다시 타고르가 그대로 물려받은 것이다.

타고르 가문은 정통 브라만 가문으로 벵골의 핵심이었으나 일찍이 카스트 제도의 환생설로 수드라 노예가문이 영원한 노예가문일 수밖에 없는 적폐를 청산하는 데 앞장섰다. 그런 이유로 힌두사회에서 배척당했고 타고르 가문은 대대로 고독할 수밖에 없었다. 타고르 또한 벵골에서 명성을 얻었으나 시기와 질투의 대상이 되기도 했다. 그들은 타고르의 시가 민족의 전통적 정신에서 솟아난 것이 아니라고 하는가 하면, 이해할 수 없거나 건전하지 못하다고 했다. 따라서 타고르는 자기 고향 벵골의 그런 부류들로부터 한 번도 용납된 적이 없었다. 음악에 있어서도 "나는 스스로 음악가라고 자처하고 있다"고 말했듯이 그는 학교에서 배우거나 정통파의 정전을 염두에 두지 않고 많은 노래를 작곡했다. 그리고 사람들은 그가 정규 교육을 받지 않았다는 이유로 무시하고 비난하면서도 그의 노래를 열심히 불렀다. 타고르는 그런 고난이 오히려 창조의 힘이라고 믿고 거부하지 않았다.

따라서 로맹 롤랑이 "그 섬세하고 고결한 옆얼굴을 가까이서 볼 수 있다면 얼굴 모습의 조용함과 조화의 밑바닥에는 억제된 가지가지의 슬픔의 환영이 있음을" 알 수 있다고 한 대로 그는 고독한 자유주의자였고 고독한 낭만주의자였다.

그는 자아를 뛰어넘어 너무 이타적이고 너무 범인류적인

탓에, 너무 깊고 너무 넓은 탓에, 그래서 세계로부터 존경과 흠모를 한 몸에 받는 탓에, 같은 자기 민족에게는 질투와 시기의 대상이 되기도 했다. 대중적이지 못했기 때문이다. 그러니까 그는 대중의 입맛에 맞는 행위를 하지 않았다. 그래서 늘 오해가 따라다녔다. 자기 민족으로부터 터무니없이 소외당하고 신랄하게 매도당했다. 그래서 더욱 고독했고 그럴수록 그는 더 맑은 영적 세계를 체험할 수 있었고 노벨문학상의 반열에 오를 수 있는 시를 창작할 수 있었다.

할아버지 드와르카나드의 자유분방한 스케일과 아버지 데벤드라나드 마하르시의 근엄하고 경건한 피를 이어받은 라빈드라나드 타고르는 세상 그 무엇보다도 인간에 대한 예의와 순수한 사랑을 가장 우위에 놓았다. 그는 사랑을 숭배했고 인간을 숭배했다. 그는 말하기를 "나는 다만 손에 등불을 드는 것이 아니라 내면으로부터 비쳐지기를 기원합니다"라고 했다. 또한 그는 "세계의 등불의 제전을 도맡아 가지고 자신의 정신의 등불을 비치는 의무가 각 민족에게 부과되고 있다. 어떠한 민족의 등잔을 깨뜨린다는 것은 세계의 제전에 있어서 그 민족의 참가권을 빼앗는 것"이라면서 등불을 자주 언급했는데 이는 종교를 뛰어넘는 영원한 진리가 되었다.

그는 목숨이 사위어가는 침상에서도 시를 구술하여 받아쓰게 하면서 최후의 날을 맞이했다. 그는 영국의 속박에 매여 있는 인도의 시인으로 태어나 세계의 시인으로 인도를 영화롭게 만들었으나, 모세가 400년 동안이나 이민족의 노예로 핍박받은 자기 민족을 조상의 땅 가나안으로 인도해냈음에도 조상의 땅을 눈앞에 두고 입성하지 못한 채 죽고 말았듯이 조국의 해방을 6년 앞두고 죽었다. 신장병으로 2년여 동안 고생하다가 1941년 8월 7일 80세를 일기로 타계했다.

그는 한 사람의 인도인이 아니라 세계인이었다. 그를 세계인이라고 말한 것은 노벨상으로 유명세를 탄 것 때문이 아니라, 세계의 운명을 자신의 운명, 자기 조국의 운명으로 받아들였기 때문이다. 따라서 그는 노벨상을 뛰어넘었다. 타고르의 시는 노벨상이라는 한정된 세계를 훨씬 뛰어넘어 전 인류를 비추어준 커다란 등불, 결코 꺼지지 않는 영원한 불멸의 등불이 된 것이다.

제2부:
타고르의 문학적
성장과정

# 1 문학의 태동기(10대)

　　타고르는 취학 연령 전인 5세부터 학교에 다니기 시작하여 강압적이고 폭력적인 교사와 혼란스러운 학교 분위기에 적응하지 못해 여러 학교를 옮겨 다녔다. 7세부터 시를 써서 발표했고, 뛰어난 문학성 때문에 학교 아이들에게 시기 질투의 대상이 되었다. 전 과목을 유능한 교사들에게 개인지도를 받았다. 벵골어, 산스크리트어, 영어, 수학, 음악, 미술, 골학, 과학, 생물학, 씨름, 체조 등등의 교사들이 돌아가면서 새벽부터 집으로 와 수업을 했다. 공부는 밤늦게 끝났다. 초등학교를 네 번 전학한 끝에 학교를 그만두고 말았다. 그때 14세였고, 아버지를 따라 히말라야 산악지대 여행을 다니면서 영적인 훈련을 쌓았다.

　　히말라야 여행을 마친 다음 첫 시집 『들꽃』을 냈다. 이 작품은《갸낭쿨》이라는 잡지에 발표했다. 작품 내용은 대화체 시로 1천600행 이상 8편으로 되어 있는데 스토리식이다. 내용은 히말라야에서 자란 소녀의 비극적인 이야기를 그리고 있다. 15세에 "힌두대제 문화제" 연차대회에서 자작 애국시를 낭송하여 주목을 받았다. 벵골어 주간지《옴릿트·바 쟈르·프토리카》에 시「들꽃」,「지의 삯」등 작품을 발표했다.

16세 때 델리궁정에서 영국 빅토리아 여왕이 인도 황제 (1877. 1. 1.)가 되는 것을 비난하는 장시를 힌두광장에서 낭송했다. 그리고 영국에 대한 반영시위에 앞장섰다. 이때 맏형과 다섯째 형이 월간《바라티》라는 문학잡지를 발행했다. 이 잡지는 서구문학의 비평과 번역물 등을 게재했는데 타고르는 여기에 자신의 작품을 기고했다. 타고르는 여기에 최초 소설「거지소녀」, 역사를 제재로 한 희곡「루드라 찬다」, 장편 대화체 시『어느 시인의 이야기』를 게재했다. 내용은 타고르 자신을 주제로 한 작품으로 정신적인 방황을 하는 시인의 정체성을 찾아가는 형식을 취한다.

이것은 당시 신구(新舊) 문학 세대가 교차하는 상황을 나타낸 것으로 볼 수 있다. 그는 이때「중국에서의 죽음의 무역」이라는 글도 게재했다. 영국의 대 중국 아편무역을 비판하는 글이다. 타고르의 세계 문제에 대한 관심은 이미 그때부터 민감하게 반응했다.

17세 때, 단테와 괴테를 공부하여 논문을 발표했다. 자작시에 곡을 붙여 노래로 부르게 했다. 노래는 벵골인들에게 널리 퍼졌다. 영국으로 유학을 떠났다. 그는 법률을 공부하여 변호사가 되기 위해 떠났으나 17개월 만에 귀국해야 했다. 아버지의 귀국 명령에 따라 런던대학을 3개월 다니다가 자퇴하고 돌아왔다. 영국 여학생과 사귀는 것을 눈치챈 아버지의 브라만 가문이 외국 여성과 결혼하게 될지도 모른다는 생각 때문이었다. 브라만 가문에서는 아버지의 명을 거역한다는 것은 있을 수 없는 일이었다. 고국으로 돌아와 수준 높은 독서를 하면서 열심히 글을 썼다.

20세에 캘커타에서 「음악과 감정」이라는 초청강연(1881)을 했다. 타고르의 최초 강연이었다. 강연에서 타고르는 음악의 기능은 말이 표현할 수 없는 것을 표현하는 것이라고 강조하여 인기를 얻었다. 서간문 「구라파 체재통신」을 가족 잡지 《바라티》에 발표했다. 소설 「젊은 여왕의 시장」을 썼다. 첫 번째 음악극 『발미키의 천하』를 썼다. 「중국에 대한 무역」 등 여러 가지 산문과 논문을 썼다.

그리고 타고르는 이때 중요한 영적 체험을 하게 된다. 조라상코 저택에서 멀리 떨어져 있는 수더가의 전경이 아름다운 집에서 다섯째 형과 함께 머물고 있었는데 어느 날 이른 아침, 베란다에서 오솔길 너머 소나무 사이로 해가 떠오르는 것을 바라보고 있었다. 그때 갑자기 세상이 경이로운 광휘에 휩싸여 아름다움과 환희로 넘쳐흐르는 것을 느꼈다. 순간 영혼을 짓누르고 있던 비애가 모두 사라져버리는 것이었다.

그는 20대로 접어들면서 병적인 자아 성찰에 빠져 늘 방황하고 있었다. 그런 탓에 마음이 언제나 보이지 않는 장막 속 같았는데, 답답한 장막이 걷히면서 모든 사물이 의미를 지니면서 모든 것이 형용하기 어려울 정도로 생생하고 아름답게 보였다. 그런 현상은 나흘 동안이나 지속되었는데, 팔짱을 끼고 걷는 남녀, 아이를 달래는 엄마, 저희들끼리 놀고 있는 소들 등등, 전에는 느낄 수 없었고 보이지 않았던 그런 평범한 일상이 그의 영혼을 점거하면서 환희의 물결을 일으킨 것이었다.

그는 그때부터 비좁은 자아에서 벗어나 사소한 것에 숨어 있는 의미를 보는 눈을 얻을 수 있었다. 그런데 그의 아버지 마하르시도 그 나이에 똑같은 영적 체험을 하고 재물에 대하여 마음을 비우게 된 것을 생각해 보면 그는 아버지와 영적으로 많은 공통점을 지녔다고 할 수 있다. 이때의 체험으로 「폭포의 깨어남」이라는 유명한 시를 썼는데 그때부터 시인으로서 성숙기에 접어들었다는 평가를 받았다. 이 작품은 『아침의 노래』에 실려 있다. 그러한 영향으로 두 번째 음악극 〈죽음의 사냥꾼〉을 상연했고, 시집 『저녁의 노래』를 냈다. 비평가들은 이 시집을 인생이나 사회에 무관한 철저한 자기중심적이고 주관적인 작품이라고 평가했다. 그는 후일 "마침내 나의 시는 나 자신의 것이 되었다. 나의 시는 자유롭게 흐르는 시내와도 같았다"라고 회고했다.

# 2                문학적 성장기(20대)

20대에 들어와 문학적 성장이 눈에 띄게 두드러지기 시작한 그는 22세에 『아침의 노래』를 냈고, 벵골 최초 문학협회를 창립했다. 이어서 시집 『높은음, 낮은음』을 냈다. 내용은 명상의 가치를 표현하고 있다. 대부분 시가 소네트 형식을 변형한 것으로 시어와 운율의 완숙미를 갖추었으며 벵골의 시가에 전대미문의 아름다움을 부여했다는 평가를 받았다. 이때 오페레타 「환영의 유희」를 썼다. 이 가운데 몇 가지 노래는 오늘날까지도 대중의 인기를 누리고 있다. 형제들이 만든 월간 《바라티》와 아동문학지인 《발락》에 정기적으로 작품을 기고했다.

27세에는 가족에 대한 많은 글을 썼다. 『결실 없는 소원』은 스스로 번역한 영역본이다. 희곡 「왕과 왕비」를 썼다.

셰익스피어 비극처럼 왕과 왕비의 갈등으로 비극으로 끝난
다. 이어서 희곡「희생」을 썼다.

그는 혼자 여러 지역으로 주거를 옮겨 다니며 열심히 시
를 썼다. 이때 쓴 시가 다음 해에『마나시』라는 시집으로 출
간 되었다. 29세에 시집『마음의 여인』을 냈고 무운시의 희
곡『희생』을 썼다. 이 작품은 본가 조라상코 저택에서 상연
했다. 둘째 형 사티엔드라나드와 형의 친구와 함께 이탈리
아 영국 여행을 했다. 여행을 하면서 쓴 일기를 모아 귀국하
여 산문집『어느 유럽 여행자의 일기』를 냈다. 일기는 여객
선이 봄베이를 출발했던 날부터 시작되는데, 내용은 유머가
넘치고 경쾌한 필치를 자랑한다. 그의 산문은 대부분 유머
가 있고 경쾌한 경향을 띤다. 그는 영국에서 본 것 중 물질
의 풍부함과 거리의 여성들이 아름답다는 것 외에는 별 흥
미(가치)를 느끼지 못했다.


영국에서 귀국하여 시집『마나시(마음에 관한)』를 냈다.
자신에 대한 성찰이 더욱 심원해진 이 작품은 '마음에 관한'
이라는 제목처럼 심리묘사를 매우 섬세하게 그리고 있다.
서정적인 아름다움이 지금까지 발표한 작품 가운데 가장 뛰
어나다. 그리고 성숙한 나이답게 연애와 자연을 노래할 뿐
만 아니라 사회문제, 종교의 세계, 철학이 녹아 있는 역사를
이야기하고 있다. 타고르의 전기작가 중 한 사람인 애드워

드 톰슨은 말하기를 "이 시집의 주된 경향은 고요와 확신이다. 이것은 그가 완숙기에 이르렀다는 것을 보여준다"고 했다. 또 한 사람의 비평가인 타고르의 둘째 형(판사)의 딸 '인디라'의 남편인 프라마다 코우두리는 "절망과 체념의 분위기를 갖고 있다"고 했는데 타고르는 이 시집에 대하여 다음과 같이 말했다.

> "나는 종종 나의 내부에서 두 개의 상반된 힘이
> 상존하고 있으며 그것이 반복되고 있음을 느낀다.
> 하나는 투쟁을 중지할 것을 종용하면서 평화로
> 이끄는가 하면, 하나는 나를 전장으로 내몬다. 그것은
> 마치 서양의 끓어오른 에너지가 끊임없이 인도의
> 평온한 성채를 공격하는 것과도 같다. 그래서 격렬한
> 고통과 냉정한 초연, 감정의 방임과 철학적 명상,
> 애국심의 찬양과 조소, 논쟁에 대한 참여와 초연한
> 자세와의 사이에서 내 마음의 추는 요동하는 것이다.
> 이렇게 계속되는 반목 뒤에는 좌절감과 절망감의
> 복합적인 분위기에 빠지게 되는 것이다."

# 3 작가로서의 성숙기(30대)

　　타고르가 30대에 들어서자 아버지 마하르시는 타고르에게 전적으로 영지 관리를 맡겼다. 타고르가 20대일 때는 마하르시가 관리하면서 부분적으로 맡겼다가 전체 관리권을 준 것이다. 영지 관리상 농민들과 가깝게 되면서 타고르는 농민들에 대한 문제를 소설에 반영했다. 그리고 30대에 들어와 시인, 작가로서 성숙기를 맞이한다. 30세에 서간집『뱅골의 섬광』을 냈다. 이때 타고르 형제들은 문학잡지《바라티》를《사다나》로 바꾸어 발간했다. 편집은 둘째 형의 딸 수딘드라나드가 맡았고 문학 원고는 주로 타고르의 작품을 게재했다. 타고르는 시, 희곡, 단편소설, 문학비평, 에세이를 실었다. 단편「카브리오와라」, 단편「해골」, 풍자적 단편「기상 물어」를 냈다. 희곡「치트랑가다」를 냈다.

이 희곡 「치트랑가다」는 봄의 경치에서 영감을 얻은 것으로 인간과 자연의 합일을 그리면서 미와 인간에 대하여 천착한다. 즉 인도 서사시 「마하바라타」의 한 이야기를 차용한 것인데 "나무에서 꽃이 피는 것이 결실을 맺기 위한 덧없는 한순간에 지나지 않는 것처럼, 여성의 외관상 아름다움도 육체적으로나 정신적으로나 단명할 수밖에 없다는 것을 강조한다. 희곡 「처음부터 실수」는 해학과 풍자가 넘치는 사회극으로 오스카 와일드의 작품에 비견될 만한 것으로 평가받았다. 내용은 세 쌍의 연인들이 결혼하기까지 겪는 곤경을 그렸다.

영지를 관리하면서 농민들을 가까이 접하게 된 타고르는 그들이 가난에서 벗어나지 못한 데는 세 가지 문제가 있다는 것을 발견하게 된다. 첫 번째는 높은 고리를 내야 하는 사채 때문이며, 둘째는 농민들이 스스로 무언가를 해 볼 의지가 전혀 없이 게으르고, 정부에만 의존하려고 했다. 세 번째 문제는 기본적인 과학조차 모른 채 맹목적으로 미신에 사로잡혀 있었다. 그래서 모든 것을 요행이나 운에 맡기며 살아가는 것이었다. 당시 인도 국민들은 육체적으로나 도덕적으로 몹시 나태해 있었고 그들은 사회적 금기사항과 종교적 미신의 불구가 되어 있었다.

그는 자조와 계몽이라는 2대 원칙을 세우고 지역사회를

개발하기 위해 농촌지역 개발을 위한 실험지구를 창설한다. 그것은 간디보다 20년이나 앞선 일이었으며 정부보다 50년 앞선 일이었다. 그는 농촌지역 실험을 먼저 자기네 영지의 주민들을 대상으로 시작했다. 그리고 점점 확대하여 많은 시간이 흐른 다음 학교를 세운 산티니케탄 인근 지역에 '스리니케탄'이라는 대규모의 지역사회 개발기구를 창립했다.(시범 마을을 만든 것) 그는 캘커타나 봄베이 등 대도시의 지식층 문화가 아무리 진보한다 하더라도 정작 인도를 구성하는 농민들이 무지 상태로 있는 한, 인도의 장래는 기대할 수 없다고 보았다. 그는 그것이 인도의 미래를 위한 첩경이며 과제라는 대전제 아래 농민들 스스로가 학교, 병원, 도로, 협동조합, 자치단체를 세울 수 있도록 도왔다. 결과적으로 그들을 고리대금업자와 합법을 가장한 관리들의 손에서 해방시켰다.

타고르는 이 일을 위하여 후일 노벨 상금을 모조리 노동협동조합의 은행에 기부했다. 따라서 농민들은 저율의 이자로 돈을 사용하게 되었고 학교는 든든한 재정을 가질 수 있었다. 그는 또한 이 사업을 국민적으로 널리 확장해가기 위해 아들 '라딘드라나드'를 당시 인도 상류층들이 선망하는 영국 옥스퍼드대학이나 캠브리지대학으로 보내지 않았다.

타고르는 아들을 미국 일리노이대학으로 유학을 보냈다. 유학지를 미국으로 결정한 것은 상당한 용기가 필요한 일이었다. 그것도 농업을 배우게 했다. 농업을 배우러 유학을 가는 사람은 당시 전무한 상태였다. 영국은 미국을 향해 조야한 벼락부자에 불과하다는 편견을 갖고 있었고 인도 상류층들은 영국의 편견을 따랐다.

그는 그런 것에 상관없이 아들에게 과학적인 농업기술을 배우게 하여 인도의 농업을 과학적이고 생산적인 차원으로 끌어올려야 한다고 생각했다. 그것은 실질적으로 인도의 당면과제였으므로 타고르는 인도 상류층 자녀들이 영국 옥스퍼드나 캠브리지에서 신사교육을 받는 것보다는 일리노이대학에서 훌륭한 농민이 되는 기술을 배우는 것이 인도를 위해 할 일이라고 믿었다.


아들이 미국에서 공부를 마치고 인도로 돌아오자 인도 농민들에게 미국식 농법을 가르치도록 하기 위해 자기네 영지에서 일하게 했다. 따로 농지를 마련하여 실험실을 갖춘 농장에서 직접 농사를 짓게 했다. 아들은 미국식 농법을 인도의 기후와 땅에 맞게 농사를 지으면서 미국에서 농기계 트랙터도 도입했다. 그러나 그러한 농법과 기계로도 인도의 농민들을 구제할 수가 없었다.

인도는 인구가 너무나 조밀한 탓에 부족한 농토를 개발해야 하고, 또 남아도는 잉여 노동력을 어떻게 활용할지가 문제였다. 타고르는 이 점을 고민하면서 부업을 장려하기 시작했다. 우선 포티샬 지역의 자기 영지에 사는 농민들에게 '히타이쉬 사바'라는 지역개발 기구를 결성하게 하여 자금을 대주었다. 이 기구에 참여한 농민은 7천여 명에 달했다. 그들은 학교, 병원, 기타 복지시설을 스스로 만들어 나갔다. 타고르는 이런 모든 일에 자신의 재산을 아낌없이 바쳤는데, 일찍이 할아버지가 복지에 힘썼던 것을 본받았다. 그리고 이것은 간디에게 교과서가 되었다. 간디는 20년 후에 타고르의 길을 따랐다.

이와 같이 농민들과 함께 살면서 그는 불후의 단편소설을 탄생시켰다. 그는 시, 희곡, 음악, 에세이 등에서는 아직 대가라는 말을 듣기에 빨랐고 또 그 경지에는 아직 이르지 못했으나, 단편소설에서는 단연 대가로 떠올랐다. 당시 단편소설 분야를 개척한 작가가 없었다. 21세기 현대에 와서도 인도에서는 아직 타고르의 단편에 필적할 만한 작가가 탄생하지 않았다. 그의 단편은 대부분 그가 판트마강 선상에서 강변 마을 풍경과 농민들을 관찰하며 쓴 것이다. 그 가운데 「가터 카다(돌계단이 전하는 이야기)」라는 작품에는 마을에서 강으로 연결되는 돌계단 가터가 등장하고 마을 사람들은 그 돌계단을 따라 강을 오가며 살아간다. 말하자면 강에서 목욕을 하기도 하고 모여 앉아 이야기도 하며 쉬기도 하는데, 돌계단을 의인화하여 돌계단에 잉태된 사람들의 삶과 이야기를 역으로 묘사하는 것이다.

그의 유명한 단편은 「우체국장」이다. 한적한 시골마을 우체국에 근무하는 젊은 우체국장을 그린 내용이다. 도시에서 온 젊은 우체국장은 시골에서 무료함을 느낀다. 그리고 고아 소녀 하녀 라탄은 오로지 그를 수발하기 위해 살고 있다. 그런데 우체국장이 말라리아에 걸려 투병하게 되고 하녀 라탄은 밤낮으로 간호를 하여 회복하게 한다. 그 후 우체국장이 캘커타로 가게 되자 라탄이 자기도 데려가 달라고 부탁한다. 그러자 우체국장은 "웃기는 군"이라고 소녀를 비웃으며 돈을 던져 준다. 소녀는 돈을 뿌리치고 사라져 버린다. 우체국장은 소녀의 순수한 사랑을 돈으로 짓밟아버린 것이다. 한편 이 작품은 도시의 거만한 인간을 우체국장으로 상징하여 도시인이 시골을 멸시하는 인간문제를 그린 것이다.

소녀의 불행에 따른 비극성과 그릇된 사회적 인식을 비판했다는 점에서 당시 많은 공감을 얻을 수 있었다. 그는 어린이 유괴사건이나 강도 살인사건도 인간적 휴머니즘에 기반하여 작품을 썼다. 그러니까 그런 광포한 자들에게도 인간의 따뜻한 피가 흐른다는 것을 말한 것인데 대표적인 작품은 「카불리왈라」이다. 「카불리왈라」는 아프가니스탄 지역 출신의 건장한 이방인들을 관찰하여 묘사한 내용이다.

이들은 캘커타 거리에서 과일행상을 하는 사람들이다.

이들은 조그만 일로 다투면서도 사람을 쉽게 죽이는가 하면 아이들을 유괴하기도 하고 고리대금업도 하는 사람들로 알려져 있는데 인간적인 구석을 겨냥하여 그들을 순화시키려고 하는 작품이다. 이 작품은 영국에서 영역되었고, 1957년 영화로 상영되었는데 인도 정부로부터 최우수 영화로 선정되었다.

그의 단편은 전반적으로 소설의 본류인 휴머니티에 충실하다. 또한 인도 국민들의 정치적 무기력함과 외국 통치자들의 냉담성을 묘사하기도 한다. 그러나 타고르는 외국인을 증오하거나 애국심에 불타오르는 소설은 쓰지 않았다. 그는 다만 인도 국민이 스스로 권리를 지키는 능력을 길러야 하는 것과 인도 국민의 존엄성에 관심을 두었다.

30대 중반에 시집 『황금의 배』를, 서정시극 「이별의 저주」를 냈다. 또, 희곡 「마하바라타」를 냈다. 이어서 시집 『다채로움』을 냈는데 벵골 독자들은 『다채로움』이라는 시집을 일러 드디어 타고르가 천재성을 보여 주었다고 평가했다. 희곡 「이별은 싫어요」, 「말리니」를 썼는데 「이별은 싫어요」는 남녀 간의 사랑을 그린 서정적 성격이며 「말리니」는 힌두교의 전통적인 철학과 석가모니의 자비를 대비하여 묘사했다. 타고르는 브라만 출신으로 위대한 마하르시의 아들이었으나 그는 힌두를 숭앙하지 않았고 다만 우파니샤드의 철학적 지혜와 산스크리트의 문학적 유산만을 선택했다. 시집『마지막 추수』를 냈으며, 이 외에도 여러 가지 산문을 냈는데 그 가운데『다섯 원소의 일기』와『사소한 것들』도 상당히 돋보인다. 전자는 공기, 흙, 물, 불, 에테르 등 다섯 원소가 의인화되어 있다.『사소한 것들』은 경구, 풍자, 우화적인 요소로 되어 있다. 예를 들면 "쟁기 손잡이는 모든 고생이 끝에 붙은 쇠붙이 때문이라고 불평을 하지만, 손잡이가 쟁기에서 떼어지면 농부는 그것을 쓸모 없는 나무토막으로 생각하고 태워버릴 것이다"라는 내용을 담고 있다.

# 4 영적 성숙기의 문학(40대)

 

 

40대에 들어선 타고르는 단편 「찢어진 꿈」을 썼다. 그리고 비밀리에 신문을 발행했다. 타고르는 중년으로 접어들면서 인도 국민의 대변자로 또는 봉사자로 활동하기 시작했다. 1898년 영국에 의해 난동방지법이 통과되면서 애국지사 틸라크(B. G. Tilak)가 체포되었다. 틸라크는 인도의 학자, 수학자, 철학자로 인도 독립의 토대를 놓는 데 공헌한 민족주의자였고 타고르는 그를 존경했다. 타고르는 틸라크 석방을 위한 모금 운동에 앞장섰다. 뿐만 아니라 캘커타에 죽음의 검은 그림자 페스트가 만연하자 페스트 방지에도 앞장섰다.

1900년, 새로운 세기를 맞이하면서 그는 40세가 되었고, 시집 『무상』을 냈다. 이 시집은 제목만 보더라도 그가 나이를 먹었다는 것을 암시한다. 그는 이 시집에서 자유자재로 일상용어를 구사하여 벵골의 문학계에 혁신을 가져온 음악성을 이끌어냈다는 평가를 받았다. 시집『꿈』, 『쿠쇼니』를 냈다. 희곡 「희생」을 상연했다. 이때 소설『부서진 둥우리』, 『안질』을 발표했는데, 이 소설은 인도 현대소설의 기초가 되었다. 중요한 것은 이 소설이 나오기 전의 타고르가 쓴 것이나 여타 작가들이 쓴 소설은 모두 역사적인 것에서 소재를 구한 로맨스나 멜로드라마에 지나지 않았다. 그런데 타고르의『부서진 둥우리』, 『안질』은 사실주의와 분석적인 차원에서 인도 현대소설의 길을 열어주었다.

1901년 초에 시집『공양』을 냈다. 100편의 시와 찬가로 되어 있는 이 시집은 세계 최고의 종교시로 평가받는다. 단편 「우물가의 이야기」를 썼다. 해학적 사회극『독신자 쿠라브』를 냈다. 이때 인도 영국인 총리 '카즌' 경이 캘커타대학 연설에서 '동양 민족에 대한 과도한 융화는 잘못'이라고 비난하자, 타고르는 보아 전쟁에서 영국이 행한 위선적인 선전을 인용하면서 맹렬히 비난했다.

1901년 12월 그는 아버지가 생전에 마련해 놓은 산티니케탄에 학교를 세웠다. 아버지 마하르시는 산티니케탄에 별장과 사원을 지어 놓았다. 그의 아버지 마하르시는 한적한 곳에서 명상을 하기 위해 산티니케탄에 지평선이 보이지 않을 정도로 넓은 땅을 사두었고, 타고르가 그곳에 학교를 세우게 된 것이다.

타고르는 고대 인도의 숲속 학교 아슈람을 꿈꾸었다. 아슈람은 고대 현자들이 제자들을 기르는 초당으로 스승과 제자들이 함께 생활하면서 자연을 통하여 배우는 방법이었다. 타고르는 영국식 교육을 지양하고 고대 교육방법과 자기 나름의 교육철학을 가미하여 자연을 통해 배우게 하자는 목표를 세웠다. 그러나 학교 교사들이 대부분 영국인인 데다 그들이 모두 기독교인이라는 이유와 또 그의 교육철학을 이해하지 못한 탓에 힌두인들은 그를 비웃었다. 그를 지지하고 존경했던 사람들도 변덕스러운 시인의 별난 생각이라고 치부해버렸다.

그런 이유로 재정을 보조받을 수 없게 되자 어쩔 수 없이 혼자 힘으로 학교를 운영할 수밖에 없었다. 혼자 학교 재정을 감당해야 했으므로 그는 많은 재산을 처분해야 했다. 별장도 팔고 소장하고 있는 귀한 장서도 팔았다. 아내의 패물도 팔았다. 그렇게 해서라도 강제적인 교육제도를 개혁해야 한다고 생각했다. 간디가 '기본교육'이라는 교육체제를 도입하기 훨씬 이전에 타고르가 산티니케탄에서 이를 실현한 것이다. 타고르는 최고의 교사는 자연이라고 생각했다. 학생들은 노천의 나무 아래서 수업을 했다.

41세에 아내가 31세로 세상을 떠났다. 타고르와 결혼하여 20년을 살고 갔다. 산티니케탄으로 옮기고 서너 달이 경과했을 때 아내가 중병을 앓기 시작하여 1년이 채 안 되어 사망하고 말았다. 병을 앓을 때 타고르는 간병인을 물리치고 직접 밤낮으로 아내를 돌봤다. 그것은 아내에 대한 미안함 때문이었다. 부친 마하르시는 자녀들 혼인은 반드시 브라만 가문과 하는 것을 원칙으로 했고, 타고르는 사실 아버지가 정해준 혼인을 해야 했다.

타고르의 아내는 가난한 브라만 가문의 딸이었는데, 그녀 아버지는 타고르 가문의 영지에서 농사를 짓는 가난한 농부였다. 당시 타고르는 22세였고 그녀는 11세 소녀였다. 용모도 아름답지 않았고 매력도 없는 데다 겨우 자기 이름이나 쓸 정도로 문맹에 가까웠다. 영국 여성들도 반하는 재벌가 모던보이에 최고 지성을 자랑하는 타고르에게 그녀는 상대가 되지 않았다. 그리고 너무 어렸다. 이름도 인도에서 가장 촌스러운 '바바타리니'였다. 그러나 타고르는 아버지의 영을 거역할 수 없다는 걸 잘 알고 있었다. 형들도 모두 아버지가 정해준 사람과 혼인했고 누나들도 마찬가지였다. 타고르는 그녀에게 '므리날리니'라는 세련된 이름을 지어주었다. '날리니'라는 이름은 당시 현대적이고 문학적인 이름이었다. 그는 그때 「므리날리니」라는 희곡을 쓰고 있었다. 타고르는 아내를 타박하거나 불만을 갖는 대신 아내에게 벵골어와 영어를 가르쳤다. 그녀는 결국 어려운 산스크리트어까지 읽고 쓰는 실력을 갖추게 되었다. 뿐만 아니라 산스크리트의 고전 『라마야나』를 벵골어로 번역하는 수준에 도달했다. 타고르의 희곡 「왕자와 왕비」의 배역을 맡아 훌륭한 연기를 보여주기도 했다.

타고르는 그녀와 20년을 살면서 5남매를 낳았다. 아내는 묵묵히 순종하면서 자식들을 키우는 데 최선을 다할 뿐이었다. 자유주의자인 시인 남편이 바람처럼 어디론가 여행을 떠나거나 방황을 하거나 사회운동을 하는 등 떠돌아 다녀도 감히 불평을 말할 수 없었다. 타고르는 지난날 아내에게 관심을 기울이지 못한 것에 대해 자책하면서 손수 병수발을 든 것이었는데 아내 병수발을 직접 남편이 든 것은 브라만 귀족 가문에서는 있을 수 없는 일이었다.

타고르의 슬픔은 그게 끝이 아니었다. 타고르는 줄지어 가족을 잃었다. 둘째 딸 '레누카'가 13세에 엄마 뒤를 따랐다. 레누카는 히말라야로 요양을 떠나야 할 정도로 앓았는데 그때 타고르는 사랑하는 딸을 데리고 히말라야에서 요양을 시키면서 어린이들을 위한 시를 썼다. 이때 쓴 시는 『어린이』라는 시집으로 냈다. 시집 『동상(同想)』을 냈다. 『동상』은 아내를 생각하며 쓴 작품이다. 그런 슬픔을 나타낸 심리소설 「눈 위의 흑」을 썼다.

죽음의 폭풍은 계속 몰아쳤다. 둘째 딸을 잃고 불과 4개월 만에 그의 분신이나 다름없는 젊고 총명한 시인 사티스 로이가 천연두로 죽었다. 그는 산티니케탄 학교 교사로 학교를 위해 혼신을 바친 인물이었다. 천연두가 만연하여 학교도 다른 지역으로 임시로 옮길 지경이 되었다. 학교는 재정난에 빠져 허덕이기 시작했다. 타고르는 출판사에 작품 판권을 팔아 학교 재정에 보탰다.

다시 죽음이 찾아왔다. 아버지 마하르시가 별세했다. 마하르시는 88세로 장수한 편이었으나 타고르에게는 커다란 충격이었다. 마하르시의 죽음은 단지 한 개인의 죽음이 아니었다. 종교개혁자, 사회개혁자, 대성인 마하르시가 죽었다는 것은 한 시대를 종언하는 의미를 지녔다. 그는 탁월한 지혜와 철학으로 인도를 이끌었고, 인도는 도덕과 정신을 그에게 의지했기 때문이었다.

죽음의 폭풍은 갈수록 갈기를 세웠다. 몇 달 뒤 총명한 막내아들 사민드라가 콜레라에 걸려 목숨을 잃었다. 사민드라도 둘째 딸처럼 13세에 죽었다. 타고르는 5년 동안 아내를 비롯하여 무려 가족 다섯 명, 제자 한 명과 이별을 한 것이었다. 그는 모든 것이 신의 뜻이라고밖에 달리 생각할 방법이 없었다.

그는 신에게 모든 것을 맡겼다. 그리고 신을 향해 내면 깊숙이 파고들면서 종교시를 썼다. 학교 아이들을 더욱 사랑하면서 그들을 위하여 희곡을 썼다. 희곡 「가을의 축제」
를 상연했다. 「가을의 축제」는 삶의 찬가이며 속죄의 무겁
고 난해한 주제를 다루고 있다. 그는 이때 희곡에 몰입했는
데 희곡은 무대에서 상연되므로 시와는 또 다른 분위기를
만들어냈다. 논문 「희생된 뱅골」, 「올바른 방책」을 발표했
다. 소설 『난파』를 썼다. 이 소설은 노벨상을 수상한 『기탄
잘리』 다음으로 여러 외국어로 번역되었다. 시집 『건넘』을
완성했다. 첫 자서전을 썼다. 영자신문에 '우리 모국에 경례
함'을 발표했다.

1907년, 문학론에 대한 유명한 강연집 『문학론』을 냈다.
평론집 『문학과 문학비평 일반』, 『고대문학』, 『현대문학』,
『민속문학』을 냈다. 여성 교육에 대하여 고민한 끝에 산티
니케탄에 여학교를 설립했다. 학교를 운영하면서 집필하느
라 민족운동에 뜸해졌고, 그로 인해 인도 자치운동본부인
'국민회의'파로부터 비난을 받기도 했다.

드디어 40대 후반에 문제의 시 『기탄잘리』를 발표했다.
『기탄잘리』는 지금까지 그가 체험한 가족들과의 사별, 슬
픈 조국을 위한 투쟁과 분노와 눈물, 뱅골인들의 질투와 시
기에 따른 고독의 결정체였다. 모두 157편으로 되어 있으나
이 가운데 51편만 스스로 영역하여 영국에서 유명해지기 시
작했다.

1909년 10월 15일, 인도 자치독립(한국의 삼일만세운동과 같은)을 상징하는 의미로 손목에 실을 감는 의식을 행했다. 다음 해 1월, 「나의 세계관」을 강연했다. 희곡 「왕」, 「암실의 왕」을 냈다. 소설 『고라』 연재를 시작했다. 고라는 소설이지만 단순한 픽션이 아니라, 인도의 지적인 변화를 묘사한 서사시 형태를 띠고 있다. 추종을 불허할 만큼 인도의 복잡한 사회구조를 완벽하게 분석했다는 평가를 받았다. 희곡 「속죄」를 상연했다. 「오오, 나의 불운한 조국이여」를 쓰고, 『인생의 추억』을 연재했다.

　　1910년 '국민회의'에서 타고르가 작사 작곡한 노래 「모든 사람의 마음을 살피는 분이시어 승리 있으시라」를 불렀다. 그리고 후일 이 노래는 방글라데시의 애국가로 지정되었다. 1910년 영국 화가 로센스타인이 인도 캘커타를 방문하여 타고르에 매료되어 초상화를 그리게 해달라고 청했다. 타고르는 흔쾌히 허락했고 이것이 노벨문학상으로 가는 단초가 되었다.

# 5 노벨상과 인생의 대 전환기(50대)

    1911년, 50세에 희곡 「우체국」을 냈다. 51세에 회고록 『지반습리티』를 썼다. 회고록에는 자신에 대한 이야기는 쓰지 않았다. 그는 "한 인생의 회고록은 경력의 나열이 아니라, 하나의 독창적인 예술이다"라고 했다. 1912년, 시 「노래의 꽃다발」을 써서 곡을 붙였다. 이때 타고르는 큰 시련을 당했다. 영국 정부의 사주에 따라, 학부모들이 학생들을 다른 학교로 전학을 시키는 사태가 벌어진 것이었다. 영국 정부는 산티니케탄 학교가 공무원의 자녀 교육에는 전혀 합당하지 않다고 선전하면서 그의 길을 방해했다. 그런 시련 가운데서도 타고르는 시 『기탄잘리』를 영역했다.

    딱 한 번 인도에서 만난 적이 있는 영국 화가 윌리엄 로센스타인의 초청을 받았다. 로센스타인은 2년 전에 인도를 방문한 적이 있었고, 그때 타고르의 고상한 품위와 예지로 빛나는 영적 분위기에 매료되어 타고르의 초상화를 그렸던 화가이다. 그 후 영국으로 돌아간 로센스타인은 타고르의 단편을 읽고 깊이 감명을 받았다. 그리고 다시 캘커타 지인 으로부터 타고르가 영역하여 펴낸 『기탄잘리』를 읽게 되었다. 이때 로센스타인은 "신비적 색채가 뚜렷한 그의 시들은 비록 서투른 번역이기는 하지만 단편보다 더욱 깊은 감명을 주었다"고 했다. 로센스타인은 평소 알고 지내는 '프로모토' 라는 브라만 출신과 '브라젠드라나드'라는 유명한 인도 철학박사와 함께 의논 끝에 타고르를 초청하는 편지를 보냈던 것이다.

1912년 5월 27일, 타고르는 『기탄잘리』를 영역한 노트를 들고 로센스타인을 만났고 그것은 그의 운명을 바꾸어 놓은 단초가 되었다. 로센스타인은 당장 『기탄잘리』를 시인 겸 비평가 앤드루스 브래들리, 예이츠 등에게 보냈다. 그들은 모두 감격했다. 예이츠가 서투른 영역을 다소 수정해 주었으나 원본은 그대로 살렸다. 예이츠는 『기탄잘리』 서문을 썼는데 그는 며칠 동안 이 시의 필사본을 가지고 다니면서 기차에서, 버스에서, 레스토랑에서 읽을 정도였다. 그리고 읽으면서 감동하는 자신의 모습을 남들에게 들키지 않으려고 필사본 원고를 덮곤 했다.

예이츠는 "내가 일생 동안 꿈꾸어온 세계가 그려져 있다"면서 "이것은 최고의 문화에서 우러난 작품이면서도 아무 곳에서나 자라는 갈대나 잡초처럼 순수하고 자연스러움을" 보여준다고 했다. 1912년 6월 30일, 예이츠의 찬사에 힘입은 로센스타인은 이날 밤에 에즈라 파운드, 메이 싱클레어, 어니스트 라이즈, 엘리스 메이널, 헨리 네빈슨, 찰스 드 레빌리언, 폭스 스트랭웨이즈, 그리고 타고르의 평생 벗이 된 C. F. 앤드루스 등을 자신의 집으로 초청하여 『기탄잘리』 시 낭송회를 가졌다. 이때 예이츠는 음악성이 넘치는 황홀한 목소리로 시를 낭송했다.

타고르는 이때 영국에서 4개월 동안 머물면서 버나드 쇼, 버트란트 러셀, 존 골즈워디, 로버트 브리지, 스터지 무어 등 영국 문단의 거목들과 만났다. 1912년 11월, 예이츠 등의 주선으로 영국의 인도협회에서 『기탄잘리』 한정판 750부를 출판했다. 책이 나오자 《타임즈 리터러리 서플먼트》를 비롯한 영국 대부분 언론의 주목을 받았다. 《타임즈》는 "이 책에 수록된 시를 읽으면 장차 영국의 시가 나아갈 방향, 즉 사상과 감정의 조화가 예시되어 있는 듯한 느낌이 든다"고 했다. 그러면서 종교와 철학이 괴리되어 있는 영국 시는 종교에서도 철학에서도 실패를 거듭하고 있는데, 타고르의 시는 마치 성서를 대하는 것 같은 느낌을 준다고 했다.

반면 전혀 동의하지 않는 비평가들도 있었다. 어떤 영국 비평가는 타고르 시가 위대하다면 그것은 영국이 인도를 개화시킨 덕이라고 했다. 같은 민족인 인도인들 가운데서도 타고르가 인도의 전무후무한 시인이라는 찬사를 못 견뎌 했다. 『기탄잘리』는 바이슈나바 시인의 시를 모방한 것에 불과하며 그의 철학은 우파니샤드에서 따온 것이라고 비난했다.

'해리엣 몬로'가 시카고에서 발행되는 《포에트리》 12월호에 『기탄잘리』 가운데 6편을 게재하여 미국 사회에 타고르의 시가 알려지기 시작했다. 타고르의 명성이 미국에 알려지면서 시카고대학 등 미국의 유명 대학에서 강연 요청이 이어졌다. 1913년 1월, 시카고대학에서 「인도 고대문명의 이상」을 강연했다. 유니테리언 홀에서는 「악의 문제」를, 종교의 자유주의자회의에서는 「민족의 싸움」을 강연했다. 1913년 2월, 뉴욕과 보스톤에서 강연을 하고, 하버드대학에서 「사아다나」로 연속 강연을 했다. 강연 글은 책 『사아다나-생의 실현』으로 냈다.

1913년 4월, 런던으로 돌아가 희곡 「우체국」을 상연했다. 런던에서 「사아다나」 등 6회 강연을 했다. 이때 시집 『원정』, 『조각달』, 희곡 「치트라」를 영역 출간했다. 시집 『원정』은 예이츠에게 헌정하고, 『조각달』은 스터지 무어에게, 『치트라』는 본 무디 부인에게 헌정했다.

이와 같이 서구에서 타고르의 명성이 날로 퍼지게 되자

미국에서 기자로 활동하고 있는 인도인 '바산타 쿠마르 로이'(후일 타고르 전기를 씀)가 타고르에게 더 많은 작품을 영역하도록 권했다. 로이는 분위기로 봐 타고르가 노벨상을 받을 수도 있다는 확신을 갖게 되었고 타고르에게 노벨상 수상에 대한 예견을 확신 있게 말하게 된다. 그리고 로이의 말을 들은 타고르는 다음과 같은 질문을 한다.

"아시아인도 노벨상을 받을 수 있습니까?"

타고르의 질문대로 당시 아시아 문인은 노벨상을 감히 꿈도 꿀 수 없었음을 말해 준다. 사실 로이는 예이츠, 스티지 무어 등을 통해 노벨문학상에 대한 확신을 가질 수 있었는데, 결국 영국 시인 스티지 무어가 스웨덴 아카데미(노벨 위원회)에『기탄잘리』를 노벨문학상 후보로 추천하기에 이른다.

한편 타고르는 1913년 9월 영국 리버풀에서 배를 타고 10월 4일 인도 봄베이에 도착하여 산티니케탄으로 돌아왔다. 그리고 1913년 11월 13일, 노벨문학상 수상자로 결정됐다는 통보를 받았다. 타고르가 로이에게 '아시아인도 노벨상을 받을 수 있느냐'고 물었듯이 서구 유럽에서 거센 반발이 터져 나왔다.

미국의 한 신문은 "노벨문학상이 힌두 사람에게 수여된 것은 유감스럽기 짝이 없는 일이다. 이 영광이 유색인종에게

돌아간 것을 이해할 수 없다"고 했고 캐나다 신문《글로브》
는 "노벨상이 사상 처음으로 유색인종에게 주어졌다. 라빈
드라나드 타고르라는 사람이 세계적인 문학상을 수상했다
는 것을 우리는 당분간 실감하지 못할 것이다. 이 사람의 이
름도 이상야릇하게 발음된다. 신문지상에서 이 소식을 처음
대하자 사실로 믿기지 않았다"고 썼다.

또 한편에서는 타고르에게 노벨상을 준 것은 친게르만
계통인 스웨덴 문단에서 고의적으로 영국정부를 당혹시키
기 위해 한 짓이라고 했다. 그러나 타고르를 노벨상 후보로
추천한 사람은 영국 시인으로 로열협회 회원으로 활동하는
스티지 무어였고 이는 순수하게 심사를 받은 결과였다.

사실 노벨상 심사위원들도 전혀 상상 밖의 후보에 당황
할 정도로 놀랐다. 아시아인인데다 시는 거들떠도 안 보는
종교적 색채로 가득한 신앙시였다. 따라서 타고르의 시를
어떻게 읽어야 할지 판단하기 어려웠다. 결국 위원회는 프
랑스 시인 '에밀리 파구에'를 유력한 후보로 올렸다. 그리고
최종심사만을 남겨놓은 상태에서 이상하게도 타고르를 지
지하는 심사위원들이 늘어나기 시작했다. 그것은 다름 아닌
예이츠가 쓴 『기탄잘리』 해설 때문이었다. 예이츠의 평은 다
음과 같다.


"나는 타고르의 시를 읽고 깊은 감명을 받았다. 지난

20년 동안 나는 타고르의 서정시에 필적할 만한 시를 읽어본 기억이 없다. 그의 시를 읽을 때 맑고 신선한 샘물을 마신 것 같았다. 그의 모든 사상과 감정에 스며있는 경건한 사랑, 그의 순수한 영혼, 자연스럽게 흐르는 장엄한 문체, 이 모든 것이 혼합되어 심원한 미를 창조한다. 그의 작품에는 논쟁적인 요소도 없고 허영심이나 세속적인 것도 찾아볼 수 없다. 따라서 노벨상을 받을 만한 자격을 갖춘 사람은 타고르뿐이다. (…) 마침내 우리는 진정으로 위대한 시인을 대하게 된 것이다. 우리는 이 위대한 시인을 세상 사람들에게 알리는 데 지체하지 말아야 할 것이다."

이와 같은 예이츠의 감동은 먼 후일 노벨문학상을 수상하게 되는 아이슬란드 소설가 '할로드 락스네스'(1955년 수상자, 소설『독립한 민중』)의 말에서도 증명된다. "그 아득한 곳의 오묘하고 신비한 목소리는 곧바로 내 영혼 깊숙한 곳까지 와 닿았다. 그리고 그때부터 나는 그 목소리를 실질적으로 내 마음의 심연에서 느끼게 되었다. 우리나라에서도 서구처럼『기탄잘리』의 문체와 정취가 신비한 꽃의 향기처럼 퍼지는 것이었다. 그것은 우리가 전에 알지 못하는 것이었으며, 나는 타고르의 작품에 매혹되어 그의 문체를 시도하여 보았지만 실패했다. 그것은『기탄잘리』의 문체는 오로지『기탄잘리』의 본질에서만 빛난다는 것을 알지 못했을 뿐만 아니라『기탄잘리』의 배경을 이루는 열대성 기후와 식물은 서양에서는 찾을 수 없는 탓이었다"고 하면서 그는 다음과 같은 감탄을 쏟아 냈다.

"타고르라는 신은 얼마나 부러운 신인가, 위대한
친구이자 영원한 연인, 망우의 꽃, 아득한 저 강,
뱃놀이를 하며 현금을 타는 그는! 타고르의 신과
유사한 신을 지중해 연안 유태인의 복음에서, 그리고
중국의 도덕경에서, 때때로 찾아볼 수 있으나 이곳
유럽에서는 승려들이 드넓게 트인 대기와 자연의
향기와는 절연된 좁은 골방에서 신비를 명상했던 중세
이후로 사라져 버리고 없다. 오늘밤, 우리 서구의 신은
'세계주식회사'의 경영자가 아니면 유아적 사고에나
어울리는 원시적 상상력의 소산일 뿐이다. 우리의
신은 돌연한 위험이나 죽음에 임박했을 때 찾는
존재다. 타고르와 같은 신실한 영혼은 서구인들에게 먼
훗날까지 동양의 신비로 남을 것이다."

타고르가 노벨상 수상자로 결정되자 캘커타 시민 500여 명이 기차를 타고 타고르가 머물고 있는 산티니케탄으로 몰려왔다. 그들은 엊그제까지만 해도 자기들의 모국어를 스스

로 업신여겼을 뿐만 아니라 타고르의 문학을 시시콜콜 혹평했던 사람들이었다. 타고르는 비록 자신을 축하해 주러 왔지만 그들을 받아들일 수 없었다. 타고르는 그들이 라빈드라나드 타고르, 또한 모국어로 된 타고르 문학을 축하해 주러온 게 아니라 노벨상이라는 세계적인 명성에 끌려 산티니케탄에 온 것이라고 솔직하게 말했다.

그러자 캘커타 신문이 타고르를 맹비난하는 기사를 썼다. 그러나 애국지사이며 정치가인 '비핀 찬드라 괄'은 《힌두리뷰》지에 "그의 태도는 당연한 것이며 품위 있는 처신"이었다고 타고르를 지지하는 글을 올렸다. 이 사건은 순식간에 유럽세계에도 널리 확산되었다. 그리고 로맹 롤랑은 타고르의 용기에 찬사를 보내면서 벗이 되었다.

노벨문학상 수상으로 타고르는 세계의 중심에 서게 되었다. 그리고 서양의 각 분야에 걸쳐 유명한 사람들을 만나게 된다. 그 가운데 C. F. 앤드루스와 윌리엄 윈스턴 피어슨이 있다. 그들은 산티니케탄에서 교사를 하면서 타고르에게 커다란 힘이 되어 주었고 평생 동반자적 벗이 되었다. 앤드루스는 타고르가 맨 처음 로센스타인 집에서 알게 되었는데 그는 선교사였고 시인이었다. 또 한 사람 피어슨은 옥스퍼드대학에서 철학을 공부하고 캠브리지대학에서 식물학을 공부한 귀족 출신으로 인도에서 교육사업을 하고 있었다. 피어슨은 앤드루스의 소개로 산티니케탄 학교에서 함께 일하게 되었다.

1913년 타고르는 캘커타대학으로부터 명예문학박사 학위를 받았다. 1914년 1월 29일, 벵골지사 영국인 '칼 마이클' 경이 청사에서 스웨덴에서 보내온 노벨문학상을 타고르에게 수여했다. 1914년 자기가 만든 제7회 벵골문학회에 참석했다. 시집 『백조의 비상』을 썼다. 가사와 곡을 붙인 노래집 『노래의 화환』, 『노래의 다발』을 출간했다. 1914년 시집 『기탄말랴』와 『기탈리』를 출간했는데 이 시집들은 종교적으로 『기탄잘리』를 연상시키는 걸작으로 손꼽는다. 그리고 이해에 타고르는 히말라야 지역 '람가르'에서 보냈는데 이때 제1차 세계대전을 예언하는 시를 썼다. 당시 전쟁 징후는 어디에도 없었다. 그는 이때 앤드루스에게 보낸 편지에 "가슴을 갈기갈기 찢는 이 고통은 죽음의 고통이라는 것을 신만이 아실 것입니다"라고 했다. 그리고 시에서 다음과 같이 묘사했다.

"보라, 무서운 파괴가 닥쳐온다. 고뇌의 홍수가 고통의
바다로 퍼져 나가고, 암흑 속에 뇌성이 울리고, 충혈된
구름 속에서 번개가 번쩍인다. 한 광인이 죽음의
유희를 벌이며 크게 웃어 제친다. 트럼펫은 모래에
묻히고, 바람은 쇠잔하며, 빛은 파리하게 죽어 있다.
아, 사악한 날이여! 기치를 들고 전사여 오라, 군가를

소리 높이 불러라."

1914년 희곡 「우체국」, 「암실의 왕」을 냈다. 이후 그는 초조하고 불안하면 늘 그랬듯이 산티니케탄에만 있지 못하고 주거지를 쉘리다, 다르질링, 아그라, 알라하바드 등으로 옮겨 다녔다. 그리고 1914년 8월 갑자기 제1차 세계대전이 발발했다. 1915년 2월 17일, 전쟁 때문에 아프리카에서 귀국한 간디가 산티니케탄으로 타고르를 찾아왔다. 산티니케탄에는 아프리카 학교에서 간디와 함께 살았던 학생들이 미리 와 있었다. 타고르는 그때 캘커타에 있는 탓에 서로 만나지 못했다. 3월에 간디가 다시 찾아와 비로소 두 사람이 처음으로 상면하게 되었다.

1915년 6월 영국 왕실(조시 5세)에서 타고르에게 기사작위를 내렸다. 타고르는 희곡 「봄의 순환」을 냈다. 이 작품은 산티니케탄 학생들을 위해 쓴 것으로 산티니케탄과 캘커타에서 상연했다. 타고르 자신도 출연했다. 셰익스피어 300주년 축제에 영역한 시를 발표했다. 1915년 벵골지사 영국인 칼 마이클 경이 산티니케탄으로 타고르를 찾아와 경의를 표했다. 그 전에는 공무원 자녀는 타고르가 세운 학교에 보내면 안 된다며 학교를 방해하던 영국인 지사가 이제는 타고르를 존경해 마지않았다. 이때 타고르는 칼 마이클 경을 따뜻하게 맞이했는데, 인도의 힌두교도 애국자들이 이를 비난했다. 근본적으로 그들과 타고르는 사상이 달랐다. 그들은 인도인이야말로 신의 선택된 민족이라는 절대적인 믿음을 갖고 있는데, 타고르는 그들이 신봉하는 미신을 받아들이지 않았다.

그들은 그런 타고르를 용서하지 않으려고 했다. 타고르는 조국과 자기 민족을 아끼고 사랑하지만 영국적인 것도 취사선택할 수 있다고 생각했다. 그럴수록 힌두교도들은 타고르를 향해 부당하고 악의적인 비판을 퍼부었다. 타고르는 이 점을 무척 괴로워했는데 그는 대중적 인기 따위에는 초연했으나 대중의 비판에는 몹시 약해 민감하게 반응했다.

1916년 시집 『시들』, 『날아가는 새들』, 『열매 모으기』, 『굶주린 돌』, 『길 잃은 새들』, 『학들의 싸움』 등을 출간했다. 이 가운데 『학들의 싸움』은 어느 날 그가 갠지스강을 물들인 석양을 바라보면서 명상에 잠겨 있는데 갑자기 날개를 펴고 날아가는 학의 무리가 정적을 깨트리면서 일어나는 느낌을 보여준다. 정적인 모든 것은 잠재적 유동성을 지니고 있으며, 그것은 시간의 흐름, 끊임없는 인생과 영혼에 대한 추구, 우주의 영원한 외침을 상징한다. 이때 단편 「4장의 이야기」를 출간했고 희곡 「고행자」를 집필했다.

# 6

# 세계 순회 강연(50대)

　1916년 5월 3일 타고르는 앤드루스와 피어슨, 무클 데이 (인도의 젊은 예술가)와 함께 일본으로 초청강연을 떠났다. 일본 여객선을 타고 랑군(7일부터 9일), 페낭(12일부터 13일까지), 싱가포르(15일), 홍콩(22일부터 24일)을 거쳐 가는데 그때 선장과 선원들의 철두철미한 규율과 깍듯한 매너와 친절에 깊은 인상을 받게 된다. 그로 인하여 타고르는 일본에 대한 호의를 가슴에 안고 일본에 입성했다.

　1916년 5월 29일 타고르가 탄 배가 고베항에 도착했다. 인도에서 출발하여 꼬박 26일 만이었다. 타고르는 일본에서 3개월 동안 주로 하코네에서 머물면서 도쿄대학을 비롯하여 여러 대학과 단체에서 강연을 하는 등 일본 여러 곳을 방문했다. 이미 배에서부터 일본인에 대한 매력을 느낀 그는 일본의 풍경과 생활양식에 좋은 인상을 받았다. 일본의 엄격한 무사정신, 자기 억제력, 그리고 심미적인 아름다움, 여성들의 겸손미에 반했는데 그는 일기에 다음과 같이 썼다.

"(…) 거리에서 노래하는 사람을 한 번도 본 적이 없다. 일본 사람들의 가슴은 폭포처럼 울리지 않고 호수처럼 고요하다. 지금까지 내가 본 일본 시인들의 시는 대부분 풍경을 위주로 한 서정시였다. 예를 들면 고요한 연못으로 뛰어드는 개구리, 출렁이는 파문, 등으로 끝나는 시가 있는데, 일본 독자들도 대단히 시각적인 것 같다. 개구리가 연못으로 뛰어들면 '퐁당' 하는 물소리가 들리는 듯한데 이것은 연못 주위가 너무도 고요한 탓이리라."

일본 사람들은 타고르가 부처님 나라에서 온 노벨문학상 수상자라는 것과 예언의 시인이라는 것 때문에 가는 곳마다 열광적으로 환영했다. 그러나 타고르는 그런 열광적인 환영을 받으면서도 일본이 서구의 인도주의를 배우지 않고 권력 욕망을 모방하여 맹목적인 국수주의에 빠져 있다고 포문을 터트렸다.

타고르는 먼저 일본의 근대화를 칭찬한 다음 "진정한 근대화는 정신의 자유이다. 그것은 사상과 행동의 독립이며 유럽적인 것의 모방이 아니다. 그것은 삶에 올바르게 적용되는 과학이어야 한다"라고 말한 것만 해도 일본에게는 충격적인 발언이었다. 그런데 타고르는 이쯤에서 그치지 않고 주변국을 식민지화하여 고통을 준 것에 대한 대가를 반드시 치르게 될 것이라는 예언을 서슴지 않았다.

"일본이 다른 민족에게 입힌 상처로 일본이 고통을 당하게 될지도 모른다. 일본이 주변국에 뿌린 적의의 씨앗은 도로 일본에 대한 적의의 장벽으로 자라날 것이다."

일본은 당연히 타고르의 충고를 받아들이려 하지 않았다. 그들은 타고르의 조국 인도가 영국의 지배 아래 있으므로 자유를 운운하는 것이며 그런 말을 할 수 있다는 것 정도로 받아들였다. 우익단체와 정부 측에서 타고르의 인기가 시들해지고 말았다. 타고르는 일본 체류 중에 캐나다로부터 밴쿠버를 방문해 달라는 초청을 받았다. 그러나 타고르는 캐나다가 이민정책에서 인도 사람들을 차별하고 있었기 때문에 이를 거절하고 미국 초청을 받아들였다. 때마침 영국, 미국, 캐나다의 언론에서 캐나다의 이민정책을 비난하고 있었다.

1916년 9월, 타고르는 일본을 떠나 9월 18일 미국 시애틀에 도착했다. 2회 차 미국 방문이었다. 그는 시애틀, 포틀랜드, 샌프란시스코 등을 다니면서 '국가주의'와 '인격론'을 강연했다. 미국에서 순회강연을 하면서 모은 연설문으로 『민족주의』, 『개성』 두 권의 책을 냈다. 『개성』에는 「제2의 탄생」, 「예술이란 무엇인가」, 「개성적 세계」, 「나의 학교」, 「명상」, 「여인」 등 6개 내용을 수록했다. 이 책은 타고르의 예술과 교육, 종교철학에 대한 심원한 사상을 보여준 것으로 평가 받았다. 그러나 '민족주의'는 강대국들이 예민한 반응을 보였다. 타고르는 민족주의에 대하여 제국주의를 통렬하게 비판했고 이는 결국 미국의 언론을 자극했다. 《디트로이트 저널》은 "(…), 타고르의 구역질 나는 사카린과도 같은 정신적 독소로, 미국 젊은이들의 정신을 부패시킬지도 모른다"고 받아쳤다.

그런가 하면 샌프란시스코 연설에서는 같은 인도 동포들에게 인도 민족운동에 대한 배반으로 오해를 받는 일이 발생했다. 샌프란시스코에는 '가다르당'으로 알려진 인도 혁명단체 청년들이 있었다. 타고르가 강연에서 맹목적이고 국수주의적인 민족주의를 비판했는데 이것을 오해한 것이었다. 이들이 타고르를 오해한 것은 단순히 이것뿐만 아니었다. 타고르가 노벨상을 수상한 다음 해에 영국으로부터 기사작위를 받은 것에 대한 반감도 있었다. 따라서 '가다르당'은 영국 정부가 타고르에게 인도 독립운동 지사들을 비방하도록 파견된 밀사라고 단정하고 타고르를 암살하라는 지령을 내렸다는 소문이 파다하게 퍼졌다. 미국정부는 타고르를 특별 보호하기에 이르렀다. 타고르는 굴욕감을 느꼈을 뿐만 아니라 절망한 심정으로 중도에 강연 계약을 파기하고 1917년 다시 일본으로 떠났다.

따지고 보면 미국에서 민족주의 발언은 타이밍이 좋지 않았다. 제1차 세계대전으로 유럽에서는 수천 수백의 젊은 청년들이 죽어가고 있었고 그들은 국가와 민족을 위해 희생하고 있었다. 타고르는 강연에서 "세계대전은 악마가 부른 망상 때문"이라고 했는데 오늘날에는 그런 평가가 내려졌으나, 당시로서는 조국과 민족을 위해 목숨 바치는 청년들로부터 오해를 불러일으킬 수 있는 발언이었다. 그리고 타고르는 예리한 비판의식을 자제할 생각이 전혀 없는 예언자적 태도를 견지했던 것이다.

1917년, 다시 일본으로 들어가 일본에서 한 달을 머물고 3월 인도로 돌아왔다. 인도에 돌아오자 사건이 벌어지고 있었다. 영국이 인도의 애국지사들을 탄압하는 상황이었는데 영국 여성 변호사 '애니 베산트'가 인도 애국지사들을 위해 변호하다가 '마드라스' 정부에 의해 억류되어 있었다. 타고르는 길고 긴 여행으로 지쳐 있었으나 인도에 돌아오자마자 그녀를 구출하기 위해 공개시위를 벌였다. 타고르는 캘커타

공공집회에서 즉흥적으로 애국시를 지어 낭송하면서 영국 정부를 규탄했고 군중으로부터 박수갈채를 받았다.

"그대(영국 여성 변호사를 지칭)의 트럼펫(외침)은 전 세계로 울려 퍼지고, 도처의 영웅들이 그대의 터전으로 모여든다. 드디어 때는 왔으나 인도는 어디에 있는가? 인도는 그 터전을 박탈당하고 오욕의 먼지 속에 묻혀 있다. 오, 신이여 인도의 치욕을 씻어 주시고 인도에 인간다운 터전을 마련하여 주소서!"

뿐만 아니라 타고르는 그해 말 캘커타에서 인도의 정기 국회가 개회되던 날 장시를 낭송했는데 그것은 「인도의 기도」라는 시로 알려져 있다. 당시 국회에서 「인도의 기도」를 낭송할 때 정치지도자들에게 열렬한 박수갈채를 받았다. 그들은 주로 전통 힌두인들로 구성된 사람들로 힌두의 적폐를 청산하는 데 앞장선 종교개혁자 가문인 타고르에게 비호감을 갖는 집단들이었다.

1917년, 희곡 「봄의 윤회」와 산문집 『나의 회상기』, 『제물』, 논문집 『국가주의』, 『인격론』을 냈다. 또 산문시집 『도망자』, 『소묘』를 냈다. 1918년 11월, 제1차 세계대전(1914. 7. 28-1918. 11. 11.)이 끝나고 전쟁을 승리로 이끈 영국의 지배 아래 인도는 더욱 어려워져 가고 있었다. 따라서 벵골 청년들은 지하운동을 벌이며 테러행위를 일삼기 시작하고 영국은 이들을 잔인하게 탄압했다. 폭력 대 폭력으로 인도가 혼란에 빠져들었다. 타고르는 어떤 이유로든 폭력은 금지해야 한다고 보았으나 청년들을 구출하기 위해 벵골 지사에게 청원을 하는 등 다방면으로 노력을 기울였다. 타고르는 건강이 몹시 힘들어지게 되었다. 건강은 미국에서 충격을 받은 것에 원인이 있었다.

호주 시드니대학에서 초청이 왔으나 심신이 지친 상태라 응하지 못했다. 1918년 5월, 맏딸 벨라가 병을 앓다 죽었다. 타고르는 5남매를 두었으나 장남 하나만 남고 모두 사망하고 말았다. 7월에 협동조합 방책에 대한 논문「우리나라를 빈곤으로부터 구할 수 있는 유일한 방법」을 발표했다. 서간집『바누싱하의 서간집』집필에 들어갔고, 12월에는 타고르의 평생 꿈인 국제대학 건물 기초 초석을 세웠다.

1919년 4월, 인도 암리차르에서 평화시위를 하고 있는 인도인들을 영국이 무차별 발포하여 379명의 목숨이 죽는 학살이 자행되었다. 그리고 1200명이 부상을 입었다. 무시무시한 참변이 영국정부의 완벽한 언론 검열과 철의 장막으로 사건을 막아낸 탓에 한 달 가까이 극비에 부쳐졌다. 그러나 소문이 새어나가면서 퍼지게 되고 이를 알게 된 타고르는 인도의 모든 정치지도자들에게 공개시위를 벌일 것을 촉구했다. 그러나 겁에 질려 단 한 사람도 반응하지 않았다.

타고르는 곧장 영국으로부터 수여 받은 '기사작위'를 반납한다는 서신을 총독 '첼름스포트' 경에게 보냈다. 영국이 주는 최고의 명예로운 기사작위 반납은 세상을 또 한 번 놀라게 했고 영국 왕실은 당황했다. 그는 작위 반납에 대한 이유를 아래와 같이 밝혔다.

"내가 조국을 위해 할 수 있는 일은 공포로 벙어리가
된 동포의 심정을 대변하는 것입니다. 이 오욕의 참화
속에서 명예의 장식은 수치스러운 물건에 지나지
않습니다. 나는 인간 이하의 굴욕을 당하고 있는 우리
동포들과 함께할 수 있도록 나에게 부여된 특권이
박탈되기를 원합니다."

1919년 4월부터 잡지 《산티니케탄》을 냈다. 카스트 구분 없는 상호 간 혼인법을 지지하자, 이에 반대하는 보수 카스트 지지자들과 힌두교도들로부터 심한 반발을 샀다. 논문 「인도문화 중심」을 발표하고 캘커타에서 이를 강연했다. 논문 「가정과 세계」, 「망명자」를 발표했다. 1919년 산문시집 『리피카』를 냈다. 산문시집이면서도 정확한 리듬과 운율이 살아 있어 타고르의 특성을 잘 보여 주었다.

1919년 6월 프랑스를 대표하는 로맹 롤랑은 일본에서 타고르가 한 연설 「민족주의」를 듣고 타고르에게 편지를 보냈다. 그는 연설을 듣고 즉석에서 공감하면서 타고르의 강연 일부를 불어로 번역하여 제1차 세계대전 중에 자신의 글에 인용했다. 전쟁이 끝나자 롤랑은 타고르에게 편지로 자신이 유럽 예술가와 지성인들을 위해 만든 「영혼의 독립선언문」이라는 문서에 타고르의 서명을 받고 싶다는 뜻을 전했다.

> "앞으로 아시아의 지성이 유럽 사상의 정립에 보다
> 적극적으로 참여할 수 있게 되기를 희망합니다. 나의
> 희망은 언젠가는 동서양의 정신이 서로 융합되기를
> 바라는 것이며, 나는 당신이 이 뜻을 실현하는
> 데 있어서 누구보다도 커다란 기여를 할 수 있는
> 인물이라고 믿습니다."

> "당신이 쓴 『민족주의』를 읽고 매우 기뻤습니다. 나
> 역시 당신의 사상에 전적으로 동감입니다. 이제는
> 전쟁의 물질적 도덕적 폐허를 딛고 일어서야 합니다.
> 이것은 정의의 문제일 뿐만 아니라 인간성의 회복에
> 대한 문제이기도 합니다. 유럽의 낙오를 상징하는
> 수치스러운 세계대전의 참사가 종식된 지금, 유럽
> 스스로가 유럽을 구원할 수는 없게 되었습니다.

아시아가 유럽과의 접촉에서 덕을 입었듯이 유럽의
사상은 아시아의 사상을 필요로 합니다. 유럽과
아시아는 인류의 두뇌를 구성하는 두 부분입니다.
따라서 한쪽이 마비되면 전체가 퇴보하게 됩니다.
동서양의 조화와 이의 건전한 개발이 그 어느 때보다도
필요한 시기입니다. 롤랑 당신의 뜻에 기꺼이 마음을
보내드리겠습니다."

# 7

# 세계 순회 강연(60대)

60대에 들어와 그는 산티니케탄에 '비스바바라티대학'을 설립했다. 1920년 5월 타고르는 자식 가운데 유일하게 남은 아들 부부와 함께 영국으로 갔다. 영국 지인들은 여전히 그를 환대했으나 한편으로는 냉담한 태도를 보이는 사람들도 있었다. 타고르가 발언한 영국의 인도 통치에 대한 비판, 영국왕실이 수여한 기사작위 반납에 대한 반응이었다. 또 한편으로는 영국 문인들 가운데는 영국 문단이 타고르에게 찬사를 보내는 것에 대해 못마땅해하는 문인들도 있었다. D. H. 로렌스도 그중 한 사람이었다. 삶의 원시적 신비주의를 주창하는 로렌스임에도 그는 원색적인 비난을 퍼부었다.

"나는 유럽 문명이 인도나 페르시아 등 동양 문명보다

훨씬 우월하다는 것을 갈수록 더욱더 확신한다. 그리고 힌두인들은 지독히 퇴폐적이고 야만적인 생활 방식을 고수한다. 그런데도 이들을 추켜세우는 터무니없는 사기행위, 즉 불행한 타고르 숭배는 참으로 구역질 나는 것이다. 부처 숭배는 오늘날 쇠퇴한 지 오랜 불결한 것이며 그것은 항상 미개한 것이었다."

그러나 전쟁 중에 전사한 영국 청년시인 '윌프렛 오웬'의 어머니는 타고르에게 다음과 같은 편지를 썼다.

"나의 큰아들이 전쟁터에 나간 지 2년이 되었습니다. 아들이 작별 인사를 하던 날, 우리는 슬픔을 감추고 햇빛이 아름답게 반짝이는 바다 너머 프랑스 땅을 바라보았지요. 그때 나의 아들은 '이곳을 떠날 때 나의 작별인사는'으로 시작하는 당신의 시를 암송했습니다. 그리고 그의 유해가 왔을 때 아들의 수첩에는 당신의 그 시가 적혀 있었습니다. 그 시 모두를 보려면 무슨 책을 찾아보아야 하는지요?"

타고르는 런던을 떠나 프랑스, 폴란드, 벨기에 등을 방문하고 다시 런던으로 돌아왔다가 미국으로 갔다. 타고르 일행이 뉴욕 알곤퀸 호텔에 머물고 있는데 타고르가 미국에

왔다는 소식이 퍼지자 강연요청이 쇄도했다. 뉴욕의 한 신문은 "뉴욕광장에는 동방의 유명한 작가의 연설을 듣기 위해 최대의 인파가 몰렸다"고 보도했다. 타고르는 이때 「시인의 종교」에 대하여 강연했다.

그런데 타고르는 미국 시인협회가 주최한 송별식에 참석하여, 하지 말았어야 할 말을 하고 말았다. 그는 송별식에서 문학에 대하여 짧게 말한 다음 영국의 기관원으로 또는 독일의 기관원으로 오해받은 일이 있었다는 말을 꺼내면서 미국 언론에 대한 불만을 털어놓았다. 영국의 사주를 받은 미국 언론계가 부당하게 타고르를 비난했던 것을 말한 것이었다.

1918년 샌프란시스코에서 있었던 '독일, 인도 간첩사건 공판'에서 타고르의 이름이 부당하게 오르내린 적이 있었다. 그때 영국정부와 인도 언론계의 첩자들은 타고르가 독일 간첩 사건에 연루되었다는 헛소문을 유포했다. 사실 1916년 샌프란시스코에서 강연을 했을 때 같은 인도 민족이 그를 암살하려 했고, 미국 경찰의 보호를 받았던 일은 잊을 수 없는 굴욕이었다. 그때 1916년 10월 6일자 신문《샌프란시스코 이그재미너》는 다음과 같이 보도했다.

"어제 경찰 당국은 힌두 시인이자 노벨상 수상 작가인 라빈드라나드 타고르 경의 암삼 음모를 탐지하고 그가

묵고 있는 펠리스 호텔과 그가 강연했던 컬럼비아
극장을 특별 경비했다."

그리고 이 신문은 나중에 독일, 인도 간첩 사건에 연루되
어 징역을 선고받은 '고빈다라'라는 사람의 편지를 공개했다.

"인도 사람들은 타고르가 정치, 경제, 철학적인 문제에
있어 그들을 대변한다고는 결코 생각하지 않습니다.
인도는 지금 영국에 대한 혁명운동을 전개하고 있으며,
이로써 인도는 근대화 물결에 보조를 맞추고 있는
것입니다. 그러나 타고르는 괴테가 일 세기 전에
독일해방 전쟁에 냉담했던 것처럼 인도의 이러한
운동에 냉담한 반응을 보이고 있습니다."

타고르는 미국 3차 방문에서 이와 같이 굴욕적인 일을 겪
었으나 얻은 것도 있었다. 이때 헬렌 켈러, 제인 아담스, 도로
시 스트레이트 여사와 그녀의 남편 레오나드 엘름허트를 만
나게 되었다. 레오나드 엘름허트는 크게 타고르를 도와주었
다. 당시 엘름허트는 코넬대학에서 농학을 공부하고 있었는
데 후일 산티니케탄에서 타고르가 만든 농촌개발기구의 발
전을 위해 물심양면으로 도움을 주었다. 타고르는 이해 10월
에 미국 하버드대학에서 「동양과 서양」을 강연했다.

1921년 3월 타고르는 다시 런던으로 갔다. 영국은 정치적으로는 실망할 것밖에 없으나 그는 주변의 훌륭한 영국인의 지고한 인간성과 인품을 존경했다. 그는 런던에서 3주 동안 머물다가 4월에 비행기를 타고 프랑스로 갔다. 그는 주로 배로 여행하기를 즐겼으므로 비행기 여행은 처음이었다. 파리에서 로맹 롤랑을 처음으로 상면했다. 그동안 편지와 문학으로만 만나 왔었다. 스위스 제네바에서 강연했다. 5월에 함부르크대학에서 「숲에서의 메시지」를 강연했다. 덴마크 코펜하겐대학에서 강연했다.

스웨덴 학회로부터 초청을 받아 스웨덴으로 떠났다. 스웨덴 아카데미에서 강연을 마치고 난 다음 '우파살라' 대주교는 "노벨문학상은 예술가적 자질과 예언자적 성격이 고루 조화된 사람들에게 부여되는 상이다. 우리는 누구보다도 라빈드라나드 타고르에게서 그러한 조화를 본다"고 했다. 스톡홀름에서 희곡 「우체국」이 공연되었다. 그 자리에는 스웨덴 왕을 비롯하여 크누트 함순, 칼 브라팅, 탐험가 스벤 헤딘 등이 참석했다.

6월 2일 베를린대학에서 강연했다. 토마스 만과 만나 담소했다. 프랑크푸르트대학에서 강연했다. 그다음 제네바로 가서 루소협회에서 교육에 관한 강연을 했다. 그리고 루체른에서 자신의 61회 생일을 자축하고 있을 때 독일에서 토마스 만, 루돌프 오이켄, 게르하르트 하우프트만 등이 모여 타고르의 생일을 기념하여 그가 세운 비스바바라티대학 도서관에 독일의 고전을 많이 기증하기로 했다는 소식이 전해졌다.

1921년 6월 2일, 타고르는 스톡홀름에서 베를린으로 가 그곳 대학에서 강연을 했고 한 신문은 "라빈드라나드 타고르의 연설은 그야말로 영웅 숭배에 대한 열광적인 성황을 이루었다. 인파가 밀어닥쳐 많은 소녀들이 쓰러질 정도"였다고 썼다. 신문에 게재된 대로 자리가 없어 되돌아간 사람들이 많아 연설을 다음 날까지 계속했다. 뮌헨에서는 토마스 만과 독일 문단의 유명 인사들을 만났다.

그는 전후 독일의 참상을 직접 눈으로 보고 뮌헨에서 강연한 사례비를 독일의 불우아동들을 위해 내놓았다. 타고르는 다름슈타트에서 헤세 대공으로부터 초청을 받아 그곳에서 일주일 동안 머물렀다. 그곳에서 머무는 동안 철학자 헤르만 카이젤링(1911년에 만났던 인물)과 다시 만났다. 다름슈타트에서는 공식적인 스케줄은 없었으나 가는 곳마다 인파가 몰려들어 카이젤링이 통역을 했다. 어느 일요일 타고르 일행이 교외에서 산책을 하고 있는데 군중들이 몰려와 타고르를 찬양하는 노래를 부르는 일도 있었다.

독일을 출발한 타고르는 비엔나에 머물며 2회 강연을 한

다음 체코 프라하로 갔다. 그는 프라하에서 저명한 인도 학자인 빈터니츠 교수와 레즈니를 알게 되었는데, 이들은 나중에 비스바바라티대학 교환교수로 초빙되었다. 레즈니는 타고르 작품을 벵골 원전에서 직접 번역한 최초의 외국인 학자로 산티니케탄 교환교수를 지낸 다음 타고르의 전기를 썼다.

1921년 7월 타고르는 체코를 떠나 14개월의 여행을 마치고 인도로 돌아왔다. 인도에 오자 인도는 정치적으로 들썩이고 있었다. 간디가 잠자는 국민을 깨워 영국 정권에 대한 비협력 운동을 전개하고 있었다. 타고르는 이보다 20년 앞서 시와 노래, 희곡 등 문학을 통해 민중을 대변해 왔고, 또한 국민 가운데 간디 같은 구원자가 나오기를 고대했으므로 반갑기 짝이 없었다. 그러나 점점 타고르는 염려가 증폭되기 시작했다. 인도 역사상 처음으로 민중들이 일어나 애국심을 발휘하고는 있었으나 그들은 과장된 합리화를 내세우며 외국적인 것, 즉 영국을 비롯하여 서구적인 모든 것을 무조건 경멸하고 부인한 것이었다.

타고르는 지금까지 외국 강연을 다니면서 바로 그런 점을 잘못된 민족주의라고 비판했고 경계했던 터라 난감한 일이 벌어진 것이었다. 물론 그 운동은 간디가 벌인 것이었고 타고르도 간디의 생각과 근본은 같았다. 그는 불과 한 달

전 뉴욕에서 앤드루스에게 보낸 편지에 "전인적 인격을 갖춘 사람이라면 애국자라는 명분으로 희생되거나 단순한 도덕군자라는 낙인이 찍히지 않도록 해야 한다. 내 생각에 인간성이란 다양한 면을 가진 광범위하고 풍요로운 것"이라고 강조했는데 그는, 애국심은 배타적인 것이 되어서는 안 된다고 생각하고 있었다.

타고르는 진정한 애국심은 인도주의적이어야 한다고 믿었다. 그래서 미온적인 인도주의자는 사이비 애국자에 불과하다고 봤다. 사실 간디의 추종자들은 간디가 원하는 바에 따르기보다는 간디로부터 자기네들이 취하고자 하는 것만 받아들이고 있었다.

타고르는 1921년 8월 15일 인도 캘커타에서 「문화의 교류」라는 연제로 강연을 하면서 인도와 서구의 지적 도덕적 협력에 대한 자신의 신념을 말했다. 그러나 국민들의 호응이 낮았다. 타고르의 생각은 대중들에게 닿기에는 너무 철학적이고 이상적이었다고 할 수 있는데, 벵골의 소설가 '사라트 찬드라'가 「문화의 갈등」이라는 글을 통해 타고르의 강연을 반박하고 나섰다. 이에 타고르는 다시 「진리의 부름」이라는 연제로 강연을 하면서 자신의 생각을 재천명했다. 그러자 이번에는 간디가 「위대한 파수꾼」이라는 글로 타고르에게 반박을 했다. 그리고 9월 6일, 타고르와 간디, 그리고 타고르와 간디의 조력자 앤드루스 세 사람이 조라상코 타고르의 저택에서 만났다. 앤드루스는 타고르가 1912년 로센스타인의 초청으로 『기탄잘리』 영역 노트를 가지고 영국에 갔을 때 알았던 사람으로 산티니케탄에서 타고르를 도와 교사로 일을 하다가, 간디가 남아공화국에서 농민학교를 운영할 때 간디를 도왔던 인물이기도 했다.

조라상코 저택에서 간디는 타고르에게 자신이 하고 있는 운동을 적극적으로 지지해 줄 것을 부탁했다. 그때 타고르는 베란다 너머 거리를 가리키며 "저것 보시오. 당신을 추종하는 사람들이 당신의 이름으로 폭력을 일삼고 있소이다. 저게 과연 비폭력 무저항운동이란 말이오?"라고 물었다. 타고르의 저택이 있는 거리에서 간디의 추종자들이 상점마다 다니며 영국산 천을 강제로 끌어다가 불태우며 시위를 하고 있었다. 이때 타고르는 간디를 향해 "간디, 전 세계는 지금 이기적이고 근시안적인 민족주의 숭배에 빠져 있는 현실이오. 인도는 지금까지 모든 민족과 신조를 너그럽게 받아들여 왔어요. 우리는 아직도 서구에서 배울 점이 많습니다. 그런 까닭에 교육을 통해 동서가 상호 교류될 수 있도록 해야합니다"고 했다.

그러나 간디는 타고르의 말을 듣지 않았다. 오히려 간디는 인도 상점에 있는 영국제 천뿐만 아니라 인도 국민이 입고 있는 영국제로 만든 옷은 모두 불태워 없애야 한다고 주장했다. 그리고 옛날 물레를 꺼내 무명을 자아 옷감을 짜서

입어야 한다는 물레운동을 벌였다. 뿐만 아니라 아이들을 학교에서 모두 자퇴시킬 것을 주장했다. 인도 국민들 대부분이 간디의 말에 복종했다. 두 사람은 조국 인도를 위한 근본적인 생각은 같으면서도 방법론에서는 서로 달랐다. 간디는 서구를 철저히 물리치기 위해 운동을 벌이고, 타고르는 서구를 물리치는 데만 치중해서는 인도의 장래가 없다는 것을 다음과 같이 말했다.

"모든 인류의 위대성은 나의 것도 된다.
우파니샤드에서 가르치는 것처럼 궁극적인 인격이란
모든 인류의 장엄한 조화에서만이 얻어질 수 있다.
나는 인도가 전 세계의 협력을 대표하기를 기원한다.
인도에 있어서 분열은 악이요, 통일은 전리가 된다.
통일이란 모든 것을 포용하고 이해하는 것을 의미한다.
따라서 그것은 부정적인 자세로는 획득될 수 없다.
동양의 정신과 서양의 정신을 분리시키려는 현 추세는
영혼의 자살행위를 의미한다. (…) 현대는 서양에 의해
지배를 받아왔다. 그러므로 우리 동양인은 서양의 것을
배워야 한다. 물론 우리가 우리 문화를 옳게 평가하지
못하고 서구문명을 어떻게 받아들여야 할지를 모르는
것은 유감스러운 일이다. 그러나 서구와의 협력을
거부하는 것은 최악의 형태의 지방주의를 주장하는

것이어서 지적 빈곤을 초래할 뿐이다. 당면한 우리의 문제는 전 세계적인 문제이다. 어떠한 나라도 외부와 고립된 상태로는 구제받을 수 없다. 우리 모두가 구제받지 못하면 우리 모두가 멸망하는 것이다."

로맹 롤랑은 이에 대한 견해를 글을 통해 밝혔는데 그중 일부를 보면 "다시 말하면 1813년 괴테가 독일이 프랑스 문화를 거부한 것을 반대했던 것처럼 타고르도 서구문명의 추방을 반대한다"고 하면서 타고르의 존귀한 말은 모든 인간의 투쟁 위에 초연히 서 있는 햇살이 영롱한 시와도 같다고 했다. 또한 이에 대하여 비판할 수 있는 유일한 점은 그가 서 있는 평면이 너무 높다는 것이며, 타고르의 이러한 사상은 시간의 폐허를 딛고 영원히 존재할 것이라고 했다.

괴테와 타고르의 공통점을 말한 사람은 또 있었다. 앨버트 슈바이처는 타고르의 사상을 "타고르의 장엄한 사상의 교향곡의 하모니와 음조는 인도의 것이다. 그리고 주제는 유럽적인 것을 상기시킨다. 만물에 영혼이 깃들어 있다는 그의 사상은 우파니샤드에 국한된 것이 아니고 근대 자연과학의 영향 아래 형성된 사상과 부합된다. (…) 그러나 인도의 괴테, 타고르는 그 누구보다도 자신의 경험에 비추어 이것이 진리라는 사실을 매우 차원 높은 아름다움으로 표현했다. 이 고귀한 사상가는 인도 국민만이 아니라 전 인류의 국민"이라고 했다.

　간디는 반박을 멈추지 않았다. 간디는 앞에 언급한 「위대한 파수꾼」을 통해 다시 반박문을 냈다. 먼저 타고르의 경고는 경청할 만한 것이며 그는 '위대한 파수꾼'이라고 추켜세운 다음 그가 우려하는 바는 정당화될 수 없는 것이라고 했다. 그러면서 간디는 타고르가 불타는 현장을 면전에 두고 수수방관한 채 노래(시)나 부른다고 타고르를 훈계하면서 "모든 사람은 인도의 실을 자아야 한다. 시인도 다른 사람들과 마찬가지로 인도의 실을 자아야 한다. 타고르는 입고 있는 외국산 옷을 벗어 불태워야 한다. 그것이 오늘의 의무이다. 내일은 신만이 아실 것이다"라고 했다.

　그러자 롤랑은 "간디의 말은 참으로 불행한 말이다. 여기서 우리는 세상의 불행이 예술의 꿈을 무산시키려는 것을 본다"고 평했다. 그후 1921년 7월에 타고르는 간디와 만나 나라를 위한 회담을 했다. 이때 시집 『운명의 난파』, 『상상의 유해』를 냈다. 그리고 1921년 12월 23일 타고르는 60세에 산티니케탄에 대학을 세우는 데 성공했다. 산스크리트 고전 "전 세계가 한 둥우리에 모이는 곳"에서 따온 비스바바라티대학은 세계가 한곳에 모이는 곳을 만들겠다는 그의 소망대로 세계적인 국제대학으로 자리 잡았다.

　1901년 40세에 산티니케탄에 세운 아슈람을 드디어 대학으로 성장시키는 데 성공한 것이다.(아슈람은 그대로 존속된 상태에서) 그리고 대학으로 세계의 수재들이 모여들기 시작했다. 물론 교수들도 세계적인 학자들이 교환교수로 속속 들어왔다. 캘커타에서 피어슨이 이곳으로 왔고, 타고르의 청에 따라 미국 뉴욕에서 엘름허트가 왔고 이들 뒤를 이어 프랑스 학자 실베인 레비 부부가 이 대학에 교환교수로 왔다. 후발주자로 온 학자들은 프라하 저먼대학의 동양학자 모리츠 빈터니츠, 찰스대학의 레즈니, 예술사가 겸 비평가인 스텔라 크람리쉬, 언어학자 베노이, 러시아의 페르시아 학자 보그다노프, 스코틀랜드의 아서 기데스, 미국의 스탠리 존스, 컬럼비아대학 졸업생인 유태계의 플롬 등인데 이들이 국제대학의 위상을 만들어 나갔다. 이들로 인해 인도의 다른 대학들도 커다란 영향을 받게 되었다.

그리고 인도 대학에서는 맨 처음 티베트와 중국 연구학과를 신설했다. 타고르도 레비 교수의 강의를 들었다.

1922년 1월에 그는 희곡집 『방류』를 냈다. 이 작품은 간디의 비폭력운동을 상징하는 정치적인 작품으로 간디의 순수한 비폭력으로서의 운동정신을 높이 샀다. 아름다운 동요집 『시수 블라나드』를 냈다. 이 작품은 정신적으로 지친 자신을 위해 쓴 동요였다. 1922년, 일본을 3차 방문했다. 이때 한국 유학생들의 부탁을 받고 시 「동방의 등불」을 써주었다.

1922년 9월, 인도의 서부와 남부 지역으로 여행을 떠났다. 봄베이, 푸나, 마드라스, 세일론까지 갔다. 가는 곳마다 그의 주위에는 인파가 몰려들어 그의 연설을 들었다.

그리고 아메다바드의 사바르마티에 있는 간디 학교를 방문했다. 그때 간디는 영어의 몸이 되어 있었다. 타고르는 간디 학교에서 간디의 희생에 대한 거룩한 의미를 강연했다. 타고르는 간디를 진심으로 존경했고 강연을 통해 그것을 적극적으로 나타내 청중을 감동시켰다. 산티니케탄으로 돌아와 2개월을 쉬고 다시 여행길에 올랐다. 이번에는 인도 북부와 서부로 떠났다. 맨 먼저 간디의 출생지인 카디와르를 방문했다. 그리고 멀고 먼 카라치까지 갔다.

그렇게 인도 여행을 한 다음 쉴롱에서 여름을 보내게 되면서 창작 의욕이 솟구쳐 희곡집 『붉은 복숭아』를 썼다. 이 작품은 자유로운 영혼과 인간을 로봇화시키는 고도로 기계화되고 조직적인 사회화를 비판하는 내용이다. 1924년 4월, 타고르는 중국으로 갔다. 중국 대학 강연협회 의장 '량치차오'의 초청이었다. 당시 인도와 중국은 외교가 단절되어 있었으므로 타고르는 양국의 유대를 되살려야 한다는 생각을 했다.

그런데 유럽에서 그토록 유명한 타고르는 중국에는 거의 알려져 있지 않았다. 더욱이 타고르를 아는 청년들 가운데서조차 타고르는 과거에 매달리는 사람이며 과학적 사고와 물질적 진보를 반대하는 서구문명의 적이라는 오해가 나돌고 있었다. 따라서 서구 문명에 매혹되어 일본을 따라잡고 싶어 하는 중국 청년들이 타고르의 방문을 용납하지 않으려고 하면서 보이콧하려고 했다. 그러나 그건 타고르를 반대로 알고 있다는 증거였다. 타고르는 평소 소신대로 "서양의 진리를 받아들이지 못하면 우리의 문명은 편협하게 되고 침체되고 말 것이다. 왜냐하면 과학은 논리적인 힘을 부여해 주고 이념을 명확하게 파악할 수 있는 능력을 부여해 주기 때문"이라고 했다. 그리고 중국은 타고르에게 자극받아 그해 9월 상하이에서 아시아 역사상 최초로 '아시아 연맹'을 발족했다. 《크리스천 사이언스 모니터》지는 다음과 같은 기사를 냈다.

"아시아에서는 아시아 국가끼리 단결을 도모하려는
움직임이 일어나고 있다. (…) 이는 최근 라빈드라나드
타고르의 극동 방문에 자극 받은 것이다. 타고르는
서양의 물질주의에 반대하는 이상론을 주장했었다.
이러한 새로운 움직임은 상하이에서 아시아연맹이
결성됨으로써 부각되고 있다. 이의 결성은 극동 지방,
특히 일본에 큰 영향을 끼쳤다. 개회식에는 아시아의
모든 국가의 대표가 참석했다.(한국은 일제가 외교권을
쥐고 있으므로 참석이 불가능했고 이런 소식조차 알 수

없었다.) 여기에서 채택된 선언문은 타고르의 가르침이 영향을 끼쳤음을 시사하고 있다."

타고르는 중국을 떠나 일본을 경유하면서 일본에서 6주를 머물고 7월 말에야 인도로 돌아왔다. 귀국한 지 2개월 만에 페루에서 '독립 백 주년 기념식'에 참석해 달라는 초청을 받았다. 이번에는 엘름히트 교수를 대동하고 미주대륙으로 가는 배를 탔다. 그런데 배가 인도를 떠나 항해하는 중에 갑자기 타고르가 앓게 되어 부에노스아이레스에서 의사의 진단을 받았다. 의사는 과로 탓이라면서 당분간 쉴 것을 권했다. 그리고 한편으로는 롤랑과 앤드루스가 편지로 타고르에게 페루에서는 정치적인 문제에 개입하지 말 것을 당부했다.

타고르는 페루 여행을 취소하고 부에노스 아이레스에서 한 달가량 요양하게 되는데, 이때 빅토리아 오캄포의 정성 어린 간호를 받게 된다. 오캄포는 타고르를 흠모하고 찬양하는 귀족 여성이었다. 오캄포는 직접 간호하고 싶었으나 하인들을 시켜 그를 잘 대접하고 간호하게 하는데, 타고르와 날마다 마주하는 하인들을 부러워할 정도로 타고르를 존경하고 흠모했다. 후일 타고르는 이때의 서정으로 쓴 시집 『푸라비』를 오캄포에게 헌정했다. '푸라비'라는 말은 인도의 고전음악에서 일종의 아름다운 세레나데를 의미한다.

이 시집은 '산스크리트어의 빅토리아'에게 바치는 것으로 되어 있는데 이는 다름 아닌 빅토리아 오캄포를 의미한다. 타고르는 캘커타에서 오캄포에게 시집을 보내면서 "당신에게 보내는 이 시집은 내가 몸소 전하고 싶은 심정입니다. 이 책은 벵골어로 되어 있어서 당신이 내용을 이해하지 못할지도 모르지만 나는 이 책을 당신에게 헌정합니다. 이 시는 내가 상 이시드로에 머무는 동안 쓴 것입니다. 나는 이 책이 오래도록 당신 곁에 있기를 바랍니다"라고 썼다.

1925년 1월 4일, 타고르는 엘름히트와 함께 아르헨티나를 떠나 무솔리니의 초청으로 이탈리아로 갔다. 무솔리니는 극적인 환대를 하면서 타고르를 로마로 초청하여 정치적으로 이용하려고 했으나 타고르에게 귀띔해 주는 지인이 있어 그것을 피할 수 있었다. 밀라노에서 음악에 관한 강연을 하고 베니스에서 배를 타고 인도로 돌아왔다.

1925년 5월 간디가 산티니케탄으로 타고르를 찾아와 자신이 벌인 운동을 지지해 줄 것을 다시 청했다. 그러나 타고르는 간디를 높이 평가하고 극진한 대접을 하면서도 간디의 청은 받아들이지 않았다. 그리고 「예찬」이라는 글에서 협동과 노력, 과학기술의 현명한 이용만이 인도의 가난을 퇴치할 수 있는 것이라고 말했다.

"유럽의 과학 숭배가 도덕적 가치를 가진다면, 그것은
인간을 자연의 횡포에서 구할 수 있다는 것에 있다.
인도의 빈곤이 과학을 무시하고 손에만 의존해서는
해결될 수 없다는 것은 확실하다. 머리에 의존하지
않고, 언제까지나 행위에만 의존한다는 것은 인간의
존엄성에 배치되는 일이다."

그러나 당시 타고르의 생각은 공허한 메아리로 들린 탓
에 맹목적인 민족주의자들의 비난을 받았다. 또 한편 타고
르는 간디가 인도의 우파니샤드 대학자 '라자 라모훈 로이'
를 소인배에 불과하다고 비하하는 말에 크게 실망했다. 라
모훈 로이는 타고르의 아버지 마하르시가 존경한 인물이었
고 자신도 존경하는 인물이었다. 또한 아버지 마하르시는
그와 함께 민족운동과 종교개혁 운동을 펼친 인물이었다.
이에 대하여 타고르는 다음과 같이 자신의 소회를 밝혔다.

"마하트마 간디와 의견 일치를 보지 못하는 것은
나로서 참으로 괴로운 일이다. 이것은 무슨 고차원적인
이유에서가 아니라 나의 가슴이 아프기 때문이다.
내가 그토록 사랑하고 존경하는 사람과 손을 맞잡고
일을 하는 기쁨보다 더한 기쁨이 또 있을 것인가?
마하트마의 도덕적인 위대한 인격보다 나에게 경이롭게

보이는 것은 없다. (…) 마하트마는 우리의 견해 차이 때문에 내가 존경하는 라모훈 로이를 소인배라고 부르고 있다. 내가 마하트마의 운동을 받아들일 수 없는 것도 이러한 견해 차이 때문이다. 나는 이러한 일을 늘 유감스럽게 생각한다. 그러나 사람마다 가는 길이 제각기 다른 것은 신의 뜻인 것이다. 나는 개인적으로 간디를 존경한 나머지 그가 하는 운동에 참여하고 싶은 충동이 일어나기도 했지만 그때마다 이성을 되찾으며 이를 거절했다. 마하트마도 나를 이해하리라는 것을 확신한다."

후일 간디는 타고르가 죽은 다음 산티니케탄을 방문하여 "타고르와 나의 친교는 의견의 차이에서 출발하여 우리는 결국 일치했다는 영예로운 자각으로 끝났다"고 했다. 1861년생인 타고르는 1869년생인 간디보다 8년 연상이었고 인도 해방을 6년 남겨두고 간디보다 6년 먼저 죽었다. 간디는 1947년 인도 해방을 보고 그해, 그동안 간디의 말에 따라 영국 천을 모아 불을 지르고 광적으로 따르고 존경하던 같은 민족 힌두인의 저격으로 죽었다.

타고르는 아주 오래된 조상으로부터, 그리고 직계 가족 할아버지와 아버지로부터 개혁적이고 반골적인 피를 물려

받았다. 그럼에도 불구하고 간디의 물레운동이나 비협력저항운동에 냉담한 태도를 취한 것은 전근대적인 간디의 사고와 간디를 추종하는 세력들의 폭력적인 행태에 동의하지 못한 탓이었다. 따라서 그는 비록 시대는 다르지만 미국의 영국에 대한 혁명, 프랑스혁명, 러시아혁명 등을 지지했다. 사실 타고르는 그 누구보다도 앞장서 벵골을 위해 사회운동을 했고 간디를 존경했다. 다만 간디의 전근대적인 사고에 찬성하지 못했던 것이다. 거기에는 인도가 나아가야 할 미래를 방해하는 요소가 다분하기 때문이었다. 만약 타고르가 신념이 분명하지 않았다면, 그러니까 노벨상 수상자로서의 명성을 공고히 하고자 했다면, 인도가 떠받드는 성자 마하트마를 위해 한마디만 거들어주면서 민중들의 행위에 찬사를 보냈다면, 민중들에 대한 그의 명성은 그야말로 하늘을 찌를 것이었다. 그런데 타고르는 그걸 알면서도 그렇게 하지 않았다. 따라서 민중들로부터 비난이 쇄도하고 타고르는 그것을 기꺼이 감수하면서 고립되는 처지를 마다하지 않았다.

1925년 겨울, 이탈리아의 무솔리니는 저명한 동양학자 카를로 포르미치와 주세페 투치를 타고르의 대학 비스바바라티 교환교수로 파견했다. 그리고 이때 이탈리아의 보물인 장서를 학교에 기증했다. 그해 말, 타고르는 캘커타에서 열린 인도 철학협회의 제1회 모임에서 사회를 맡아 인도의 민속문화와 종교에 대해 역설했다. 1926년 초, 희곡「무녀의 기도」를 썼다. 이 작품은 불교에 관련한 내용인데 타고르는 힌두교가 불교를 배척했던 것이 아니라 불교를 흡수한 것이라고 말한다. 타고르는 시와 노래, 드라마에서 불교정신을 계속해 이어갔다.

1926년 5월 15일 다섯 번째 유럽 여행을 떠났다. 이탈리아 나폴리를 방문하여 철학자 베네데토 크로체와 튜아벨, 알버트 아인슈타인과 만났다. 폼페이, 나폴리, 로마 정부의 대환영을 받으면서 '예술'에 대하여 강연했다. 6월에는 스위스에서 로맹 롤랑과 재회했다. 비엔나, 파리, 노르웨이 오슬로를 경유하면서 강연을 이어갔다. 12월에 인도로 귀국했다. 1927년 1월, 타고르는 캘커타에서 희곡「무녀의 기도」를 공연했는데, 배역을 여대생이나 브라만 가문 출신의 여성들로 채웠다. 이것은 카스트의 악습에 과감히 도전한 행위였다. 그로 인해 브라만 가문의 여성이 드라마에 출연해서는 안 된다는 편견이 사라졌으며 연극무대에 여성이 등장하는 것이 일반화되는 계기를 만들었다.

1927년 6월, 다시 무솔리니의 초청을 받았다. 타고르는 무솔리니를 직접 대면하고 싶은 욕망이 일어 아들 부부를 대동하고 1926년 5월 15일 이탈리아로 떠났다. 타고르가 이탈리아 네이플에 도착하자 당국자들이 뜨겁게 환대해 마지 않았다. 타고르는 특별열차편으로 로마로 가 무솔리니를 만나게 되었는데 그에 대한 인상을 "무솔리니의 육체와 영혼은 미켈란젤로의 손으로 다듬어진 조각처럼 균형 잡힌 것이었으며 그의 행동에는 지성과 활력이 넘쳐흘렀다"고 썼다. 6월 7일 로마 지사는 타고르 환영 리셉션을 베풀었다. 그다음 날에는 타고르가 「예술의 의미」라는 연제로 강연을 했다. 무솔리니도 강연을 경청했다. 빅토르 임마뉴엘 3세로부터도 환대를 받았다.

그러나 타고르의 관심은 왕이나 총통보다는 당시 억류 상태에 있는 철학자 베네데토 크로체와의 인터뷰였다. 그런데 앞에 무솔리니의 초청을 받았을 때 로마에는 가지 않는 게 좋다는 지인의 충고대로 무솔리니는 타고르를 정치적으로 이용하고 있었다. 타고르가 로마에서 환대를 받고 있는 동안 타고르의 연설과 인터뷰는 파시스트 정권을 선전하기 위한 수단으로 이탈리아의 신문에 왜곡 보도되고 있었다. 뒤에야 이런 사실을 알게 된 타고르는 정정해 줄 것을 이탈리아 언론에 요청하면서 다음과 같이 썼다.

"신문에 나온 나의 견해는 물론 부적절한 정보에 의한 것이지만 아직도 나의 마음은 비스바바라티에 대한 그의 기여를 감안할 때 무솔리니에 호감이 가는 것은 어찌할 수가 없었습니다. 아마도 언젠가는 사악한

운명의 힘이 진정한 인격자가 아닌, 위선자일지도
모르는 이(무솔리니) 사람에게 나를 인도했다는 결론을
내가 내릴지도 모릅니다. 아무튼 나는 피했어야만 했던
일에 불가피하게 연루되었고 내가 이탈리아를 방문한
것을 후회합니다."

그는 이탈리아를 떠나 취리히, 비엔나, 오슬로, 코펜하겐,
부다페스트, 베오그라드, 소피아, 부쿠레슈티, 아테네, 카이
로 등지를 방문하여 강연을 하고 12월에야 인도로 귀국했
다. 1927년 7월 그는 동남아로 아홉 번째 초청강연 여행을
떠났다. 싱가포르를 거쳐 말라카, 쿠알라룸푸르, 페낭, 자바
등지를 방문하여 강연을 했다. 가는 곳마다 인파가 몰려왔
다. 그는 인도 문화와 동남아 문화의 유대를 연결하는 데 커
다란 공을 세웠다. 10월 태국에서는 왕과 왕비의 접견을 받
고 왕립대학에서 교육을 주제로 강연했다. 그해 12월에야
인도로 돌아왔다.

1928년 초에는 옥스퍼드대학으로부터 초청을 받아 배를
타고 영국으로 떠났으나 건강문제로 영국 여행을 포기하고
인도로 돌아와 방갈로어에 있는 친구 집에서 머물면서 소설
『요가요그』와 『최후의 시』를 탈고했다. 시에 가까운 이 소
설들은 젊은 독자층을 매료시켰고 비평가들은 찬사를 아끼

지 않았다. 바네르지 교수는 특히 『최후의 시』를 "전 세계의 소설사를 통틀어 가장 시적인 소설"이라고 했다. 또 수크마르센 박사는 "모든 사랑의 이야기를 마무리 지어주는 사랑의 이야기"라고 했다. 소설가 바바니 바타카리야는 "그 감정의 아름다움은 그 언어의 아름다움만큼이나 이루 표현할 수 없는 것이다. 무엇보다도 경탄해 마지않은 것은 70세를 바라보는 작가에게 그와 같은 신선미가 창출될 수 있다는 점이다. 타고르는 마치 끊임없이 재생하여 풍성한 젊은 영혼이 진정한 예언자의 통찰력과 결합하여 천재적 창조력을 발휘한 것"이라고 했다. 이 소설의 핵심은 금욕주의였다.

1928년 소설 『합류』를 냈다. 이 소설은 몰락한 귀족 가문과 물질 제일주의 백만장자 가문을 그리고 있다. 1928년, 68세가 된 그는 그림에 몰입하기 시작했다. 물론 문학을 하면서 틈틈이 그림을 그리기는 했으나 본격적인 것은 이때부터였다. 그는 만년 13년 동안 2500여 점의 그림을 그렸다. 그는 자신의 그림을 "선(善)에 의한 음률의 표현"이라고 했다. 그는 그림에 대한 창작을 다음과 같이 말했다.

"내 그림에 이름을 붙이는 것은 불가능한 일이다.
왜냐하면 내 그림은 미리 상정된 어떤 주제가 있는
것이 아니라 그림을 그리다 보면 나 자신도 그 근원을
알 길 없는 형태가 하나의 개체로서 형성되곤 한다.

어찌된 일인지 알 수 없다. 내 인생이 마지막에 접어든
지금 내 운명의 신이 나에게 새로운 경지를 열어주어
에필로그를 맺게 하는 까닭을….”

1930년 타고르의 그림이 파리의 '갤러리 피가르'에서 전
시되었을 때 콩트 드 노아이에즈는 다음과 같이 말했다.

“영혼이 살며시 잠 속으로 들어가는 듯 시작되는
타고르의 작품은 뚜렷한 형태로 완성되어 드러난다.
대아와 소아가 조화된 그의 완벽한 작품 앞에서 그저
경탄할 따름이다. (…) 위대한 신(神)주의자 타고르,
갑자기 또 다른 자아를 드러낸 것은 무슨 까닭인가.
(…) 때로는 경건하고 풍요롭게, 때로는 잔인하고
기이하게, 자신을 드러내는 타고르를 사랑하고 존경할
수밖에 없다.”

1929년 4월, 캐나다 국민교육 심의회의로부터 초청을
받고 캐나다로 갔다. 캐나다에서 「여가의 철학」과 「문학의
원리」라는 연제로 강연했다. 그때 신문 《밴쿠버스타》는 “타
고르야말로 형상과 실체가 완벽하게 결합된 최초의 시인”이
라고 했다. 이때 미국의 대학 캘리포니아, 하버드, 컬럼비아
등에서 강의 요청을 했다. 그러나 미국으로 가던 도중 여권

을 분실하는 사고가 일어나 미국 방문은 취소하고 일본으로 떠났다. 1929년, 일본에서 한 달 동안 체류했다. 이때 한국《동아일보》도쿄 지국장 이태로가 타고르를 만나 시를 부탁했다. 타고르는 「아시아의 등불」이라는 짧은 시를 지어 주었다. 이때 타고르는 일본의 제국주의적 야망을 확인하고 망령된 이념을 버려야 한다고 강연했다. 시집 『모화』, 소설 『교류』, 『최후의 시』를 냈다.

1930년 5월, 영국 옥스퍼드대학에서 「인간의 종교」라는 주제로 강연했다. 독일, 스위스를 다니며 강연했다. 파리 피가르 화랑에서 개인전이 열렸다. 앙드레 지드와 만났다. 버밍엄과 런던에서 그림 전시회가 열렸다. 코펜하겐에서도 그림 전시회가 열렸다. 7월, 베를린을 방문했다. 아인슈타인과 재회했다. 베를린의 모래르 화랑에서 개인전이 열렸다. 제네바에 체류 중일 때 소련정부로부터 초청을 받고 모스크바로 갔다. 이때 모스크바에서 느낀 소감을 편지로 썼는데 나중에 『러시아로부터의 편지』라는 제목으로 출간되었다.

소련에서 일정을 마치고 독일을 거쳐 11월 25일, 미국을 방문하여 카네기홀에서 교육에 관한 강연을 했다. 그림이 뉴욕, 보스턴, 워싱턴 등지에서 순회 전시되었다. 후버 대통령의 환대를 받았다. 이때 타고르를 처음 만난 작가 윌 듀란트는 타고르를 가리켜 "타고르 한 사람만으로도 인도는 자유로울 수 있다"고 찬사를 보냈다. 1931년 1월 귀국길에 올라 런던을 경유하면서 버나드 쇼와 오찬을 나누었다. 이렇게 수많은 초청강연에 따른 여행을 하면서 그는 세계를 돌았다. 그리고 동양을 세계에 전파하는 데 혁명적인 공적을 남겼다. 그리고 이로써 미국, 영국, 프랑스 등 서구 여행이 마지막이 될 줄, 그는 알지 못했다. 이후로는 건강상 동남아 순회강연만 할 수 있었다.

# 8

# 최후의 강연과
# 최후의 문학(70대)

　건강상 세계 순회강연을 줄인 타고르는 창작 생활에 더욱더 열정을 불태웠다. 1931년 70세에 가무극 『새로움』, 『어린이』와 강연집 『인간의 종교』, 시집 『숲의 소리』, 서간집 『소련통신』을 냈다. 타고르는 앞으로 새롭게 나아가는 예술가였다. 그의 시가 그렇고 그림이 그랬다. 그는 인도 전통을 사랑하지만 거기에 머물러서는 안 된다고 믿었다. 따라서 타고르는 시와 산문에 있어서 성취한 완벽한 것을 과감히 버리고 말았다. 그는 나이를 먹을수록 새로운 탐구를 시도했다. 외국여행을 마치고 최초 발표한 작품도 『새로움』이라는 가극이었다.

　1931년 5월 7일, 타고르는 70회 생일을 맞았다. 그리고 타고르의 탄생 70주년을 경축하는 기념식이 산티니케탄을 비롯하여 인도 전체에서 열렸다. 캘커타에서는 1931년 연말부터 타고르 탄생을 기념하기 위해 축제준비위원회를 발족했다. 원로 언론인 '라마난다 채터지'가 편집한《The Golden Book of Tagore》에는 축제를 위해 전 세계에서 보내온 글이 게재되었다. 대표적으로 앙드레 지드, 러셀, 예이츠, 윌 듀란트, 과학자 아인슈타인 등의 글을 보면 아래와 같다.

앙드레 지드는 "1912년 『기탄잘리』를 번역할 때만 해도 유럽에서, 아니 영국에서조차도 그를 아는 독자는 극소수에 불과했다. 그의 작은 시집에서 발하는 그 어디에도 비견할 수 없는 순수의 빛이 너무도 찬란하여 내가 그 이미지를 프랑스에 전달할 수 있었다는 사실만으로도 나는 영광으로 생각한다. 정치, 사회적인 소요를 뒤로하고, 초연한 이 찬란한 성스러움은 이 지상에 영원히 고요한 사랑의 빛을 선물하리라. 나는 오늘 이 위대한 인물에게 경의를 표할 수 있게 된 것을 무한한 기쁨으로 생각한다"라고 썼다.

러셀은 "그는 민족과 민족 사이의 이해 증진에 그 누구보다도 기여한 바가 크다. 그는 유럽과 미국 등 서구 사회의 동양에 대한 편견과 그릇된 관념을 바로잡는 데 기여했고 이것만으로도 그는 최고의 존경을 받아 마땅하다"라고 찬사를 보냈다.

예이츠는 "여전히 나는 당신의 열렬한 찬미자입니다. 당
신의 시는 언제나 감동적이었으며, 최근에는 당신의 산문
『가정과 세계』, 단편소설과 당신의 회고록을 보고 지혜와
아름다움을 발견했습니다. (…) 당신의 시는 심원한 산천에
서 저절로 샘솟는 것처럼 보입니다"라고 하였다.

월 듀란트는 "당신을 만나게 되어 우리들은 정화된 느낌
이 들었습니다. 이상적이고, 고귀한 생활을 영위하고 있는
사람이 아직도 존재한다는 사실은 우리들에게 새로운 신념
을 불러일으켰습니다. 당신이 오기 전, 우리는 냉소적이었
습니다. 모든 사상이란 위선적이고 모든 희망이란 부질없는
것이라고 생각했습니다. 그러나 당신을 만난 지금, 우리들
생각이 잘못되었다는 것을 알았습니다. 감미로운 음악처럼
당신의 시와 귀감이 되는 당신의 존엄한 생활태도로 하여
고대 동양의 이상적인 그 무엇인가가 우리들의 몸속에 섞여
흐르게 된 느낌을 받았습니다"라고 했다. 월 듀란트는 타고
르를 알고 얼마 되지 않은 상태에서 이 편지를 썼다.

간디는 "타고르는 그의 시적 천재성과 순수한 생활태도
로써 인도를 전 세계에 소개하셨습니다. 동포와 더불어 그

에게 경의를 표합니다"라고 짧게 썼다. 간디는 언제나 짧게
썼다.

아인슈타인은 "당신은 욕망에서 비롯된 만물의 격렬한
투쟁을 목격하셨고 고요한 명상과 미의 창조에서 은신처를
구하셨습니다. 그리고 마음속 깊이에서 생성된 이 아름다움
과 자유분방한 당신의 사상을 만방에 전하여 전 인류에 지
대한 기여를 하셨습니다"라고 썼다.

1932년, 이 해는 편안할 수가 없었다. 수많은 벵골 청년
들이 지하 혁명운동에 참여했다는 죄목으로 잡혀갔고 대홍
수가 북부벵골을 휩쓸었다. 또 1월 4일 간디가 체포되었다.
간디가 체포되었다는 소식을 들은 타고르는 자리를 박차고
일어나 영국 수상 '램지 맥도날드'에게 항의 전문을 보냈다.
그리고 1월 26일에는 간디의 구속을 반박하는 성명을 신문
사에 보냈다. 그러나 정부의 사전 검열에 걸려 그의 성명문
은 일부만 실리게 되었다.

1932년 9월 20일 옥살이는 하는 간디가 죽음을 불사하
고 단식투쟁에 들어갔다는 소식이 전해졌다. 간디는 힌두사
회의 전통을 붕괴시키려는 영국에 항거하기 위해 투쟁을 선
언했다. 그리고 단식에 들어가기 전 새벽에 타고르에게 편

지를 썼다.

"경애하는 현인이시여, 지금은 화요일의 여명입니다.
나의 투쟁에 축복을 보내주시기 바랍니다. 나는 진정한
친구인 당신의 견해를 듣고자 했지만 당신은 아무런
비평도 하지 않았지요. 당신의 축복은 나에게 크나큰
용기를 불어넣어 줄 것입니다."

타고르는 다음과 같이 말했다.

"고귀한 생명을 인도 사회의 통일을 위해 바친다는
것은 더할 수 없이 가치 있는 일입니다. 당신의 투쟁이
통치자에게 어떠한 영향을 미칠지는 알 수 없는
일이나 동포를 위한 당신의 헌신적인 희생은 조국이
비참한 종말에 빠지는 것으로부터 구해줄 것이라는
사실만큼은 확실한 것입니다. 슬픔 가운데에도 존경과
사랑을 간직하며, 우리도 당신의 비장한 고행을
좇으리다."

영국은 인도 전체가 일어서는 항거에 못 이겨 굴복하게
되고, 간디는 단식 6일 만에 단식투쟁을 중단할 수 있었다.
그리고 타고르는 그해 연말에 간디가 단식 투쟁하는 동안

쓴 글『마하트마와 좌절된 휴머니티』를 냈다. 타고르는 이해에 두 편의 희곡「카드 왕국」,「비천한 소녀」를 탈고했다. 1932년 시집『천태만상』을 탈고하고, 시집『종언』,『추신』을 냈다. 캘커타대학의 벵갈어 교수직 요청을 수락했다.『최후의 옥타브』를 집필했다.

1933년 4월, 이란의 팔레비 왕으로부터 초청을 받고 4월 11일 비서 '아미야 챠크라 바르티', 며느리 '프라티마 데비'와 함께 페르시아로 떠났다. 이제는 70대 중반으로 가는 몸이었다. 늙었고 심신이 피곤하여 배가 아닌 비행기를 이용하기로 했다. 이것은 타고르가 평생 두 번 타본 비행기 여행의 마지막이었는데 타고르는 그 소감을 아래와 같이 썼다.

"인간을 비롯한 만물이 시야에서 사라졌다. 음향도
동작도 그 어떤 삶의 흔적도 찾을 수 없었다. 지상은
마치 자수를 놓은 것처럼 보였다. 고도가 높아지자
지상은 해독할 수 없는 문자로 쓰인 사멸한 나라의
연대기처럼 보였다. (…) 더욱더 높이 오르자, 사람의
오관은 시각 하나로 감소되었고 그나마도 완전치 못한
것이었다. 지구가 실지로 느껴지게 하는 모든 흔적이
절멸하고, 3차원의 세계는 선뿐인 2차원의 세계로
돌변한 듯했다."

1933년 4월 29일 테헤란에 도착한 타고르는 국왕과 군중들의 열광적인 환영을 받았다. 신문들은 "동방 하늘에서 가장 찬연히 빛나는 별"이라는 제목으로 앞다투어 보도하기에 바빴다. 돌아오는 길에 이라크 왕의 초대를 받고 바그다드에서 하루를 머물면서 이라크 왕 '파이잘'을 만났다. 그런데 유일한 아들이 낳은 유일한 손자 '니틴드라'가 독일에서 결핵으로 사경을 헤매고 있다는 소식을 받았다. 8월 7일, 결국 손자가 죽었다. 그는 슬픔을 시로 썼다.

"밤이 이울고/ 벌판에 꽃잎 다시 피어날 때/ 내 다시 깨어남은 불가사의. //광대한 섬들이 이름 모를 심연에 잠기고/ 마지막 별빛도 사라지고// 모든 것이 유구한 세월에 실려 소멸하고/ 아련히 전설 속에 정복자는 잊혀가고/ 승리의 탑은 티끌과 먼지로 가득 찬 욕망의 제물일 뿐./ 사라져가는 만물 가운데/ 나의 이마에 비치는 성스러운 광휘는/ 불가사의."

1933년 5월, 타고르는 간디 석방을 요구했다. 그 후 간디가 석방되었다. 1933년 9월 1일, 봄베이 인드라대학에서 「인간과 종교」를 강연했다. 이해 연말에 단편 「두 자매」, 「정원」을 냈다. 풍자극 「카드왕국」을 썼다. 희곡 「천민의 딸」을 탈고했다. 1934년 1월 자와할랄 네루(인도 초대 수상)와 그의 부인 카마라가 산티니케탄으로 타고르를 찾아왔다. 희곡 「화원」을 냈다. 1935년 시집 『최후의 곡조』, 『도정』을 냈다. 무용극 「치트랑가다」와 「사마」 두 편을 캘커타에서 공연했다. 인도 라디오에서 서시를 낭송했다. 외손녀딸 결혼식에서 축시 「나뭇잎 접시」를 낭송했다.

네루의 청탁으로 '국민회의' 의장직을 맡았다. 시집 『나뭇잎 접시』, 『사모리』를 냈다. 1936년 2월 대학생들과 순회공연을 위해 희곡 「치트랑가다」와 「사마」의 뮤지컬극을 준비하여 성황리에 순회공연을 마쳤다. 연말에는 희곡 「가을 축제」, 「보이지 않는 보석」으로 캘커타와 산티니케탄에서 상연했다. 이때 간디가 6만 루피의 헌금을 모아 전달했다.


산티니케탄 학교는 1934년으로 접어들면서 재정난에 시달리기 시작했다. 학교는 국제적으로 명성을 날리면서 성장해 가고 그럴수록 재정이 딸렸다. 기부금은 처음부터 일체 들어오지 않았고 지금까지 타고르 자비로 학교를 운영한 탓이었다. 물론 힌두의 백만장자들이 있었으나 그들은 대부분 승려들이나 정치가들에게 기부할 뿐 학교에는 관심조차 없었다.

그는 부호 가문에서 태어났으나 아버지 마하르시는 평생 돈과 먼 거리에서 대성현이라는 칭호에 걸맞게 히말라야를 찾아다니며 명상하며 살았다. 또한 마하르시에게는 자식들이 열네 명이었다. 그들에게 각각 재산을 분배했을 것은 당연하며 가문의 영지 관리를 타고르에게 맡겼으나 타고르 역시 재물에 대한 욕망보다 문학과 교육에만 관심을 집중했다. 따라서 학교에 큰 재산을 모두 쏟아 넣었고 노벨상 상금과 그동안 강연을 다닌 것도 모두 학교 재정에 쏟아부었다.

궁여지책으로 타고르는 학교 자체적인 활동으로 운영비를 충당하고자 했다. 그래서 벌인 것이 연극 활동이었다. 1934년 5월부터 6월에 걸쳐 세일론에서 학생들이 연극을 한 것이 그 시초였다. 학생들은 무용극을 하고 타고르는 강연을 했다. 그리고 타고르의 회화전시도 열었다. 그렇게 해서 얻은 수입이 학교에 도움도 되었지만 민중들을 문화적으로 교화하는 큰 역할이 되었다. 학생연극단은 순회공연으로 인도 전역을 돌았다.

1934년 8월 영국의 휴머니스트 '길버트 머레이'가 타고르에게 동서양 지성인들의 이해 증진을 촉구해야 한다는 편지를 보냈다. 이 문제는 타고르가 특별히 관심을 기울여온 문제였다. 따라서 타고르는 동서양의 문화를 비교 평가하고는 과학 분야에서 서양의 기여를 칭찬하면서도 서양 기계문명이 오용되고 있음을 지적했다. 그러면서 타고르는 "젊은 유럽의 지성들이 시대의 도전을 극복할 것을 확신한다"고 말했다. 한편 이 해에 타고르에게 두 방문객이 찾아왔다. 한 사람은 미국 산아제한 전문가 '마거릿 생어'였고, 한 사람은 「벵갈 창기병의 생애」의 작가인 '예이츠 브라운'이었다. 마거릿 생어는 산아제한이 죄악이 아니라는 것을 간디에게 이해시키려고 했으나 뜻을 이루지 못하자 타고르의 지지를 얻으러 온 것이었다. 그리고 타고르는 그녀에게 다음과 같은 답을 했다.

"인도와 같이 굶주리는 나라에서는 분별없이 아이를
출산하여 그들에게 인간 이하의 생활을 하도록 하고
또다시 이를 강요한다는 것은 커다란 죄악입니다."

1936년 1월, 1934년에 산티니케탄을 방문했던 예이츠 브라운은 그때 인상을 다음과 같이 썼다.

"산티니케탄은 정신적 활력이 넘쳐흐르는 곳이었다.
타고르는 아름답지만 다소 비극적으로 보이는 인물로
기억된다. (…) 산티니케탄의 문예부흥의 배후에는
대중적인 모티브를 찾을 수 없고 단 한 사람의
위인만이 의연하게 있을 뿐이었다."

학생공연단을 인솔하고 순회공연을 하면서 강연을 하는

등 바쁜 나날을 보내는 타고르는 1937년 여름에 히말라야의 휴양지 알모라에서 보내게 된다. 그곳은 어린 시절 아버지 마하르시를 따라 여행을 했던 지역이었다. 그는 이제 80세를 바라보는 나이가 되었고 명성도 식을 대로 식어버린 시절이 되었다.

히말라야에서 여름을 보내고 돌아온 타고르는 중병을 앓게 되었다. 혼수상태에서 이틀 동안 깨어나지 못할 정도였다. 5일 후에야 의식이 돌아온 그는 그림을 그리기 시작했는데 그림은 풍경화로 음영이 짙은 숲속에서 연노란 빛이 숲을 애써 헤쳐 나가려는 것 같았다. 늙은 자신의 처지를 보여주는 것 같은 그림이었다. 1938년 『국경지방』이라는 시집에 사경을 헤매던 당시의 느낌을 쓴 시가 있다.

"과거의 운반자/ 나의 육신은/ 피곤한 아침의/
지친 구름./ 육신에서 벗어난/ 나의 영혼에/ 무수히
쏟아지는/ 피안의 빛줄기."

그 후 다시 병석에 눕게 되자 타고르는 자기의 병을 염려하던 간디에게 다음과 같은 글을 썼다.

"내가 의식을 회복하고 가장 기뻤던 일은 당신이
그토록 나의 병세를 염려했다는 것을 안 것이었지요.

그것만으로도 나는 앓은 대가를 충분히 보상받았다는
생각이 듭니다."

타고르는 병석에 누워 있으면서 일본이 중국을 잔인
하게 침공했다는 소식을 듣고 당혹감을 느꼈다. 타고르
는 일본에 대해 '아시아의 신태양'이라고 찬사를 아끼지
않았기 때문이었다. 그런데 이제 '아시아의 재앙'으로 떠
오른 것이었다. 이때 일본 시인 '요네 노구치'가 편지를
보냈다. 노구치는 일본을 대표하는 시인으로 산티니케탄
을 여러 번 방문하여 타고르와 친분을 쌓은 처지였다. 노
구치는 일본이 중국을 침략한 것을 합리화시키려고 장문
의 편지를 보낸 것이었다. 이에 대하여 타고르는 병석에
서도 다음과 같은 편지로 반박하고 나섰다.

"당신의 아시아관은 파괴의 탑을 미화하려는
것에 지나지 않습니다. 나는 일본이 한때 학살을
자행한 몽고군과 유사하리라고는 꿈에도 생각하지
못했습니다. 일본에서 내가 '서구화'에 관하여 강연했을
때 나는 소수 유럽 국가의 광포한 제국주의에 대비하여
부처와 예수의 선을 가르치는 위대한 정신문화를
강조한 바 있습니다. 그래서 나는 창조적인 미래가
기대되는 고귀한 영웅주의의 전통을 이어온 일본이

서양의 타락한 물질문명을 모방해서는 안 될 것이라고
말했던 것입니다.

당신이 주장하는 '아시아를 위한 아시아'라는 이론은
정치선전 수단에 불과할 뿐, 정치와 민족의 장벽을
넘어 우리를 하나이게 하는 위대한 인도주의의 흔적은
찾아볼 수가 없습니다. 최근 도쿄의 한 정치가가
일본이 이탈리아나 독일과 연합한 것은 정신적이며
도덕적인 이유로서, 물질적인 동기는 없는 것이라고
한 말은 참으로 흥미로운 것이었습니다. 그것은
일본이 침략행위를 도덕적으로 포장하려는 시도에
불과한 것이라는 생각을 하게 합니다. 이 비판이
너무 가혹하다고 생각하지는 말아주시기 바랍니다.
격분해서가 아니라 수치심과 비애감에서 이와 같은
편지를 쓰게 된 것이니까요."

일본뿐만 아니라 독일의 히틀러가 체코를 침공하자
타고르는 프라하의 레즈니 교수에게 다음과 같은 시를
써 보냈다.

"통치자란 이름으로 한때/ 신을 우롱했던 자들이/
현세에 재생하였다./ 경건을 가장하며 그들은/
군사들에 외친다./ 죽여라, 죽여라./ 오, 신이여, 이

독배를 거두어 주소서,/ 예수의 기도가/ 그들의 위장된
찬송, 아우성에 묻힌다.”

1937년 2월 타고르는 대학에 중국과 인도 연구학부인
‘중국학원’(대학원 격)을 개설했다. 람크리슈나 탄생 100주
년 기념 강연을 했다. 근대과학의 입문서 『우주인간』을 집
필했다. 시집 『헌시』, 『운화』, 『그 사람』, 『저녁의 등불』을
냈다. 1937년 9월 10일 자신의 거처에서 갑자기 의식을 잃
은 상태로 며칠을 지냈다. 그리고 조금 정신이 들자 병석에
서도 시를 받아쓰게 했다. 10월 캘커타 병원으로 치료차 이
송되었다. 1938년 어느 정도 회복되어 시 18편을 「경계」라
는 제목으로 썼다. 이 작품은 생사를 헤매는 지경의 체험을
쓴 것이었다. 3월에 희곡 「챤다리까」를 공연했다. 시집 『황
혼의 등불』을 냈다. 12월에 런던에서 그림전시회가 열렸다.
1939년 해학적인 시집 『웃는 것』, 『하늘의 등불』, 『갓난아
기』를 냈다.

1939년 9월 제2차 세계대전이 발발했다. 그리고 1940년
2월에 간디가 부인과 함께 산티니케탄을 방문하여 마지막
만남을 가졌다. 이때 타고르는 망고나무 숲에서 “우리는 전
인류의 소유인 양 당신을 환영합니다”라고 간디를 맞이했
다. 그러자 간디는 “마치 고향에 돌아온 것만 같습니다. 현

인의 축복을 받은 내 가슴은 기쁨에 차 있습니다"라고 화답했다. 담소 후에 간디가 떠나기 전 타고르는 자신의 사후에 비스바바라티대학을 맡아줄 것을 부탁했다. 그러자 간디는 다음과 같은 대답을 했다.

"내 어찌 비스바바라티를 감히 맡을 수가 있겠습니까.
이 대학은 그대 영혼의 피조물이므로 신의 가호를 받을
것입니다. 당신 자신이 진정한 애국자였기에 국제적
인물이 되신 것입니다. 그러므로 당신이 창조하신 모든
것도 국제적인 것이며 비스바바라티는 그 대표적인
것입니다. 신의 가호가 기약된 이 국제적 대학의 장래에
대하여 조금도 우려하실 필요가 없습니다."

1940년 4월, 타고르는 분신 같은 평생의 벗 C. F. 앤드루스를 잃었다. 그는 인도에 맨 처음 들어온 기독교 선교사였고 평생 인도를 위해 몸 바친 인물이었다. 그는 타고르와 간디를 도왔으므로 산티니케탄에서 추모식을 했다. 추모식에서 타고르는 "일찍이 나는 앤드루스에게서 진정한 기독교 정신이 무엇인지를 알게 되었다"고 했다. 앤드루스는 평소 "나는 언제나 영국에 속하지만 우리는 민족이라는 장벽을 뛰어넘어 영원한 진리 탐구라는 같은 길을 걷고 있다고 믿습니다"라고 했다. 따라서 간디는 평소 "그는 훌륭한 영국인

이다. 그가 훌륭한 영국인이었기에 훌륭한 인도인이 될 수 있었다"라고 격찬했다.

1940년 9월 7일, 옥스퍼드대학에서 타고르에게 명예문학박사 학위를 수여했다. 학위수여식은 타고르의 건강상 산티니케탄에서 거행되었다. 이 자리에는 인도의 대심원장 영국인 '모리스 콰이어 경'이 나왔고 캘커타 고법 판사 영국인 '핸더슨'이 옥스퍼드대학을 대신하여 학위를 수여했다. 학위증에는 "가장 친근한 시인에게"라는 글이 새겨져 있었다.

1940년, 타고르는 「3중주」라는 세 편의 단편을 발표했다. 「어느 일요일」, 「최후의 세계」, 「실험실」 등이다. 시집 『목적』을 냈다. 1940년 9월, 동부 히말라야 지역의 칼림퐁에서 쉬는 동안 타고르는 갑자기 전립선 질환으로 다시 병석에 눕게 되었다. 2개월 동안 캘커타로 돌아와 병원에서 치료를 받으면서 호전되기도 했다. 유럽에서는 제2차 세계대전이 한창이었다. 타고르는 당연히 연합군을 지지하고 있었지만 전쟁의 원인을 독일과 일본의 잘못으로만 보지 않았다. 탐욕적인 세계가 공동으로 책임질 문제라고 생각했다. 그런 걱정 속에 병이 더욱 악화되었다. 그는 몸을 부축 받아야 앉을 수 있었다. 손도 움직여지지 않았다. 그런 상황에서도 시를 구술로 받아쓰게 했다. 시는 타고르의 입을 통하여 거침없이 흘러나왔다.

"거대한 우주에/ 거대한 고통의 소용돌이가 회전한다./
별들은 산산조각이 나고/ 맹렬한 불꽃이 흩어져/
원초적 상태로 고뇌를 둘러친다./ 의식 위에 펼쳐진
고통 위에는/ 고문의 도구가 벌겋게 달아오른다./
인간의 인내심은 무한하다./ 창조나 카오스의 공존
속에/ 기이한 신들의 축제 속에/ 무엇을 위하여 인간은
축배를 드는가./ 광란의 붉은 눈물은 무슨 이유로/
인간의 육신을 가득 채우는가."

1941년 4월 14일, 타고르의 마지막 연설문「문명의 위기」가 발표되었다. 그는 이 연설문에서 현대문명에 대한 자신의 신념이 영문학의 인도(人道)적 전통에 심취한 데서 비롯되었다고 밝혔다. 영국 유학시절 영국의회에서 '존 브라이트'의 연설의 영향이라고 하면서 "철저한 자유주의를 강조했던 그의 연설이 나에게 너무나도 깊은 인상을 심어주었으며 그의 말은 환상에서 깨어난 오늘날에도 나의 귓전에 맴도는 것 같다"고 했다. 그런데 그가 영국에 대하여 환멸을 느낀 것은 인도에서 영국 통치가 서구문명의 훌륭한 점을 저버렸기 때문이라고 했다.

타고르는 "언젠가는 운명의 수레바퀴가 영국으로 하여금 인도를 포기하게 할 것"이라고 하면서 "그들이 버리고 간

인도는 어떤 불행한 상태로 남게 될 것인가. 2백 년 동안 영국의 착취를 받은 이 땅에는 어떤 폐허가 남을 것인가"라고 하면서 대재앙이 막을 내리고 인간성이 만개하는 역사의 새로운 장이 전개되기를 고대한다고 했다.

타고르의 병세는 나날이 악화되어 갔다. 신열이 높아지면서 밤에도 잠을 이루지 못했다. 주치의는 결국 캘커타 병원으로 옮겨 수술을 받게 했다. 그리고 7월 30일 수술대에 누웠는데 수술이 시작되기 전 틈을 이용하여 마지막 시를 구술했다. 수술 후에도 병세가 나아지지 않았다. 타고르는 결국 조라상코 저택으로 들어갔다. 그곳은 조부가 살았고 아버지가 살았고 자신이 태어나 성장하면서 가족들이 다 함께 살았던 곳이었다. 그곳에서 운명을 해야 한다고 생각했다.

1941년 시집 『회복기』, 『생일날에』, 『이야기와 시』를 출간한 후에도 시를 구술로 받아쓰게 했다. 7월 25일 수술을 하고 7월 27일 시 「첫째 날의 태양이」와 7월 29일 「그대 창조의 길을」을 구술하고 더 이상 구술을 하지 못하게 됐다.

1941년 8월 7일, 타고르는 80세를 일기로 생을 마감했다. 타고르는 일찍이 자신의 임종 시에 노래로 불러줄 것을 당부하며 아래와 같은 시를 써놓았다.

"저 평화로운 바다에/ 위대한 조타수가 배를 띄우네/

그대 영원한 반려자여,/ 죽음의 사슬이 사라지고/
광대한 우주의 품에 그대 안기리/ 두려움 모르는 그대
가슴 속에서/ 위대한 미지를 감지하리"

타고르의 죽음은 세계가 애도했다. 간디는 타고르의 죽음 앞에 "인도의 문화사 치고 타고르의 고결한 자취가 남아있지 않은 것이 없다"고 했다. 라다크리슈난 박사는 "타고르는 현대 인도의 르네상스의 가장 위대한 인물이었다"고 했다. 인도의 여성 시인 사로지니 나이두는 "천재성, 아름다움, 지혜, 해학, 고매한 인품의 타고르는 그의 생전에 특별한 낭만주의자였다. 그가 별세한 지금, 그는 전설적 존재가 되었지만 그의 노래는 봄을 선구하는 꽃송이처럼 달빛 비치는 강물처럼 영원히 신선하게 살아남을 것"이라고 했다.

타고르가 사망했을 때 네루는 20일 뒤늦게 옥중서신으로 타고르의 손녀사위 크리슈나 크리팔라니(타고르의 전기 작가)에게 추모 글을 보냈다. 그리고 20년 후 타고르 탄생 백주년 기념식 때 네루는 수상이 되어 다시 추모의 글 「젊은 세대에게—타고르 탄생 백년제에 즈음하여」를 썼다.

경애하는 크리팔라니 씨에게

모든 것이 아득한 옛일처럼 느껴집니다. 인간은 누구나

사멸할 수밖에 없는 노릇이지만, 우리의 현자도
결국 마지막 길을 가실 수밖에 없는 일입니다. 그의
죽음은 더할 수 없는 슬픔이었으며, 그의 준수한
용모와 부드러운 목소리를 더 이상 들을 수가 없다는
생각에 나는 견딜 수가 없을 지경입니다. 그러나
모든 것이 끝나버린 지금, 슬픔을 견디고 우리가 이
위대한 인물을 모실 수 있었다는 사실로나마 위안을
삼아야겠습니다. 그는 진정으로 찬란한 영광 속에서
서거한 것이라고 생각합니다.

나는 세계 도처를 편력하여 훌륭한 인물도 많이
만나보았지만, 간디와 타고르야말로 지난 반세기를
통틀어 가장 위대한 인물이라는 것을 확신합니다.
세월이 흘러 모든 정치가와 독재자, 강국들의 아우성이
잠잠해지면 이 사실은 자연스럽게 증명될 것입니다.
불우한 인도 사회에서 그것도 한 세대에서 이 두
사람의 위인이 등장했다는 것이 아직도 내게는 하나의
경이입니다만, 이로써 나는 또한 인도의 잠재력을
신뢰하게 되며, 당대의 혼란은 아득한 옛부터 지금에
이르기까지 면면히 이어진 인도의 사상과 전통에
비추어 보면 아주 사소한 것에 지나지 않는다는 생각이
듭니다. 이러한 우리의 인도가 어떻게 도태될 수
있겠습니까.

또 하나 놀라운 사실은 두 분 모두가 특히 타고르는
많은 외국 문물을 받아들였다는 점입니다. 양자가
모두 편협한 민족주의자가 아니었고, 그들의 메시지는
범세계적인 것이었지만 분명한 것은 그들이 전적으로
인도의 아들이며, 유구한 인도 문화전통의 계승자라는
사실입니다. 그리고 양자가 같은 사상과 지혜, 문화의
샘에서 영감을 받았으면서도 서로 다른 면이 많았다는
것 또한 놀라운 점입니다. 모든 면에서 인도의 전형이며
각기 인도문화의 다른 양상을 대변한 두 사람의 위인을
동시대에 탄생시킨 인도의 문화전통을 새삼스럽게
생각해 보게 됩니다.

1941년 8월 27일 자와할랄 네루

젊은 세대에게
—타고르 탄생 백년제에 즈음하여

오늘의 젊은 세대는 라빈드라나드 타고르를 어떻게
생각하는지에 대해 나는 흥미를 갖고 있습니다. 그들은
오늘을 가져온 과거 세대의 사상이나 행동을 형성한
이 위대한 인물의 모습을 어떻게 그리고 있는 것일까.
타고르가 그 다채로운 광채를 가지고 우리의 마음과

생활을 비추어주던 시대에 살던 특권을 누린 세대는
지금 지나가고 있습니다.

그리고 나도 그 시대에 속해 있습니다. 타고르는
어떠한 인물이었을까? 꿈꾸는 자요, 시인이요,
노래하는 이요, 화가요, 작곡가요, 연출가요, 소설가요,
평론가요, 교육자요, 인도주의자요, 애국자요,
국제주의자요, 철학자이며 행동가였습니다.
이렇게 다방면에 걸쳐 있는 그의 생애에 대한 이 간단한
기록은 참으로 이 사람을 나타내기에는 빈약하기 짝이
없습니다. 타고르의 말과 노래의 마술은 우리에게
남겨져 있어서 그 노래의 하나는 우리나라의 아름다운
국가 「자나 가나 마나」가 되어 있습니다. 그가 쓴
것에서 또 그의 생애의 이야기 중에서 장래의 수없는
세대가 영감을 얻을 것입니다. 그는 이 나라에 옛날부터
때때로 나타나서 우리들을 젊게 해주고 우리들의
사고와 행동의 협착한 습관으로부터 끌어올려 준 성자
중의 한 사람이라고 생각합니다.

그러나 다음 세대들은 과연 그의 메시지를 기억하고
그의 가르침을 그처럼 실행할 것인지. 타고르는
무엇보다도 교육자요 해방자였으므로 언제나
사람의 마음을 자유롭게 해 주고, 자유를 구속하는
방해물로부터 우리를 구하고자 했습니다. 그는

참으로 근본부터 인도인답게 인도의 토양과 사상과
영원한 과거에서 영양을 섭취하면서도 참다운 세계의
시민이요 그의 국가주의는 가장 넓은 국제주의에
일치하는 이가 되었습니다. 타고르의 속에서는 생각과
행동이 완전히 일치하고 있습니다. 산티니케탄에서는
그의 이상이 점점 형성되어 갔고 비스바바라티대학이
설립되기에 이르렀습니다. 산티니케탄에 인접해
있는 슈리니케탄에도 또한 그가 인도의 근본문제로
직면하지 않으면 안 되었던 심원한 소원이 달성되기에
이르렀습니다.

간디와 마찬가지로 타고르는 인도의 생활터전인
마을의 생활로 들어갔습니다. 거기에서 그는 마을의
새로운 사회조직을 세우는 것을 돕기 위해 그의 독특한
사회정책을 보이고 또 실험을 하였습니다. 우리들이
그에 대하여 성실하다면 그의 메시지를 계승하여
새로운 세계를 건설하는 일을 계속하여 나가지 않으면
안 됩니다. 그것은 오늘의 세계가 잊을 수 없는 귀중한
메시지이기 때문이라고 하겠습니다.


1961년 5월 인도 수상 자와할랄 네루

◇ 참고문헌

타고르, 김병익 옮김, 『기탄잘리』, 민음사, 1974.

———, 박희진 옮김, 『기탄잘리』, 홍성사, 1982.

———, 유영 옮김, 『기탄잘리』, 을유문화사, 1994.

———, 김양식 옮김, 『기탄잘리』, 범우, 2001.

———, 유영 역, 『타고르 선집』, 혜원, 2001.

———, 김광자 옮김, 『기탄잘리』, 소담, 2002.

———, 김세인 옮김, 『사랑의 열매 모으기』, 궁미디어, 2016.

———, 김세인 옮김, 『정원사』, 궁미디어, 2017.

———, 류시화 옮김, 『기탄잘리』, 무소의 뿔, 2017.

———, 손석주 옮김, 『내셔널리즘』, 2013.

———, 김경화 옮김, 『삶의 불꽃을 위하여』, 청하, 1983.

———, 김양식 역, 『타고르 희곡선집』, 샨띠, 2013.

———, 황종호 옮김, 『타고르 단편선』, 하서, 2006.

크리슈나 크리팔라니, 손유택 역, 『빛은 동방으로부터』(타골
　　전기), 동문, 1979.

크리슈나 크리팔라니, 김양식 옮김, 『R. 타고르의 생애와 사상』,
　　세창, 1996.

간디, 타고르, 김형기 옮김, 『간디와 타고르의 대화』, 석탑, 1983.

유영, 『타골의 문학 – 그 신화와 신비의 미학』, 연세대학교

　　출판부, 1983.

하진희, 『산티니케탄』, 여름언덕, 2004.

민병훈, 〈타고르 회화 – 2011 아시아관 테마전〉,

　　국립중앙박물관, 2011년 1월.

최남선 발행, 『청춘』(영인본) 1, 2, 3, 1980.

송욱, 『시학평전』, 일조각, 1963.

송욱, 『님의 침묵 전편해설』, 일조각, 1974.

김용직, 『한용운 시집』, 깊은샘, 2002.

한나 아렌트, 윤철희 옮김, 『한나 아렌트의 말』, 마음산책, 2016.

사무엘 테일러 코울리지, 장경렬 옮김, 『상상력이란 무엇인가 –

　　상상력, 그 비밀을 찾아서』, 살림, 1997.

◇ **타고르의 연보**


◇ 1861년 5월 7일, 캘커타 조라상코에서 데벤드라나드
타고르 마하르시의 8남 6녀 중 열네 번째 막내로
태어났다.(중간에 둘이 사망했으므로 열두 번째임)


◇ 1874년 13세 때 어머니를 잃었다.


◇ 1875년 14세에 초등학교 네 번 전학한 끝에 학교를
그만두고 말았다. 14세에 첫 시집『들꽃』을 냈다.


◇ 1877년 1월 1일, 델리궁정에서 영국 빅토리아 여왕이
인도 황제가 되는 것을 비난하는 장시를 힌두광장에서
낭송했다. 그리고 반영시위에 앞장섰다.


◇ 형제들이 월간《바라티》라는 문학지를 냈다. 이 잡지는
서구문학의 비평과 번역물 등을 게재했는데 타고르는
여기에 자신의 작품을 마음껏 기고했다.


◇ 1878년 17세 때 단테와 괴테를 공부하여 논문을
발표했다. 자작시에 곡을 붙여 노래로 부르게 했다. 노래는
벵골인들에게 널리 퍼졌다. 영국으로 유학을 떠났다. 그는
법률을 공부하여 변호사가 되고 싶었으나 17개월 만에

귀국하고 말았다.

◇ 1881년 20세에 캘커타에서「음악과 감정」이라는
초청 강연을 했다. 타고르의 최초 강연이었다. 강연에서
타고르는 음악의 기능은 말이 표현할 수 없는 것을 표현
하는 것이라고 했다.

◇ 1881년 서간문「구라파 체재통신」을 가족잡지
《바라티》에 발표했다. 첫 소설「젊은 여왕의 시장」을 썼다.
첫 번째 음악극『발미키의 천하』를 썼다.「중국에 대한
무역」등 여러 가지 산문과 논문을 썼다.

◇ 1882년 두 번째 음악극『죽음의 사냥꾼』을 상연했다.
시집『저녁의 노래』를 냈다.

◇ 1883년 22세에 결혼했다. 벵골 최초 문학협회를
창립했다.

◇ 시집『아침의 노래』,『높은음, 낮은음』을 냈다. 시집
『그림과 노래』를 냈다.

◇ 1891년 30세에 서간집『벵골의 섬광』을 냈다.
둘째 딸이 태어났다. 이때 타고르 형제들은 문학잡지
《바라티》를 《사다나》로 바꾸어 발간했다.

◇ 단편「카브리오와라」, 환상적 단편「해골」, 풍자적 단편

「기상물어」를 냈다. 희곡 「치트랑가다」를 냈다.

◇ 1894년 시집 『황금의 배』를, 서정시극 「이별의 저주」를 냈다. 희곡 「마하바라타」를 냈다.

◇ 1896년 시집 『다채로움』을 냈다.

◇ 1897년 시집 『마지막 추수』를 냈다.

◇ 1898년 단편 「찢어진 꿈」을 썼다. 그리고 비밀리에 신문을 발행했다. 타고르는 중년으로 접어들면서 인도 국민의 대변자로 또는 봉사자로 활동하기 시작했다.

◇ 1899년 학교를 세우기 위해 산티니케탄으로 가족을 모두 데리고 이주했다.

◇ 1900년 새로운 세기를 맞이하면서 그는 시집 『무상』을 냈다. 시집 『꿈』, 『쿠쇼니』를 냈다. 희곡 『희생』을 상연했다. 이때 소설 『부서진 둥우리』, 『안질』을 발표했다.

◇ 1901년 시집 『공양』을 냈다. 해학적 사회극 「독신자 쿠라브」를 냈다.

◇ 1901년 12월 22일 산티니케탄에 학교를 세웠다.

◇ 1902년 11월 23일 아내가 31세로 세상을 떠났다.

◇ 1903년 둘째 딸 레누카가 13세에 엄마 뒤를 따랐다. 죽은 아이를 위해 쓴 시집 『어린이』를 냈다. 시집 『동상(同想)』을 냈다. 『동상』은 아내를 생각하면서 쓴 작품이다.

◇ 1904년 1월 제자 사티스로이가 죽었다.

◇ 1905년 1월 이어서 아버지 마하르시가 별세했다.

◇ 1905년 인도 국가를 짓고 곡을 붙여 부르게 했다.

◇ 1907년 문학론에 대한 유명한 강연집 『문학론』을 냈다. 평론집 『문학과 문학비평일반』, 『고대문학』, 『현대문학』, 『민속문학』을 냈다.

◇ 1907년 11월 13세 막내아들 사민드라가 콜레라에 걸려 목숨을 잃었다. 타고르는 5년 동안 아내를 비롯하여 무려 다섯 사람과 이별을 했다.

◇ 1908년 희곡 「가을의 축제」를 상연했다. 논문 「희생된 벵골」, 「올바른 방책」을 발표했다.

◇ 1909년 40대 후반에 문제의 시 『기탄잘리』를 발표했다. 10월 15일, 인도 자치독립을 상징하는 의미로 손목에 실을 감는 의식을 행했다.

◇ 1910년「나의 세계관」을 강연했다. 희곡「왕」,「암실의 왕」을 냈다. 소설『고라』연재를 시작했다. 희곡「속죄」를 상연했다. '오오, 나의 불운한 조국이여'를 썼다.『인생의 추억』을 연재했다. 1910년 '국민회의'에서 타고르가 작사 작곡한 노래「모든 사람의 마음을 살피는 분이시여 승리 있으시라」를 불렀다. 후일 이 노래는 방글라데시의 국가로 지정되었다. 인도 국가 역시 타고르가 작사 작곡한 노래 「자나 가나 마나」이다.

◇ 1911년 50세에 희곡「우체국」을 냈다. 51세에 회고록 『지반습리티』를 썼다. 회고록이지만 자신에 대한 것은 쓰지 않았다. 그는 "한 인생의 회고록은 경력의 나열이 아니라, 하나의 독창적인 예술이다"라고 했다.

◇ 1912년 5월 27일 타고르는『기탄잘리』를 영역한 노트를 들고 런던으로 가 로센스타인을 만났고 그것은 그의 운명을 바꾸어 놓은 단초가 되었다. 예이츠는 "내가 일생 동안 꿈꾸어온 세계가 그려져 있다"면서 "이것은 최고의 문화에서 우러난 작품이면서도 아무 곳에서나 자라는 갈대나 잡초처럼 순수하고 자연스러움을 보여준다"고 했다.

◇ 1912년 6월 30일 예이츠의 찬사에 힘입은 로센스타인은 이날 밤에 에즈라 파운드, 메이 싱클레어, 어니스트 라이즈, 엘리스 메이널, 헨리 네빈슨, 찰스 드레빌리언, 폭스 스트랭웨이즈, 그리고 타고르의 평생

벗이 된 C. F. 앤드루스 등을 자신의 집으로 초청하여
『기탄잘리』 낭송회를 가졌다. 이때 예이츠는 음악성이
넘치는 황홀한 목소리로 시를 낭송했다. 타고르는 이때
영국에서 4개월 동안 머물면서 버나드 쇼, 버트란트 러셀,
존 골즈워디, 로버트 브리지, 스티지 무어 등 영국 문단의
거목들과 만났다.

◇  1912년 11월 예이츠 등의 주선으로 영국의
인도협회에서 『기탄잘리』 한정판 750부를 출판했다.
책이 나오자 《타임즈 리터러리 서플먼트》를 비롯한 영국
대부분 언론의 주목을 받았다. 《타임즈》는 "이 책에
수록된 시를 읽으면 장차 영국의 시가 나아갈 방향, 즉
사상과 감정의 조화가 예시되어 있는 듯한 느낌이 든다"고
했다. 그러면서 종교와 철학이 괴리되어 있는 영국 시는
종교에서도 철학에서도 실패를 거듭하고 있는데, 타고르의
시는 마치 성서를 대하는 것 같은 느낌을 준다고 했다.
'해리엇 몬로'가 시카고에서 발행되는 《포에트리》 12월호에
『기탄잘리』 가운데 6편을 게재하여 미국에 타고르의 시가
알려지기 시작했다. 타고르의 명성이 미국에 알려지면서
시카고대학 등 미국의 유명 대학에서 강연 요청이
이어졌다.

◇  1913년 1월 시카고대학에서 「인도 고대문명의 이상」을
강연했다. 유니테리안 홀에서는 「악의 문제」를, 종교의
자유주의자회의에서는 「민족의 싸움」에 대하여 강연했다.

◇ 1913년 2월 뉴욕과 보스턴에서 강연을 하고,
하버드대학에서 「사아다나」로 연속 강연을 했다. 강연
글은 책 『사아다나-생의 실현』으로 냈다.

◇ 1913년 4월 영국 런던으로 돌아가 희곡 「우체국」을
상연했다. 런던에서 「사아다나」 등 6회 강연을 했다. 이때
시집 『원정』, 『조각달』, 희곡 「치트라」를 영역 출간했다.
시집 『원정』은 예이츠에게 헌정하고, 『조각달』은 스티지
무어에게, 「치트라」는 '본 무디 부인'에게 헌정했다.
영국 시인 스티지 무어가 스웨덴 아카데미(노벨 위원회)에
『기탄잘리』를 노벨문학상 후보로 추천했다.

◇ 1913년 12월 26일 캘커타대학에서 명예 문학박사
학위를 받았다.

◇ 1914년 1월 29일 벵골지사 영국인 '칼 마이클' 경이
청사에서 스웨덴에서 보내온 노벨상을 타고르에게
수여했다.

◇ 1914년 시집 『백조의 비상』을 썼다. 가사와 곡을 붙인
노래집 『노래의 화환』, 『노래의 다발』을 출간했다.

◇ 1914년 시집 『기탄말랴』와 『기탈리』를 출간했는데 이
시집들은 종교적으로 『기탄잘리』를 연상시키는 걸작으로
손꼽힌다.

◇ 1914년 희곡집 『우체국』, 『암실의 왕』을 냈다.

◇ 1914년 8월 갑자기 제1차 세계대전이 발발했다.

◇ 1915년 2월 17일 아프리카에서 귀국한 간디가
산티니케탄으로 타고르를 찾아왔다.

◇ 1915년 6월 영국 왕실(조지 5세)로부터 기사작위를
받았다. 희곡「봄의 순환」을 냈다.

◇ 1916년 시집 『시들』, 『날아가는 새들』, 『열매 모으기』,
『굶주린 돌』, 『길 잃은 새들』을 냈다. 시집 『학들의 싸움』을
냈다.

◇ 1916년 일본 초청을 받아 강연차 일본에서 3개월을
머물렀다.

◇ 1916년 9월 타고르는 일본을 떠나 9월 18일 미국
시애틀에 도착했다. 2회 차 미국 방문이었다. 그는 시애틀,
포틀랜드, 샌프란시스코 등을 다니면서 '국가주의'와
'인격론'을 강연했다. 미국에서 순회강연을 하면서 모은
연설문으로 『민족주의』, 『개성』 두 권을 냈다. 『개성』에는
「제2의 탄생」, 「예술이란 무엇인가」, 「개성적 세계」, 「나의
학교」, 「명상」, 「여인」 등 6개 내용을 수록했다. 이 책은
타고르의 예술과 교육, 종교철학에 대한 심원한 사상을
보여준다.

◇ 1917년 희곡「봄의 윤회」와 산문집『나의 회상기』, 『제물』, 논문집『국가주의』, 『인격론』을 냈다. 산문시집 『도망자』, 『소묘』를 냈다.

◇ 1918년 11월 제1차 세계대전(1914. 7. 28-1918년 11. 11.)이 끝나고 전쟁을 승리로 이끈 영국의 지배 아래 인도는 더욱 어려워져가고 있었다.

◇ 1918년 5월 맏딸 벨라가 병을 앓다 죽었다. 타고르는 5남매를 두었으나 장남 하나만 남고 모두 사망하고 말았다. 호주 시드니대학에서 초청이 왔으나 심신이 지친 상태라 응하지 못했다. 7월에 협동조합 방책에 대한 논문 「우리나라를 빈곤으로부터 구할 수 있는 유일한 방법」을 발표했다. 서간집『바누싱하의 서간집』 집필에 들어갔다. 12월에 타고르의 평생 꿈인 국제대학 건물 기초 초석을 세웠다.

◇ 1919년 4월 인도 암리차르에서 평화시위를 하고 있는 인도인들을 영국이 무차별 발포를 하여 379명이 목숨을 잃는 학살이 자행되었다. 그리고 1200명이 부상을 입었다. 무시무시한 참변이 영국정부의 완벽한 언론 검열과 철의 장막으로 사건을 막아낸 탓에 한 달 가까이 극비에 붙여졌다. 그러나 소문이 새어나가면서 퍼지게 되고 이를 알게 된 타고르는 인도의 모든 정치지도자들에게 공개시위를 벌일 것을 촉구했다. 그러나 겁에 질려 단 한 사람도 반응하지 않았다. 타고르는 곧장 영국으로부터

수여받은, 영국이 주는 최고의 명예를 자랑하는
기사작위를 반납하여 영국 왕실을 당황하게 했다.

◇　1919년 4월부터 잡지 《산티니케탄》을 냈다. 카스트
구분 없는 상호 간 혼인법을 지지하자, 이에 반대하는
보수 카스트 지지자들과 힌두교도들로부터 심한 반발을
샀다. 논문 「인도문화 중심」을 발표하고 캘커타에서 이를
강연했다. 논문 「가정과 세계」, 「망명자」를 발표했다.

◇　1919년 산문시집 『리피카』를 냈다. 산문시이면서도
정확한 리듬과 운율이 살아 있어 타고르의 특성을 잘
보여준다.

◇　1919년 6월 프랑스를 대표하는 로맹 롤랑은 일본에서
타고르가 한 연설 '민족주의'를 듣고 타고르에게 편지를
보냈다. 그는 연설을 듣고 즉석에서 공감하면서 타고르의
강연 일부를 프랑스어로 번역하여 제1차 세계대전 중에
자신의 글에 인용했다.

◇　1921년 7월에 간디와 만나 나라를 위한 회담을 했다.
『운명의 난파』, 『상상의 유해』를 냈다.

◇　1921년 12월 23일 60세에 산티니케탄에 국제대학을
세웠다. 산스크리트 고전 "전 세계가 한 둥우리에 모이는
곳"에서 따온 비스바바라티대학은 세계가 한곳에 모이는
곳을 만들겠다는 그의 소망대로 세계적인 국제대학으로

자리 잡았다. 세계적인 석학들이 교환교수로 속속
들어왔다. 인도 초대 수상 네루의 딸로 역시 인도수상을
지낸 인디라 간디도 이 대학을 졸업했다.

◇ 1922년 희곡집『방류』를 냈다. 아름다운 동요집『시수
블라나드』를 냈다.

◇ 1922년 일본을 3차 방문했다. 이때 한국 유학생들의
부탁을 받고 시「동방의 등불」을 써주었다.

◇ 1922년 9월 희곡집『붉은 복숭아』를 썼다.

◇ 1925년 5월 간디가 산티니케탄으로 타고르를 찾아와
자신이 벌인 운동을 지지해 줄 것을 청했다.

◇ 1926년 희곡「무녀의 기도」를 썼다.

◇ 1928년 소설『요가요그』와『최후의 시』를 탈고했다.

◇ 1928년 소설『합류』를 냈다.

◇ 1928년 68세가 된 그는 그림에 몰입하기 시작했다.
물론 문학을 하면서 틈틈이 그림을 그리기는 했으나
본격적인 것은 이때부터였다. 그는 만년 13년 동안 2500여
점의 그림을 그렸다.

◇ 1929년 시집『모화』, 소설『교류』, 『최후의 시』를 냈다.
희곡「왕과 왕비」는 산문극으로 개작했다.

◇ 1930년 타고르의 그림이 파리의 '갤러리 피가르'에
전시되었다.

◇ 1931년 가무극「새로움」, 「어린이」와 강연집『인간의
종교』, 시집『숲의 소리』, 서간집『소련통신』을 냈다.

◇ 1931년 5월 7일 타고르는 70회 생일을 맞았다. 그리고
타고르의 탄생 70주년을 경축하는 기념식이 산티니케탄을
비롯하여 인도 전체에서 실시되었다. 《The Golden Book
of Tagore》지에 전 세계에서 보내온 글이 게재되었다.
대표적으로 앙드레 지드, 러셀, 예이츠, 윌 듀란트, 과학자
아인슈타인 등이 글을 보냈다. 연말에『마하트마와 좌절된
휴머니티』를 냈다. 두 편의 희곡「카드 왕국」, 「비천한
소녀」를 탈고했다.

◇ 1932년 시집『천태만상』을 탈고하고, 시집『종언』,
『추신』을 냈다. 캘커타대학의 벵갈어 교수직 요청을
수락했다. 『최후의 옥타브』를 집필했다.

◇ 1933년 유일한 손자 '니틴드라'가 죽었다. 그는 슬픔을
시로 썼다.

◇ 1933년 5월 타고르의 간디 석방 요구 이후 간디가

석방되었다.

◇ 1933년 9월 1일, 봄베이 인드라대학에서 「인간과
종교」를 강연했다. 연말에 단편 「두 자매」, 「정원」을 냈다.
풍자극 「카드왕국」을 썼다. 희곡 「천민의 딸」을 탈고했다.

◇ 1934년 1월 자와할랄 네루(인도 초대 수상)와 그의
부인 카마라가 산티니케탄으로 타고르를 찾아왔다. 희곡
「화원」을 냈다.

◇ 1935년 시집 『최후의 곡조』, 『도정』을 냈다. 무용극
「치트랑가다」와 「사마」 2편을 캘커타에서 공연했다. 인도
라디오에서 서시를 낭송했다. 외손녀딸 결혼식에서 축시
「나뭇잎 접시」를 낭송했다. 네루의 청탁으로 '국민회의'
의장직을 맡았다. 시집 『나뭇잎 접시』, 『사모리』를 냈다.

◇ 1936년 2월 대학생들과 순회공연을 위해 희곡
「치트랑가다」와 「사마」의 뮤지컬극을 준비하여 성황리에
순회공연을 마쳤다. 연말에는 희곡 「가을 축제」, 「보이지
않는 보석」으로 캘커타와 산티니케탄에서 상연했다. 이때
간디가 6만 루피의 헌금을 모아 전달했다.

◇ 1937년 2월 대학에 중국과 인도 연구학부인
'중국학원'(대학원)을 개설했다. 근대과학의 입문서
『우주인간』을 집필했다. 시집 『헌시』, 『운화』, 『그 사람』,
『저녁의 등불』을 냈다.

◇ 1937년 9월 10일 자신의 거처에서 갑자기 의식을 잃은 상태로 며칠을 지났다.

◇ 1938년 병석에서 시 18편을 「경계」라는 제목으로 썼다. 이 작품은 생사를 헤매는 지경의 체험을 쓴 것이다. 3월에 희곡 「챤다리까」를 공연했다. 시집 『황혼의 등불』을 냈다. 12월에 런던에서 그림전시회가 열렸다.

◇ 1939년 해학적인 시집 『웃는 것』, 『하늘의 등불』, 『갓난아기』를 냈다.

◇ 1939년 9월 제2차 세계대전이 발발했다.

◇ 1940년 2월에 간디가 부인과 함께 산티니케탄을 방문하여 마지막 만남을 가졌다. 이때 타고르는 망고나무 숲에서 "우리는 전 인류의 소유인 양 당신을 환영합니다"라고 간디를 맞이했다. 그러자 간디는 "마치 고향에 돌아온 것만 같습니다. 현인의 축복을 받은 내 가슴은 기쁨에 차 있습니다"라고 화답했다. 담소 후에 간디가 떠나기 전 타고르는 자신의 사후에 비스바바라티 대학을 맡아줄 것을 부탁했다.

◇ 1940년 4월 타고르는 분신 같은 평생의 벗 C. F. 앤드루스를 잃었다. 그는 맨 처음 기독교 선교사였고 평생 인도를 위해 몸 바친 인물이었다. 그는 타고르와 간디를 도왔다. 산티니케탄에서 추모식을 했다. 추모식에서

타고르는 "일찍이 나는 앤드루스에게서 진정한 기독교
정신이 무엇인지를 알게 되었다"고 했다.

◇ 1940년 9월 7일 옥스퍼드대학에서 타고르에게
명예문학박사 학위를 수여했다.

◇ 1940년 타고르는 「3중주」라는 세 편의 단편을
발표했다. 「어느 일요일」, 「최후의 세계」, 「실험실」 등이다.
시집 『목적』을 냈다.

◇ 1940년 9월 동부 히말라야 지역의 칼림퐁에서
쉬는 동안 타고르는 갑자기 전립선 질환으로 다시
병석에 눕게 되었다. 캘커타로 돌아와 병원에서 치료를
받으면서 호전되기도 했다. 유럽에서는 제2차 세계대전이
한창이었다. 그는 몸을 부축 받아야 앉을 수 있고 손이
움직여지지 않았다. 구술로 시를 받아쓰게 했다.

◇ 1941년 4월 14일 타고르는 마지막 연설문 「문명의
위기」를 발표하였다. 그는 이 연설문에서 현대문명에 대한
자신의 신념이 영문학의 인도(人道)적 전통에 심취한 데서
비롯되었다고 밝혔다. 타고르의 병세는 나날이 악화되어
갔다. 신열이 높아지면서 밤에도 잠을 이루지 못했다.
주치의는 결국 캘커타 병원으로 옮겨 수술을 받게 했다.
그리고 7월 30일 수술대에 누웠는데 수술이 시작되기
전에도 틈을 이용하여 시를 구술했다.

◇ 1941년 시집『회복기』,『생일날에』,『이야기와 시』를 출간한 후 구술로 받아쓰게 했다. 7월 25일 수술을 하고 7월 27일 시「첫째 날의 태양이」과 7월 29일「그대 창조의 길을」을 구술하고 더 이상 구술도 하지 못하게 되었다.

◇ 1941년 8월 7일, 타고르는 80세를 일기로 생을 마감했다. 타고르는 자신의 임종 시에 노래로 불러줄 것을 당부하며 시를 써 놓았다.


타고르의 형제들


◇ 장남 드위젠드라나드는 시인, 음악가, 철학자, 수학자였다. 벵골에서 유명세를 떨쳤으며 많은 작품을 발표했다. 대표작품으로 장시로 된 시집 『스바프나프라얀(꿈속의 여행)』은 스펜서의『선녀왕』, 버질의『천로역정』에 버금가는 것으로 평가받았다. 벵골문학에서 고전으로 손꼽힌다. 그는 작곡도 많이 했으며 벵골에서 최초로 피아노, 바이올린 등 여러 가지 악기를 도입했다. 막내 동생 타고르에게 문학적으로 많은 영향을 끼쳤다.

◇ 둘째 사티엔드라나드는 영국에서 법을 전공하고 판사로 공무원생활을 했다. 산스크리트 학자, 벵골어와 영어에 뛰어난 문필가로 아버지 데벤드라나드의

자서전을 영역했다. 그는 타고르에게 영어실력을 연마할
수 있도록 많은 도움을 주었고, 타고르가 영국유학을
하는 데 앞장선 인물이다. 그는 영국에서 교육받은
탓에 세련된 생활을 하기를 원했다. 따라서 아내를 영국
여성들처럼 교육시킬 것을 주장하기도 했다.(인도에서는
당시 여성들에게는 사회적으로 엄격했기 때문으로 보임) 또한
부인을 캘커타의 대로에서 베일을 벗긴 채 마차를 타게
하여 구설수에 오르기도 했다. 뿐만 아니라 아내의 옷을
현대적으로 입도록 했다. 따라서 그의 아내가 블라우스를
디자인했는데 벵골 여성들이 그 블라우스를 따라 입게
되었고 오늘날까지도 벵골 여성들이 즐겨 입는다고 한다.
이들 부부의 자녀인 '수렌드라나드'와 '인디라' 오누이는
타고르가 영국 유학을 할 때 많은 도움을 주었다.
타고르에게 첫째 형과 둘째 형은 부모 같아서 조카들이
타고르보다 나이가 훨씬 더 많거나 같았다. 특히 둘째
형 사티엔드라나드는 타고르를 영국으로 데려가기 전에
서양의 문화를 미리 배우게 하기 위해 봄베이에 있는
외과의사인 친구(아트마람 관두랑 톨쿠드)에게 보냈다.
친구에게는 영국에서 갓 돌아온 딸이 있었다. 아름다운
여성인 '안나'는 라비보다 나이가 몇 살 더 많았다. 그런데
안나는 라비의 용모에 반해버리고 만다. 라비는 그때
처음으로 "나의 용모에 대하여 그녀로부터 처음으로
칭찬을 들었노라"고 후일 회고했다. 그때 라비는 자기
작품 『카비 카히니』에 나오는 '날리니'라는 이름을 안나에게
지어 주었다. 그리고 날리니라는 이름으로 안나에 관한 몇
편의 시를 썼다. 안나와의 만남은 아름다운 추억으로 남게

되었다.

사티엔드라나드는 영국에 가서도 라틴어 공부를 위해
개인지도 교사를 붙여주는가 하면 여러 가지 방법으로
동생을 위해 애썼다. 처음에 타고르는 영국에 있는 형의
집에서(자녀들 교육을 위해 둘째 형의 아내와 아이들이 영국에서
거주하고 있었다.) 형수, 조카들과 함께 살았으나 영어
실력을 위해 가족과 떨어져야 한다는 둘째 형 친구의
충고에 따라 타고르는 하숙을 하게 된다. 타고르는
하숙집을 두 번째 옮기면서 형의 지인인 의사의 집에서
하숙을 하게 되었는데 딸이 네 명이나 되는 집이었다.
그리고 의사 부인이 타고르의 용모에 반하여 자기 딸과
가까워지기를 부추기게 되고, 그런 사정을 타고르
아버지가 눈치 채면서 타고르를 벵골로 소환한 것이었다.
데벤드라나드 마하르시는 영국 여성과의 사귐을 용납할
수 없었다. 결국 타고르는 영국에서 17개월 만에 벵골로
돌아왔다.

◇ 셋째 '헤맨드라나드'는 타고르가 어릴 때 교육 책임을
전담했다. 그는 가정교사들을 관리하면서 영어보다
모국어인 벵골어를 가르쳐야 한다고 주장했고 훗날
타고르는 이 점을 매우 고맙게 생각했다. 그러나 셋째 형은
40세에 일찍 죽고 말았다.

◇ 넷째는 유약한 사람이었다. 그의 아들 '발렌드라나드'는
벵골문학에 한 장을 장식할 정도로 총명했는데 그도
20대에 요절하고 말았다.

◇ 다섯째 '죠티린드라나드'는 예술도 뛰어났으며
우아하고 용맹했다. 그는 넘쳐흐르는 열정을 가져
개척정신이 강했다. 따라서 열렬한 민족주의자로 활발한
사회활동을 했는데, 특히 선적(船積)과 산업상 영국의
독점권을 타파하는 데 앞장서서 커다란 업적을 남겼다.
타고르가 13세가 되었을 때 지적으로 성장하도록 많은
영향을 끼쳤다.

◇ 큰누나 '사우다미니'는 장녀로 어린 라비를 돌봐주었고
아버지 마하르시가 늙었을 때 돌봐드린 효녀였다. 그녀도
문학과 음악을 했다.

◇ 다섯째 누나 '스와르나쿠마리'는 뛰어난 연주자이자
인도 최초 여성 소설가였다. 그녀의 두 딸들도 명성을
날렸는데 '히란마이 데비'는 사회운동가로 이름을 날렸으며
'사랄라 데비'는 연주가로 인도의 자유투사로 이름을
날렸다.

◇ 여섯째와 일곱째 형, 여섯째 누나는 자료가 보이지
않은 것으로 봐 뚜렷한 업적이 없는 것으로 추측된다.

아인슈타인과 타고르, 1930년 7월 14일, 베를린에서.

1909년, 48세의 라빈드라나드 타고르.
이 해에 발표한 『기탄잘리』로 동양 최초 노벨문학상을 수상한다.

타고르와 부인 데비(Mrinalini Devi), 1883

타고르와 손녀들